Hermann Wenning   Harry Cocker

Hermann Wenning

HARRY COCKER

DER KOCHLEHRLING IN DER DROGENKÜCHE

IDEA

Die Deutsche Bibliothek – CIPEinheitsaufnahme

Hermann Wenning
Harry Cocker der Kochlehrling in der Drogenküche
Hermann Wenning– Palsweis, IDEA 2022

ISBN 978-3-88793-269-5

Bibliografische Information der Deutschen Nationalbibliothek:
Die Deutsche Nationalbibliothek verzeichnet
diese Publikation in der Deutschen Nationalbibliografie;
detaillierte bibliografische Daten sind im Internet über
dnb.d-nb.de abrufbar.

Coverbildgestaltung: Heinz Feußner,
Artelier für Fotografie, Hamm
Bildnachweis: © Stockphoto
Umschlaggestaltung: Mia Design, München
ISBN 978-3-88793-269-5
© 2022 IDEA Verlag GmbH, Palsweis
www.idea-verlag.de
Alle Rechte vorbehalten

Inhaltsverzeichnis

Harrys Ausbildung zum Koch	7
Harry in der Kammer des Staunens	14
Harry wird Dealer	20
Harry wird verhaftet	40
Harrys Drogenküche auf dem Campingplatz	50
Harry im Knast	63
Harry vor Gericht	77
Harry im Jugendknast	83
Harry in der Therapie	98
Harrys Rückfall	116
Harry in Hamburg	125
Harrys erste Liebe	127
Harry als Geschäftsinhaber	132
Harry als Medienstar	137
Harry startet durch	154
Harry unter Mordverdacht	202
Harrys bitteres Ende	207

Harrys Ausbildung zum Koch

Harald wird im münsterländischen Dülmen geboren. Da sein Vater ein englischer Soldat ist, der seinen Dienst in einer Dülmener Kaserne tut, trägt er den britischen Nachnamen Cocker. In einer Dülmener Diskothek lernen sich Sylvia, Harrys Mutter und Phil kennen und lieben. Sie ziehen schnell zusammen und bevor ihr Sohn Harald auf die Welt kommt, schließen die beiden den Bund der Ehe. Doch die Ehe zerbricht bereits nach wenigen Monaten. Phil kehrt zurück nach England und Sylvia zieht mit dem Säugling in das kleine Dörfchen Asbeck, das zur Gemeinde Legden gehört. Phil wird seine Familie in Deutschland niemals besuchen. Harald, der seit der Grundschule nur Harry genannt wird, sieht seinen Vater nie wirklich.

Heute ist für den nur 1,70 Meter großen, schmächtigen Harry der erste Tag als Kochlehrling in einem Restaurant in der Nachbarkreisstadt Coesfeld. Da der Betrieb fast zwanzig Kilometer von Zuhause entfernt und mit dem öffentlichen Nahverkehr schwer zu erreichen ist, zieht Harry dort auch gleich ein. Die Arbeitszeiten im Gastgewerbe enden oft spätabends oder nachts, so ist es durchaus üblich, wenn der Lehrling dann direkt im Gasthof übernachten kann.

Um 7.30 Uhr fährt seine Mutter ihn nach Coesfeld, denn um 8.30 Uhr ist Arbeitsbeginn im italienischen Restaurant mit dem Namen »Mama Mia.« Die Begrüßung durch Luigi, den Restaurantchef, fällt eher zurückhaltend als herzlich aus. Er und sein italienischer Partner Salvatore führen das Lokal seit fünf Jahren und werden dabei von ihrem Landsmann Francesco unterstützt. Chefkoch Francesco bildet mit dem Lehrling Hubert und den beiden Aushilfen Pedro und Olga das Küchenteam, das ab heute mit

Harry als zweitem Lehrling verstärkt werden soll. Luigi, ein Mann Mitte 40, mit Schnauzer ausgestattet, bringt Harry auf sein Zimmer, das auf dem Dachboden liegt. Das mit Bett, Nachttisch und Schrank spartanisch ausgerüstete Zimmer wirkt nicht gerade modern ausgestattet oder gepflegt. »Das Badezimmer ist im Flur, das teilst du dir mit Hubert, unserem zweiten Lehrling. Auspacken kannst du später, zieh dich um und melde dich gleich sofort bei Francesco in der Küche, der hat bestimmt Arbeit für dich«, gibt ihm Luigi sofort zu verstehen, dass es sich hier nicht um einen Hotelurlaub handelt. Denn zusätzlich zum Restaurantbetrieb werden im »Mama Mia« auch einige Hotelzimmer angeboten. Schnell zieht sich Harry die karierte Kochhose und das weiße Kochhemd an. Nachdem er die weiße Schürze umgebunden hat, setzt er noch den ebenfalls weißen Kochhut auf, um sich dann sofort in die Küche zu begeben.

Hier hingegen fällt die Begrüßung vom Küchenchef sehr freundlich und emotional aus. Francesco ist ein eleganter, redegewandter Italiener, der Harry mit italienischem Charme in sein Team aufnehmen möchte: »Herzlich willkommen in ›Mama Mia‹, wir werden hier viel Spaß haben, alle miteinander. Wenn du dir Mühe gibst, kannst du bei mir sehr viel lernen, hier in Küche. Harald ist dein Name Junge?«, sieht er ihn fragend an. »Nee mich nennen alle nur Harry, bitte nennen sie mich auch so Herr ...?« erwidert er fragend zurück. »Sage einfach nur Francesco, zwar bin ich der Chef hier am Herd, doch Luigi und Salvatore sind die Besitzer von Restaurante, deshalb bitte beide immer mit Chef anreden, kapito?« »Kapito alles klar Francesco«, gibt ihm Harry lächelnd zu verstehen. »So Chefe Luigi hat gesagt, dass du saubermachen sollst Herd und Backofen. Von mir bekommst du eine grandiose Putzausrüstung. So kann nix schiefgehen und du machst alles sauber tip und top.«

Harry, der sich noch nicht so ganz wohl in der weißen Kochmontur fühlt, versucht nun mit speziellen Backofenreinigern,

Fettlösern, Ceranfeldreinigern sowie mit Schaber, Lappen und Schwamm ausgestattet die Küchengeräte sauber zu bekommen. Wobei die Betonung auf versucht liegt, denn irgendwie bekommt er die Reinigung von Herd und Backofen nicht gebacken. Mehrmals muss ihm Francesco mit Wort und Tat zu Hilfe kommen. Denn Harry hat vorher niemals in seinem Leben in irgendeiner Küche geputzt. Das Putzen und auch das Kochen hat die Mutter dem verwöhnten Einzelkind stets abgenommen. Nach dreistündigem mühseligem Wirken ist Harry endlich soweit, dass es von Francesco zu einer erfolgreichen Putzabnahme kommt. Zur Belohnung darf er dann noch einige große Kochtöpfe mit der Hand spülen. Zwar ist wohl eine Spülmaschine vorhanden, doch die großen Töpfe nehmen für einen Spülvorgang zu viel Platz weg. Auf jeden Fall hat sich Harry seinen ersten Arbeitstag gewiss ganz anders vorgestellt.

Da heute am Montagmittag wenig los ist, kann die Küchencrew das Mittagessen gemeinsam einnehmen. Hubert ist ab heute im zweiten Lehrjahr. Da Olga und Pedro ausschließlich abends sowie am Wochenende Dienst tun, sitzen die beiden Lehrlinge gemeinsam mit Francesco am Mittagstisch. Eine der wenigen positiven Errungenschaften im Gastronomiebetrieb, dass man immer gutes warmes Essen bekommt, denkt sich Harry. Eigentlich wollte der typisch rothaarige Halbbrite mit der runden Nickelbrille in einen kaufmännischen Beruf. Doch die Höhere Handelsschule versemmelte er. Sein Zeugnis war Dank seiner Faulheit so katastrophal schlecht, dass er nach dem Sitzenbleiben keinen Sinn darin sah, das Jahr noch einmal zu wiederholen. Da in der Gastronomie immer Auszubildende gesucht werden, war es für Harry nicht schwierig, auf die Schnelle diese Lehrstelle zu finden.

Nach dem Mittagessen steht für Harry erst einmal wieder putzen und spülen auf dem Arbeitsprogramm, bevor er dann zum ersten Mal Lebensmittel in die Hand bekommt. Nun darf er sich im Kartoffelschälen beweisen. Zwar wird er mit einem Sparschäler, der aus zwei Klingen besteht, ausgestattet, doch irgendwie gelingt es ihm trotzdem nicht, einigermaßen zügig die Kartoffel von der Schale zu befreien. »Harry, ein 3-Sternekoch fällt auch nicht aus Himmel, einfach weiter schälen, irgendwann lernst du alles und du machst perfekte Pizza, Pasta und auch gute deutsche Küche«, versucht ihn Francesco zu trösten. »Ich weiß nicht«, antwortet Harry, »ich und Sternekoch, ich denke, Sternsinger wäre ein leichteres Ziel.« »Buono, buono, alles wird gut mein Junge, eines Tages wirst du die Sterne vom Himmel kochen!« Beendet Francesco das Gespräch.

Als um 15 Uhr die Nachmittagspause beginnt, legt sich Harry erst einmal aufs Bett, denn zum Auspacken der Kleidung hat er keine Lust. So richtig gearbeitet hat er vorher nie in seinem Leben. Klar, dass er nun müde ist und sich erst einmal ausruhen möchte. Nach wenigen Minuten schon nickt er ein. »Aufstehen, arbeiten Harry, weiter geht's!« hört der weggenickte Harry laute Rufe durch die Tür. Gleichzeitig dröhnt ein wiederholtes massives Klopfen gegen seine Schlafzimmertür. Es ist Luigi, der Harry eindringlich darauf aufmerksam macht, dass die Arbeitszeit hier bereits weitergeht. Im Halbschlaf schaut Harry panisch auf die Uhr und sieht, dass es bereits 15:05 Uhr ist. »Ja Chef, ich bin sofort fertig und komme schnell in die Küche.«

Am späten Nachmittag wird es hektischer in der Küche, denn die Abendküche im »Mama Mia« ist begehrter wie der Mittagstisch. Da es in der 30000-Einwohnerstadt Coesfeld kaum Arbeitslose gibt, haben die Menschen eher am frühen Abend die Möglichkeit, in Ruhe Essen zu gehen. Auch Olga, die Aushilfe in der Küche, sowie Jenny und Birgit, die beiden Servicekräfte, sind nun mit an Bord. Heute Abend sind alleine vier Kegelklubs angekündigt, die die beiden Kegelbahnen den ganzen Abend ausfüllen werden. Kegeln ist traditionell im Münsterland weit verbreitet. Bei reichlich Bier und fettigem

Essen tummelt sich die Landbevölkerung gerne bei diesem leicht auszuführenden Hochleistungssport.

Nun darf Harry auch mit in die Zubereitung der Essensgerichte eingreifen. Er darf Lebensmittel aus dem Kühlhaus holen, Tomaten, Zwiebeln und allerlei andere Gemüsesorten waschen. Sogar am Schneiden der Gurken, Tomaten und Zwiebeln ist er beteiligt. Wobei es für Francesco schon zufriedenstellend ist, dass sein Schützling sich nicht die Finger wund schneidet »Hygiene ist das allerwichtigste Gut in jeder Küche«, gibt ihm Meisterkoch Francesco immer wieder zu verstehen. Den Hauptteil seiner Arbeitszeit verbringt der junge Küchenbursche allerdings mit dem Reinigen der Küchengeräte und dem Ein- und Ausräumen der Spülmaschine, die innerhalb weniger Minuten einen Spülgang durchführen kann. Wobei ihm das Einräumen mehr zu schaffen macht, denn Harry ekelt sich sehr vor dem Entfernen der Essensreste. Je mehr Lebensmittel auf den vom Servicepersonal zurückgebrachten Tellern verbleiben, desto schlechter wird die Stimmung beim Küchenpersonal. Denn das Essen könnte ja nicht gut und lecker gewesen sein. Da die Küche um 22 Uhr schließt und danach nur noch aufgeräumt und saubergemacht wird, hat Harry endlich um 22:30 Uhr Feierabend. Todmüde, ohne die Koffer auszupacken, fällt er ins Bett.

In den ersten Tagen hat Harry weiterhin sehr viel Mühe, sich in den Arbeitsprozess des Coesfelder Restaurants einzufügen. Zwar geben sich sein Meister Francesco und auch der andere Lehrling Hubert viel Mühe. Doch Harry ist halt nicht mit dem Kochlöffel in der Hand geboren worden. Insgesamt kommt er aber aus menschlicher Sicht sehr gut mit dem ganzen Küchenteam und auch den beiden Servicedamen aus. Nur die beiden italienischen Restaurantbetreiber Luigi und Salvatore sind Harry nicht so ganz geheuer. Während Luigi ständig gegenwärtig ist und kaum ein nettes Wort für ihn und die anderen Mitarbeiter hat, ist sein Partner Salvatore oft auf Geschäftsreise und nur selten im

Haus anwesend. Was Harry aber nicht schlimm findet, denn ein schlecht gelaunter Chef reicht ihm durchaus.

Heute Abend ist die Bude wieder voll, denn ein örtlicher Schützenverein möchte seine Generalversammlung durchfuhren. Die Schützenbruderschaft Coesfeld hat extra den Festsaal reservieren lassen, denn es werden weit mehr als hundert Schützenbrüder erwartet. Alle Aushilfen sind dabei im Einsatz, sogar der Chef Luigi, sonst kaum am Arbeitsprozess beteiligt, stellt sich heute Abend an den Zapfhahn. In der Küche hingegen ist man noch relativ entspannt, denn die Generalversammlung läuft voll an. Die vielen Programmpunkte verhindern, dass die Teilnehmer sich auf die Einnahme von Getränken und Speisen konzentrieren können.

Erst als alle Themen besprochen und alle Posten besetzt sind, stürzen sich die Schützenfreunde auf die Speisekarte. Jägerschnitzel und Zigeunerschnitzel sind heute Abend der Renner. Das Küchenteam gibt Vollgas, wobei Harry wieder der Spezialist für die Beilage ist. Aber mit dem Waschen und Schneiden der Gemüsesorten kennt er sich ja schon ein wenig aus. Trotz der Hektik der vielen Essensbestellungen schafft es der erfahrene Francesco, die vielen Gerichte schnell auf den Tisch zu bringen. Dabei hat er die Teilzeitangestellten Olga und Pedro als Beiköche in die Zubereitung mit integriert. Beide haben schon langjährige Erfahrungen in unterschiedlichen gastronomischen Betrieben gesammelt. Während Harry und Hubert der andere Lehrling, der auch noch kein großes Licht im Kochen ist, mehr die Vorbereitungs- und Spül- und Reinigungsarbeiten übernehmen. Obwohl mehr als hundert angerichtete Essen mit Beilagen die Küche verlassen, gibt es bis jetzt noch keine einzige Beschwerde bei den beiden Servicekräften Birgit und Jenny.

Plötzlich kurz nach Mitternacht kommt die 1,58 kleine Jenny in die Küche gerannt. Die bildhübsche Blondine mit den langen glatten Haaren, mit einer tollen Figur ausgestattet ist, schreit völlig hysterisch. »Kein Bier mehr, Bier ist alle, alle Fässer leer, was machen wir jetzt?« »Ein neues Fass anschließen«, gibt Harry ihr ein wenig vorlaut zu verstehen. »Geht doch nicht, der Kühlraum für die Bierfässer ist wie immer abgeschlossen und Luigi ist auch nicht da«, kommt es von Jenny entsetzt zurück. Tatsächlich gibt es im Restaurant zwei Kühlhäuser. Während das eine Kühlhaus für Lebensmittel und Getränke, die in Kisten und Flaschen gelagert werden, bestimmt ist, ist das andere nur für Fässer vorgesehen. Die Fässer fährt Luigi immer persönlich mit der Sackkarre rein und den Schlüssel für diesen Raum haben nur Luigi und Salvatore selber. »Der Luigi muss doch irgendwo sein, hast du denn überall geguckt Jenny?« fragt Olga, die gemütliche vollschlanke Deutschrussin, nach. »Nee der ist seit über einer halben Stunde wie vom Erdboden verschluckt, er hat mir aber auch nicht gesagt, dass er weggehen will.« »Du, ich habe Idee, liebe Jenny. Hubert und Harry ihr holt zwei volle Bierkisten hier hin. Und du Jenny zwei Tabletts mit leeren Biergläsern dazu.« »Wieso denn?« will Jenny gerade banal nachfragen. »Du gibst nun keine Widerworte! Machen! Machen aber schnell, pronto, Tempo! Pronto!« gibt Francesco zu verstehen, dass die drei Gehilfen sich schnell bewegen sollen.

Als alle Utensilien eingebracht sind, fängt Francesco eigenhändig an, die Bierflaschen zu öffnen und das Bier in den Gläsern zu verteilen. »Das kannst du doch nicht machen Francesco, das ist doch Betrug, wenn die Kunden das merken, das gibt Theater«, versucht Jenny den Chefkoch zu warnen. »Du dumme Gans, die Bauern und Dorftrottel hier, alle sind besoffen, keiner wird was merken, capito! Capito!« gibt Francesco eindeutig zu verstehen. »Nur auf deine Verantwortung Francesco, denn das nehme ich nicht auf meine Kappe«, schreit Jenny wütend, als sie mit vollem Tablett Richtung Festsaal läuft. Tatsächlich merkt keiner der angeheiterten Schützenbrüder an diesem Abend, dass ihm das Fassbier als Flaschenbier untergejubelt wird.

Erst kurz vor Feierabend taucht der Chef wieder auf. Als er in die Küche geht, wird er lautstark von Francesco kritisiert: »Luigi wo Du gewesen? Wir haben nix gehabt mehr Bier. Die Fässer waren leer und wir mussten verkaufen Bier aus Flaschen. Warum schließt du den Kühlraum ab? Gib uns Schlüssel und wir wechseln selber die Bierfässer«. »Nicht in dem Ton, Francesco, denn der Chef hier bin ich. Du bist nur der Koch und ich treffe alle Entscheidungen. Wenn ich dir sage, dass der Raum verschlossen bleibt, dann bleibt er verschlossen!« »Aber warum Chef, hast du Leichen im Kühlraum?« fragt Francesco ironisch lächelnd. »Junge, das geht Dich einen Dreck an, wo ich meine Leichen habe und jetzt halt den Mund und bringe die Küche in Ordnung Francesco!« läuft Luigi wütend schreiend hinaus. Während Harry und Hubert und die anderen beiden Küchenaushilfen sich schweigend und ein wenig verängstigt ansehen, sagt Francesco nur trocken: »Dich kriege ich noch Luigi«.

Harry in der Kammer des Staunens

Das angespannte Verhältnis zwischen Francesco und seinem Chef wird sich in den nächsten Wochen nicht verbessern. Auch bleibt bei allen Mitarbeitern weiter ungeklärt, weshalb die Kammer, in der die Bierfässer gelagert sind, weiterhin verschlossen bleibt. Auch Harry, inzwischen drei Monate im Restaurant tätig, fragt sich, was wohl hinter der geheimen Tür zu finden ist, denn ohne Grund ist der Raum, der ja eigentlich nur zum Bierlagern vorgesehen ist, wohl ständig abgesperrt ist.

Eines Abends, als Harry von einem Bummel durch die Coesfelder Innenstadt spät zurückkehrt, sieht er von draußen durch das Fenster, wie Luigi den geheimen Raum abschließt. Dann sieht der verdutzte Lehrling, wie Luigi den Schlüssel einfach oben auf den Türrahmen legt. Wahrscheinlich, damit der Geschäftskompagnon Salvatore den Schlüssel auch sofort nutzen kann, wenn er dann, was selten passiert, mal anwesend ist. Doch durch diese Situation ist bei Harry die Neugier ausgebrochen. Was macht Luigi noch so spät in der Kühlkammer? Denn die Gaststätte ist seit über zwei Stunden geschlossen. Und was befindet sich sonst noch hinter der ständig verschlossenen Tür, sind es nicht nur Bierfässer? Mehrere Stunden liegt Harry wach im Bett und kommt einfach nicht in den Schlaf.

Schließlich, um 3 Uhr morgens, schleicht Harry die Treppe herunter. Barfuß, um keine Geräusche zu verursachen, bewegt er sich langsam durch den Kneipenraum, Richtung Kühlkammer. Hastig nimmt er den Schlüssel vom Türrahmen, steckt diesen in das Schloss, dreht zweimal links herum und schon ist die Tür aufgeschlossen. Schnell öffnet er diese und knipst hastig das Licht an. Was Harry nun sieht, sprengt alle Dimensionen seiner Vorstellungskraft. Er befindet sich in einem Raum, der gefüllt ist mit Gefäßen, Schläuchen, Reagenzgläsern, Pumpen, Zylindern und unterschiedlichen Maschinen. Allerlei verschiedene Apparaturen, die er nicht kennt, sind zu einem Chemielabor zusammengesetzt. Doch schon nach wenigen Blicken fällt ihm auf, dass dieses Chemielabor nur einem Zweck dient. Das weiße Pulver in verpackten Säcken und auch die in Töpfen gefüllten bunten Tabletten lassen sofort erkennen, dass es sich hier um eine illegale Drogenküche handelt. Harry ist in eine Kammer eingedrungen, in der dem Augenschein nach Amphetamine und Ecstasytabletten in großem Umfang produziert werden. Die Bierfässer im Hintergrund, die mit Leitungsschläuchen Richtung Kneipe verbunden sind, wirken hier nur wie Beiwerk.

Total geschockt verlässt Harry die Kammer. Schnell verschließt er die Tür wieder und legt den Schlüssel in das gleiche Versteck. Leise schleicht er die Treppe hoch, um sich wieder unauffällig ins Bett zu legen. Damit hatte Harry nun gar nicht gerechnet und voller wirrer Gedanken verbringt er den Rest der Nacht schlaflos.

Mit niemanden redet Harry in den nächsten Wochen über seine Entdeckung. Dass Luigi und Salvatore nicht gerade Sympathieträger sind, war dem Kochlehrling von Anfang an klar. Doch dass die beiden ganz groß im kriminellen Drogenbusiness involviert sind, das hatte sich der schmale Teenager in keiner Weise vorstellen können. Jetzt versteht er natürlich die Geheimnistuerei um die verschlossene Kammer. Aber auch Harry behält das Geheimnis für sich, denn mit wem soll er denn auch darüber reden. Wenn er zur Polizei geht, dann wird der Laden dicht gemacht und er ist seinen Job los. Inzwischen klappt es bei ihm immer besser mit der Arbeit und einige aus dem Team hat er schon lieb gewonnen. Besonders die kleine blonde Jenny. Zwar sieben Jahre älter als Harry, aber absolut genau sein Typ. Die Angst um seinen Arbeitsplatz und die Hoffnung, irgendwann einmal bei Jenny landen zu können, motivieren dazu, die »Schnauze zu halten.«

Es vergehen einige Wochen, als Harry wieder schlaflos in seinem Zimmer liegt und dann den Entschluss fasst, die verbotene Kammer erneut aufzusuchen. Nochmals schleicht er nachts die Treppe herunter und tatsächlich, der Schlüssel liegt noch an gleicher Stelle. Auch das Drogenlabor, das sieht er sofort, ist noch immer voll in Betrieb. Hastig nimmt er sich ein paar Pillen aus den verschiedenen Töpfen und steckt sie schnell in die Hosentasche. Dass gut ein Dutzend der mehreren tausend Pillen fehlen, werden die beiden Drogenproduzenten nicht merken, denkt er sich.

Als er die Ecstasytabletten dann auf dem Zimmer auf den Tisch legt, merkt er, dass auf jeder Pille ein Emblem aufgedruckt ist. Auf einer ist ein Mercedesstern eingestanzt, während die andere wohl für Mitsubishi wirbt. Aber auch Tiere wie Elefanten und Tasmanische Teufel sind aufgedruckt. Besonders lustig findet er die Pille, auf der der amerikanische Immobilienhai Donald Trump aufgedruckt ist. Harry hat Donald Trump sofort erkannt, denn in der letzten Fernsehsendung »Die Simpsons« wurde er als amerikanischer Präsident der Zukunft angekündigt. Bei so vielen bunten Pillen kann Harry nicht widerstehen und schluckt einen Mercedesstern. Harry ist in Sachen Konsum illegaler Drogen ein absolutes Greenhorn. Der Junge mit dem Strebergesicht und der Konfirmantenfigur trinkt gelegentlich Bier und raucht täglich eine Schachtel Camel Filter, doch mit Drogen kennt er sich in keiner Weise aus. Deshalb wundert es ihn auch nicht, dass er nach einer knappen halben Stunde später keine Drogenwirkung verspürt. Das ganze Buhei, das um den Drogenzirkus gemacht wird, ist nur Show, redet er sich nun ein.

Gerade als er die Idee hat, nun auch noch andere bunte Pillen einzuwerfen, verspürt er plötzlich starke Veränderungen jeweils in Psyche und Körper. Denn für ihn jetzt ganz überraschend fängt das MDMA (Methylendioxy — Metamphetamin) in der Tablette plötzlich an zu wirken. Harry fängt ganz stark an zu vibrieren, sein Herz schlägt immer schneller und ihm wird auf einmal richtig warm. Doch diese Wärme findet er nicht unangenehm, denn zusätzlich entsteht durch die Serotonin- und Dopaminausschüttung eine einzigartige Euphorie bei Harry. Diese deutlich spürbare Wahrnehmungstönung in seinem Denken erzeugt nun ein einzigartiges tiefes Vertrauen in sein Leben. Der sonst sehr schüchterne und unsichere Junge ist plötzlich voller Selbstbewusstsein und Selbstsicherheit. Er befindet sich in einer bunten Welt, die er nur aus Filmen kennt, nur mit dem Unterschied, dass nun er sich wie der große Star fühlt, der von der ganzen Welt geliebt wird. Harry gefällt der Rausch und er sprüht voller Energie, doch was macht er damit um diese Uhrzeit?

Schlafen ist nach dieser Aufputschdroge nicht möglich. So fängt Harry im Ecstasyrausch mitten in der Nacht an, seine Bude zu putzen. Und das sonderbare in dieser Situation ist, dass er, der ausgesprochene Putzmuffel, dabei viel Spaß und totale Befriedigung empfindet. Leidenschaftlich und ergiebig bringt er seine Hütte auf Vordermann, als wenn er nie etwas anderes und nichts lieber getan hätte. Mit dem Walkman auf den Ohren, reinigt er sein Zimmer weitaus besser als es je von einem Lehrling vorher gesäubert wurde. Die laute elektronische Musik in seinen Ohren fördert den Rausch und Putzwahn in ihm in so einer Weise, dass er einige Stunden später völlig nassgeschwitzt in den Seilen hängt.

Plötzlich merkt Harry, der die Zeit ganz vergessen hatte, dass es bereits kurz vor 8 Uhr ist und gleich die Arbeit beginnt. Schnell duscht er und wirft, um wieder auf Touren zu kommen, eine weitere Ecstasytablette ein. Dieses Mal wechselt er die Automarke und versucht mit einer Mitsubishitablette seine Müdigkeit zu kompensieren. Nach dem gewohnten Leerlauf setzt dann eine halbe Stunde nach der Verabreichung die gewünschte Wirkung ein. Wie gedopt ist er heute völlig enthemmt in der Küche tätig. Meister Francesco und Lehrlingskollege Hubert sind total erstaunt, wie agil und frisch Harry heute wirkt. Sonst muss man dem Jungen alles vorsagen, was er zu tun oder zu erledigen hat. Heute sieht er die Arbeit und ist stets bemüht, alles schnell, sauber und ordentlich zu erledigen. Wie in Ekstase gibt er sich der Küchenarbeit hin.

Am Wochenende beschließt Harry, nun auch mal partymäßig den Drogenrausch zu erleben. So stürzt er sich in die Coesfelder Diskoszene. Mit einer Ecstasytablette im Körper läuft er zunächst in die Bahnhofstraße, um in der Diskothek New York zu feiern. Doch in dem kleinen Klub, wenige hundert Meter vom Bahnhof entfernt, ist nicht unbedingt viel los. Deshalb zieht es ihn weiter in die Diskothek Fabrik. Hier geht am Freitagabend voll die Undergroundshow ab. Punker, Gruftis und allerlei außergewöhnliche Typen tummeln sich in dieser eher alternativen Diskothek. Harry, der einen Elefanten geschluckt hat, geht jetzt vollkommen ab. Ohne Berührungsängste treibt sich der eher spießig wirkende Harry zwischen den sehr individuell und auch ein wenig verrückt aussehenden Typen auf der Tanzfläche herum. Zur Musik der Elektroavantgardmusikikone Anne Clarke oder auch zu den Bollock Brothers und Sex Pistols geht er voll ab und tanzt sich, durch die Droge aufgeputscht, in einen Rausch. Harry, der auf Klassenfeten nie auf der Tanzfläche zu sehen war, kann mit den skurrilen Typen heute voll mithalten. Der kleine Junge mit dem Milchbubigesicht und dem Streberimage besitzt heute das gewisse Etwas in der Fabrik. Der biederen Kochlehrling, dem hier niemand etwas zutrauen würde, rockt die Bühne wie ein Superstar. »Ecstasy verleiht Flügel«, grinst sich Harry innerlich einen weg und tanzt durch bis in das frühe Morgengrauen.

Eine Woche später treibt er sich in der Dülmener Diskothek Fantasy herum. Trotz erneutem Drogenkonsum kommt er zuerst nicht so gut drauf. Denn hier in Dülmen feiern viele englische Soldaten, die im Ort stationiert sind. Das erinnert Harry an Phil, seinen englischen Vater, der hier ebenfalls stationiert war und seine Mutter in diesem Klub kennengelernt hatte. Als seine Mutter Sylvia schwanger wurde, verschwand er in die Heimat, sodass Harry seinen Vater bis heute nie gesehen hat. Inzwischen hat Harry seine drei mitgebrachten Ecstasytabletten schon genommen, doch das erwünschte Rauschgefühl kommt nicht zur Geltung.

Da wird er plötzlich von einem großen, dunkelhaarigen, braungebrannten Typen angequatscht: »Brauchst du was Schnelles Junge?« »Wie? Was meinst du damit?« fragt Harry leicht irritiert. »Schnelles, Amphetamine natürlich, auch Pep oder Speed genannt.« »Willst du was Junge, oder nicht? Ich sehe genau, dass deine Teile heute nicht zünden. Aber wenn du eine Nase von meinem weißen Pulver nimmst, dann geht deine Fahrt heute Abend doch noch richtig ab.« Harry lässt sich überzeugen und kauft für zwanzig Mark 1 Gramm Amphetamine bei dem Dealer, der sich zum Abschluss des Deals mit dem Namen Dirk vorstellt. Schnell verschwindet Harry auf die Toilette und schnupft mit einem Geldschein ungefähr 0,2 Gramm der Aufputschdroge. Im Gegensatz zum Ecstasykonsum erfolgt die Wirkung direkt nach dem Schnupfen der Amphetamine. Innerhalb weniger Sekunden fühlt Harry sich voller Energie und Tatendrang. Seine Selbstsicherheit und sein Selbstbewusstsein steigen in überdimensionale Höhen und er hält sich nun absolut für unverwundbar. Die ganze Nacht läuft und tanzt er durch das Fantasy. Als einer der letzten verlässt er die Diskothek und fährt mit dem Bus zurück nach Coesfeld. Nach dem Duschen und dem Umkleiden steht er wieder pünktlich in der Küche und fühlt sich von keinerlei Müdigkeit gezeichnet.

Harry wird Dealer

Der Kauf des Amphetaminepulvers in der Dülmener Disco bringt Harry auf die Idee, selber diese Droge und auch Ecstasytabletten zu verkaufen. Denn er sitzt an der Quelle und hat auch weiterhin mit dem Schlüssel die Möglichkeit, sich an Produkten der Drogenküche zu bedienen. Er besorgt sich in der Coesfelder Innenstadt kleine durchsichtige Tütchen sowie eine Briefwaage. Dann fängt er abends nach Feierabend an, das geklaute weiße Pulver abzuwiegen und es zu je 1-Gramm-Portionen in die Tütchen zu stecken. Dabei zeichnet er sich als durchaus großzügiger Verkaufsneuling aus, denn die Portionen enthalten auch ohne das Verpackungsmaterial oft fast zwanzig Prozent mehr an Gewicht.

So macht er sich am Wochenende erneut Richtung Dülmen auf, um erstmals in seinem Leben dort Drogen zu verticken. Ein wenig unsicher und ängstlich fühlt er sich schon, denn schließlich ist der Verkauf von Betäubungsmitteln eine ernstzunehmende Straftat. Auch stellt sich für ihn die Frage, wie er mit seinen potenziellen Kunden in Kontakt treten soll. Er verfügt über keinerlei Verkaufserfahrungen und auch kennt er kaum Menschen aus der Drogenszene.

Schließlich gegen Mitternacht traut er sich dann einen jungen Mann anzusprechen. Er tanzt schon seit Stunden wie ein Berserker und ist nass geschwitzt, als hätte er gerade geduscht. Auch ein Indiz, dass er im Ecstasyrausch ist, denn die Droge erhitzt den Körper und der Konsument versucht es durch Schwitzen auszugleichen. Bekleidet nur mit Jeans und Muskelshirt, kurze blondierte Haare, verstrahlte Augen. Ein wenig wirkt er wie H.P. Baxter, der Sänger von der Technoband Scooter. Nur ungefähr zwanzig Jahre jünger. »He Alter brauchst du was zum Nachlegen?« versucht Harry sehr cool auf seinen vermeintlichen Kunden einzuwirken. Doch er erntet nur schallendes Gelächter. »Du bist doch gerade im neunten Schuljahr auf der Penne und du willst mir Teile verticken«, um erneut in Gelächter auszubrechen. »Genau, das«, versucht Harry lässig zu kontern, »bei mir bekommst du Mercedessterne, Mitsubishis, Elefanten und Tasmanische Teufel, den Donald Trump habe ich zu Hause gelassen, der ist zu alt für diese Party. Alles Superteile und heimlich im Chemieunterricht auf der Penne fertiggestellt«, knallt die Retourkutsche von Harry eindringlich zurück. Fassungslos fallen dem Gesprächspartner fast die Augen aus und in dem drogengeschwängerten Gesicht fällt dann auch noch die Kinnleiste komplett runter. »Äy ist ja gut Alter, ich bin nun bei dir, dann gib mir doch bitte zwei Tasmanische Teufel, die gehen knallhart ab.«

Nachdem das Geschäft mit 30 DM für zwei Ecstasypillen auf der Toilette über die Bühne gegangen ist, freut Harry sich wie ein Honigkuchenpferd über seinen Einstieg in die Dealerszene. Auf jeden Fall stärkt der bei ihm schon fast zur Gewohnheit gewordene Drogenkonsum seine pralle Laune noch zusätzlich.

Diese wird dann noch getoppt, als Harrys erster Drogenkunde knapp eine Stunde später gut gelaunt wieder auftaucht: »Äh Alter, deine Teile sind hammergeil, gibt mir bitte nochmal Nachschub, denn ich brauche für meine Kumpels auch ein paar Dinger. Gib mir fünf Tasmanische Teufel und für mich zum runterkommen einen Mercedesstern.«»Sehr gerne Kollege, sollst du alles haben, für 70 DM, mache ich dir dann auch einen Freundschaftspreis« versucht Harry sich bereits als routinierter Verkäufer sehr kundenfreundlich hervorzuheben.»Du, ich bin übrigens Frank und nächstes Wochenende sind wir in Legden in der Skandala und wenn du Bock hast, kannst du uns da gerne wieder beliefern«, verabschiedet sich Frank von Harry.»Okay dann sehen wir uns in der Skandala«, gibt Harry ihm erfreut zu verstehen.

Doch schon am Mittwoch macht Harry sich mit der Bahn nach Legden auf, um auch dort sich als Dealer zu etablieren. Wie er später nach Hause kommt, das weiß er noch nicht, denn der letzte Zug fährt um 20.45 Uhr zurück Richtung Coesfeld und Nachtbusse fahren in der Woche auch nicht. Die Skandala gehört zu einem großen Freizeitzentrum. Es besteht aus vielen Restaurants, Kneipen und auch mehreren Discotheken mit unterschiedlichen Musikrichtungen. Harry zieht es natürlich in die Hauptdisco, denn da läuft Techno und da lauern Kunden. Doch heute ist alles anders, denn die ganze Fußbodenfläche der Hauptdisco ist mit Sand ausgelegt und mitten in der Disco steht ein großer Swimmingpool, in den jeder reinspringen darf. Es ist halt Beach Party und bestimmt 2000 Leute sind an diesem Mittwochabend in Legden am Feiern.

Da Frank mit seiner Ruhrgebietsclique auch heute auf der Party ist, kommt Harry schnell ins Geschäft und kann seine Drogen gut verkaufen. Plötzlich steht auch ein ungefähr dreißig Jahre alter Mann mit einem Tablett vor ihm und fragt»Hey Junge, wir kennen uns doch vom Sehen, du kommst doch aus Asbeck. Ich habe schon von einem gemeinsamen Kumpel gehört, dass du Superteile hast. Kannst du mir ein paar verkaufen? Keine Angst, ich halte die Schnauze, ich bin hier Kellner und sehr verschwiegen!« Es ist Hermann, ein Mann aus Legden, der hier am Abend als Kellner arbeitet, aber tagsüber bei der Müllabfuhr unterwegs ist und Harry von seinen Mülltouren in Asbeck kennt. Mit seinem Vokuhila-Schnitt, dem Schnauzbart, dem muskulösen braungebrannten Oberkörper sowie mit Muskelshirt und Stirnband sieht Hermann aus, wie eine Mischung aus Rambo und Wolfgang Petry. Da Harry Hermann nicht unsympathisch findet, verkauft er ihm zehn Ecstasytabletten für 100 DM. »Du Harry, ich bin jetzt über die Beach Party fünf Tage nonstop unterwegs, im Tageslicht leere ich Mülltonnen und nachts sammle ich hier Gläser ein, da brauche ich was zum wach bleiben. Wenn die Dinger gut sind, spreche ich dich die Tage bestimmt nochmal an«, teilt Hermann Harry nach dem Deal noch mit. Da auch Frank mit seiner Ruhrgebietsclique heute auf der Party ist, kommt Harry schnell ins Geschäft und kann seine Drogen gut verkaufen.

Nicht nur der Kellner Hermann, sondern auch viele andere der Technojünger, welche vor allem in der Hauptdisco abfeiern, werden Harrys neue Kunden. Die in der italienischen Drogenküche produzierten »Lebensmittel« schlagen wie eine Bombe im kleinen Partydorf Legden ein. Ähnlich wie Hermann ist jetzt auch Harry in der Beach-Party-Woche Tag und Nacht auf den Beinen. Während er am Tag die Kartoffeln schält und die Küche putzt, verdient er nachts mit seinem florierenden Drogenhandel das große Geld. Wenn er sich von den bestimmt 10000 fertig gepressten Ecstasytabletten, einige hundert herausnimmt, fällt das genauso wenig auf wie 100 Gramm vom fetten Amphetaminehaufen zu stibitzen. Die Qualität scheint außerordentlich gut zu sein, denn die Beach-Party-Gäste reißen Harry den Stoff praktisch aus den Händen. Aber wohin mit dem Geld? Die Frage wird immer mehr zu einem Thema, denn Harry hat inzwischen mehrere 10000 DM in seinem Dachbodenzimmer gehortet.

Heute, am Montag, hat Harry frei im »Mama Mia«. Es trifft sich sehr gut, denn nach den vielen »Verkaufswochenenden« in der Skandala und anderen Diskotheken ist Harry trotz Aufputschdrogen doch irgendwie »platt wie eine Flunder«. Genau passend, dass er bei seiner Mutter zum Geburtstagskuchen eingeladen ist. Doch da ist noch ein guter Grund für Harry, denn er möchte im Haus der Mutter sein Dealergeld und auch einen Vorrat seiner Verkaufsdrogen verstecken. Denn die Angst, dass seine beiden Chefs sein Zimmer durchschnüffeln und dann das Bargeld oder die geklauten Drogen finden, macht ihm zu schaffen. Die Geburtagsparty ist extra für Harry inszeniert, denn er wird heute 18 Jahre alt. Da der Einzelgänger keinen festen Freundeskreis hat, ist dann auch nur die Familie eingeladen. Mutter Sylvia, die mit Oma Gertrud in der angemieteten Doppelhaushälfte wohnt, hat ihre beiden Schwestern Elfriede und Marina eingeladen, die in Legden und Asbeck leben. Auch die drei Cousins von Harry sind mitgekommen. Während die Jungs sehr engagierte Fußballer bei Germania Asbeck und SUS Legden sind, war Harry immer sehr unsportlich und ist in keinen Sportverein eingetreten. Norbert erzählt Harry ganz stolz von seinem 50 Mark-Motorola-Handy, dass er sich nach seinen Aushilfsarbeiten in einer Gärtnerei zulegen konnte. Da kann Harry natürlich nicht kontern, denn seine 43000 DM Dealergeld in seinem Rucksack kann er hier schlecht anpreisen.

Nach dem Kaffeeklatsch mit reichlich Tratsch über das Asbecker und Legdener Dorfleben verlässt Harry das Wohnzimmer und begründet es mit einer Zigarettenpause. Dass seine drei wohlerzogenen Cousins Nichtraucher sind, passt Harry gut in seinen Plan, denn er möchte ein geheimes Versteck für sein Bargeld ausbaldowern. Schnell schleicht er in den Keller, wo allerlei Gerümpel rumliegt. Da sich seine Mutter nicht gut von Sperrmüll trennen kann, kommt ihm das nun zugute. Während er das in einen Jutesack gefüllte Bargeld unter einen alten Schrank schiebt, der schon seit einem Jahrzehnt hier vor sich hingammelt, versenkt er die Drogentüten in einen fast gefüllten Streusalzsack. Da zurzeit Hochsommer ist, muss Harry sich keine Sorgen machen, dass der Inhalt des Sackes zeitnah verstreut werden sollte.

Als die Gäste fort sind und Oma auch schon zu Bett gegangen ist, nimmt sich Sylvia ihren Sohn zu Brust:»Du Harry irgendwas stimmt doch nicht mit dir mein Junge. Du wirkst so verändert, so abwesend. Wenn ich mit dir rede, hörst du kaum zu und nimmst mich nicht wahr. Auch wirkst du so hibbelig und nervös. Was ist los mit dir? Bitte erzähle es mir Harry!«»Mama, mache dir bitte keine Sorgen. Ich muss viel arbeiten im ‚Mama Mia', denn die beiden Chefs verlangen viel von mir. Aber Lehrjahre sind ja keine Herrenjahre. Wenn ich später mal ausgelernt habe, suche ich mir eine gute Stelle oder mache selber ein Restaurant auf«, versucht Harry seine Mutter zu beruhigen.»Ja Junge, doch irgendwas stimmt nicht mit dir, das spüre ich«, gibt Sylvia ihrem Sohn noch mit auf den Nachhauseweg.

Sylvia hat ganz gut erkannt, dass es nicht so gut steht mit Harry, denn der 18-Jährige ist inzwischen voll drogenabhängig. Ein halbes Jahr Drogenkonsum haben gereicht, um sein Leben außer Fugen geraten zu lassen. Direkt morgens nach dem Aufstehen benötigt er eine fette Line Speed zum Wachwerden. Während der Arbeit schleicht er oft auf die Toilette, um Speed zu schnupfen oder Ecstasytabletten zu schlucken. Niemand am Arbeitsplatz ahnt etwas von seiner Sucht. Harry verschläft nie und erledigt alle vom Chefkoch Francesco gegebenen Arbeiten sorgsam. Kleine Gerichte wie Bratkartoffeln mit Spiegelei oder auch einzelne Nachspeisen kann er schon alleine erledigten. Und auf Drogen wirkt er sogar beim Saubermachen und Putzen sehr agil.

An den Wochenenden macht er durch. Nach Feierabend fährt er mit Bus und Bahn in die Discotheken der Nachbarorte. Wenn er alle Drogen verkauft hat, feiert er und tanzt die restliche Nacht durch und fährt mit der ersten Bahn oder dem ersten Bus zurück nach Coesfeld. Harrys nächtliche Ausflüge bleiben unauffällig. Denn er benutzt immer den hinteren Hotelausgang. Dort sitzt kein Portier und niemand sieht ihn kommen und gehen.

Zumal die beiden Chefs Luigi und Salvatore sowie der Chefkoch auf der anderen Seite des Gebäudes in Einliegerwohnungen leben. Jedoch nach durchgemachter Nacht benötigt Harry noch mehr Drogen und seine Dosis erhöht sich stetig. Bestimmt zehn Ecstasytabletten und fünf Gramm Amphetamine haut er sich täglich rein. Auch raucht er wie ein Schlot, und es ist schon verwunderlich, wie der schmächtige Junge das weiterhin wegsteckt.

Beim Dealen in den Discotheken zeigt Harry keine Schwächen und führt sich als knallharter Dealer auf. Das heißt, bei ihm gibt es die Drogen nur gegen Barzahlung. Da hilft auch das Flehen der Kunden um Kredit oder die schönen Augen einiger weiblicher Kunden nicht, ihm die Drogen kostenlos aus den Taschen zu ziehen. Nur bei Hermann macht er schon einmal eine Ausnahme. Denn wenn Hermann gelegentlich als Barkeeper am Tresen in der Skandala steht, dann mixt er Harry schon mal ein großzügiges Getränk zusammen. Das heißt der Wodka-Lemon ist dann extra für ihn in doppelter oder dreifacher Drehzahl gemischt. Im Gegenzug lädt er Hermann schon mal auf eine Line Speed oder auf eine Ecstasypille ein.

Der plötzliche Reichtum hat Harry nicht abheben lassen. Er war als Kind nie verwöhnt worden, denn seine Mutter als Alleinerziehende hatte oft sehr wenig Geld. Zusammen mit Großmutters Rente konnte die Miete für das Haus und das Nötigste zum Leben gerade mal so finanziert werden. Harry hatte keine Markenklamotten noch teure Spielsachen oder auch ein nobles Fahrrad. Jetzt, wo er bereits über 50000 DM zusammengedealt hat, vergisst er nicht, wo er herkommt und zeigt niemandem seinen Reichtum. Immer in Jeans und T-Shirt gekleidet und günstige Turnschuhe an den Füßen, tätigt er seine Geschäfte in der örtlichen Drogenszene. Nur die Lederjacke, die er sich zugelegt hat, kostet mehr wie einen Hunderter. Dazu hat er sich noch einen goldenen Ohrring anfertigen lassen, um reifer und älter zu wirken. Denn es ist schon sehr wichtig als

Dealer ein Auftreten zu haben, das Selbstbewusstsein und Kompromisslosigkeit zeigt.

Trotz seiner Drogenabhängigkeit läuft es beruflich und geschäftlich weiterhin grandios für Harry, nur einen Traum kann er sich nicht erfüllen. Harry hat sich bis über beide Ohren in Jenny verliebt. Doch die freundliche, liebenswürdige Kollegin aus dem Service ist eben sieben Jahre älter wie er. Doch das ist nicht das Hauptproblem, denn Jenny weiß gar nicht, was Harry für sie empfindet. Woher soll sie es auch wissen, denn Harry kann es ihr nicht sagen und zeigen. Genau in dieser Beziehung ist der abgebrühte Dealer weiterhin sehr schüchtern und weiß sich nicht zu helfen.

In der Coesfelder Berufsschule kann Harry Freundschaft zu einem jungen Lehrling knüpfen. Es ist Andre, einen Kopf größer und viel kräftiger als Harry. Doch die beiden sehr unterschiedlichen Typen haben die gleiche Leidenschaft: »Drogen« Beim gemeinsamen Drogenkonsum kommen die beiden Berufsschüler sich näher, und es entsteht nebenbei auch eine gewisse Sympathie. So macht es sich Harry nun zunutze, dass der zwei Jahre ältere Andre bereits einen Führerschein besitzt. Er bietet Andre einen Job als Chauffeur an. Ab jetzt fährt Andre jedes Wochenende seinen Kumpel Harry mit seinem alten, dunkelroten Opel Kadett Coupé zu den örtlichen Diskotheken, in denen er Geschäfte macht. Das ist für Harry sehr praktisch, denn er kann viel schneller und flexibler seine Deals gestalten. Wobei er seine Strategie inzwischen verändert hat, denn er verkauft nicht mehr an den Endkonsumenten, sondern an verschiedene Kleindealer. Diese Dealer, die auch fast alle selber »auf Droge« sind, kaufen ihm, je nach Ihren finanziellen Verhältnissen, erhebliche Mengen ab. Mit drei- bis vierstelligen Geldbeträgen erwerben sie stattliche Drogenportionen. Der Ruf und die Qualität, die Harrys geklaute Produkte haben, sprechen sich inzwischen bis ins Ruhrgebiet herum. Aus diesem

Grund kann Harry seinen Kundenstamm bedeutend ausbauen. Harrys Geschäfte finden nun auch außerhalb der Diskoszene statt. Er trifft sich oft an versteckten und abgelegenen Orten mit seinen Käufern. Da ist Andre eine große Hilfe, denn zu zweit fühlt er sich sicherer, denn in der Drogenszene gibt es schon immer mysteriöse und oft unseriöse Gestalten.

Heute Abend fahren Andre, der inzwischen seine Kochausbildung geschmissen hat, und sein »Chef« Harry zu einem Date mit einem Dealer aus Marl. Ralf, oft Gast und Dealer in der Legdener Diskothek Skandala, möchte 200 Gramm Amphetamine für 10000 DM abnehmen. Das Treffen soll am Parkplatz der Autobahnabfahrt Gescher stattfinden. Für beide Partner ein guter zentraler Platz. Denn Ralf braucht nur eine halbe Stunde über die A 31. um den Parkplatz zu erreichen, während Andre und Harry nur zehn Minuten benötigen, um am Umschlagplatz einzutreffen. Als die beiden auftauchen, steht der knallgrüne Opel Manta bereits auf dem Parkplatz. Ralf erfüllt alle Klischees, des Filmes »Manta Manta«. An seinem getunten, tiefergelegten Auto befinden sich Fuchsschwanz und Sportlenker. Auch ist seine blonde dauergewellte Freundin, die er gelegentlich mit in die Disko bringt, beruflich als Friseuse aktiv. Der braungebrannte Ralf wirkt mit seiner Glatze, den Cowboystiefeln, dem engen Muskelshirt sowie mit seinem Ruhrgebietslang wie ein astreiner Prolet.

Ralf steigt zu den beiden in das rote Coupé ein. Auch dieses Auto ist, wie der knallgrüne Manta, ein eher auffälliges Fahrzeug, obwohl Dealer doch eigentlich sehr unauffällig agieren möchten. »Habt Ihr Bullen gesehen? Ist die Luft rein hier? Habt Ihr vorher alles abgecheckt?« fährt Ralf seine beiden »Geschäftspartner« an, als er es sich gerade auf den Rücksitz bequem gemacht hat. Als Andre und Harry sich dann umdrehen, fangen beide an über Ralf zu lachen. »Was habt ihr vor mit mir? Wollt Ihr mich heute verarschen? Was ist los? Schluss mit dem Gelächter!« gibt er den beiden zu verstehen. »Eh Alter«, antwortet Andre trocken, »du willst uns in deinem Paranoiawahn etwas von Bullen und Sicherheit erzählen, da fange doch erst einmal bei dir selber an du Proll, putz dir bitte mal die Nase, die ist nämlich ganz weiß, hast dir während der Fahrt auf der Autobahn wohl mehrere Line Koks reingezogen? Also wenn die Bullen dich so mal anhalten Ralf, haben die dich sofort. Da haste dich ja selber auf dem Präsentierteller abserviert, Alter«. »Is ja gut Jungs, ihr habt ja Recht, ich putze mir schnell die Nase, dann kommen wir endlich zum Geschäft« versucht Ralf von seinem Leichtsinn abzulenken. »Hier hast du ein Tempo«, lenkt Harry, der sich bis jetzt aus dem Gespräch rausgehalten hatte, ein.

Doch nachdem er die Packung Taschentücher nach hinten herüberreicht und sich Ralf eine rausnehmen möchte, kommt es zu tumultartigen Szenen. Alle Türen des Autos werden aufgerissen. Insgesamt sechs Personen ziehen die drei Insassen aus dem Fahrzeug, drücken sie auf den Boden und legen ihnen Handschellen an. Im ersten Moment hatten die drei Dealer das Gefühl, Opfer eines Raubüberfalls zu werden, denn beim geplanten Geschäft ging es ja um einen hohen Geldbetrag. Doch dieser Verdacht verflog sehr schnell. Spätestens in dem Moment, als ein schlanker, schwarz gekleideter Mann mit lauter Stimme ruft: »Kriminalpolizei! sie sind vorläufig festgenommen! Alles was sie sagen, kann gegen sie verwendet werden!« Jetzt wissen die drei Drogenhändler, dass es ihnen wohl an den Kragen geht, denn sie sind total überrascht in einen Polizeizugriff hineingerasselt.

»Irgendwelche Betäubungsmittel bzw. Drogen, Waffen, Schlagringe etc. dabei?« fragt ein großer, dunkelhaariger, schnauzbärtiger Beamter, leicht grinsend. Der Kripomann, der mit seinem Aussehen ein wenig dem US-Fernseh-Cop Magnum ähnelt, hat heute die Hoffnung, den großen Coup gelandet zu haben. Synthetische Drogen wie Ecstasy und Amphetamine haben in den letzten Jahren auch die münsterländische Disco- und Drogenszene überschwemmt. Und heute hofft der Einsatzleiter dieses Kommandos, der hiesigen Drogenszene einen großen Schlag versetzen zu können. »Nicht wirklich«, kontert Andre ebenfalls grinsend, »nur ein paar Zigaretten, aber die fallen meines Wissens nicht unter das Betäubungsmittelgesetz.« »Werd nicht frech Bursche! So Leute jetzt werden wir euch gegen das Auto drücken und euch dann von oben bis unten durchsuchen. Danach die beiden Autos auseinandernehmen. Aber das könnt ihr euch gerne ersparen, wenn ihr mir ganz einfach sagt, wo ihr den Stoff und auch das Bargeld für das Geschäft versteckt habt? Ein Geständnis wirkt sich jederzeit strafmildernd aus und vielleicht habt ihr ja Chancen auf Bewährung?« versucht der deutsche Polizei-Cop zu locken. »Wir haben nichts und wir sagen nichts!« Gibt und verhält sich Harry bei seiner allerersten Verhaftung wie ein Profi. »Hast wohl zu viel Tatort gesehen, das freut mich für dich Bursche, dass deine Eltern dich solange abends haben Fernsehen lassen!« fährt der Einsatzchef Harry an, um sich dabei auf dessen jungenhaftes Aussehen zu beziehen.

»Scheiße, das ist viel zu wenig«, flucht ein Beamter, nachdem er ein leeres Drogentütchen aus der Tasche von Ralf gefischt hat. »Da waren bestimmt 5 Gramm drin, das sieht man an der weißgestaubten Hülle. Aber was nützt uns das jetzt, die Tüte ist leer und bringt uns beweistechnisch nichts!« »He Kollege, bleib mal ganz ruhig, wir wissen doch, heute sollte hier ein Deal über 10000 DM über die Bühne gehen. Wir haben Zeit und irgendwo in den Autos finden wir die Kohle und auch das weiße Pulver«, versucht der Einsatzleiter zu beruhigen.

»Ich hab es! Ich habe es! ich hab es Chef«! Laut schreiend zieht ein Polizist eine Plastiktüte aus dem grünen Manta. »Hier ist das Drogengeld, da sind die 10000 DM!« ruft er freudig in die Runde. »So Leute, nun seid ihr erledigt, sagt uns, wo sich der Stoff befindet, dann haben wir alle hier früher Feierabend.« Gibt der Einsatzleiter wiederholt Harry, Andre und Ralf zu verstehen.

»Okay, ich sag ihnen, was Sache ist«, startet Harry seinen Befreiungsschlag. »Ja, den Ralf kenne ich aus der Disco und da habe ich ihn öfter wegen seinem Manta geärgert. Auch habe ich ihm geraten, sich ein vernünftiges Auto zuzulegen. Und tatsächlich, er hört auf mich und will sich jetzt ein anderes schickes Auto zulegen. Bei uns in Coesfeld steht ein knallroter 924 Porsche für nur 13000 DM. Ich habe ihm gesagt, wenn er den Manta in Zahlung gibt und das Bargeld sofort mitbringt, dann läuft das Geschäft. Deshalb haben wir uns hier getroffen, damit wir gleich weiter nach Coesfeld fahren.« »Das kannst du deinem Frisör erzählen, und zwar dem, der dir bald im Knast die Haare schneiden wird! Wir haben eure Handys abgehört und da ging es um weißes Waschpulver und nicht um einen Autokauf, hört auf uns hier zu verarschen!« schreit das Magnum-Double ganz laut in die Runde. »Ja der Harry und der Ralf, das sind halt zwei Koryphäen, die mit ihren Sprüchen und ihrem Verhalten oft die Umwelt an der Nase rumführen. Die beiden verarschen gerne mal andere Leute, aber das ist doch nicht böse gemeint.« legt Andre noch platt einen drauf, in dem Wissen, dass auch diese Aussage wenig glaubhaft ist. »Jetzt reicht es aber! Schnauze! Ich glaub euch kein Wort. Wir nehmen euch und beide Autos mit auf die Wache. Die Autos werden bis in die letzte Ritze durchsucht und ihr werdet solange verhört, bis Ihr redet. Und das kann lange dauern. Und ich weiß, ihr seid alle ‚drauf‘ und irgendwann kommt dann bestimmt bei euch der Drogenentzug! Los abführen!« Hält der Chefcop eindrucksvoll sein Schlussstatement.

Tatsächlich werden Harry, Andre und Ralf anschließend auf dem Polizeipräsidium in Ahaus stundenlang verhört. Da sie auf Designerdrogen und Koks sind, setzt im Gegensatz zur Heroinabhängigkeit bei ihnen kein harter körperlicher Entzug ein. Auch werden beide Autos mehrmals konsequent durchsucht. Da alle drei Beteiligten bei der Geschichte mit dem Autokauf bleiben und auch keine Drogen gefunden werden, können sie spätabends die Polizeiwache verlassen.

Die 2 Kilogramm Amphetamine konnten die Polizisten gar nicht im Fahrzeug finden, denn sie waren ganz woanders deponiert. Bereits in der Nacht zuvor waren Andre und Harry zum Autobahnparkplatz gefahren und hatten die Drogen gut verpackt im Gebüsch verbuddelt. Denn Harry hatte durchaus im Vorfeld damit gerechnet und spekuliert, dass ein auffälliger Typ wie der Ralf doch irgendwann mal von der Polizei observiert werden könnte. Seine Spekulationen gaben ihm in diesem Fall durchaus Recht.

In den nächsten Wochen verhält sich Harry vorsichtiger, denn die Blitzverhaftung ist trotz des positiven Ausgangs nicht spurlos an ihm vorbeigegangen. Telefongespräche in Sachen Dealerei führt er nur noch in Telefonzellen. Dabei nutzt er auch die speziellen Telefonzellen, in der man selber angerufen werden kann. Wenn Kunden doch weiterhin Bestellungen bei ihm aufnehmen wollen, geht er gar nicht an sein Handy oder legt einfach auf.

Allerdings besucht er weiterhin die örtlichen Diskotheken Skandala, Fabrik, Fantasy und nun auch das Magic 3 in Selm. Sein Partner Andre fährt ihn nachts mit dem Coupé zu den münsterländischen Diskotheken. Doch clevererweise führen die beiden nun mehr keine Drogen für den Verkauf mit sich. Wenn doch, dann nur ein paar Ecstasypillen und weniger als 1 Gramm Amphetamine für den Eigenbedarf. Während sich Andre den Stoff in die Unterhose steckt, hat Harry ein Loch in der Turnschuhsohle, den er dann mit Panzerband verklebt, nachdem er seinen Drogenvorrat dort hineingestopft hat. So kommen sie locker durch jede Taschenkontrolle der Türsteher und hätten bei einer erneuten Verhaftung wegen ihrer geringen Mengen an Eigenbedarf wenig zu befürchten.

In erster Linie nutzt Harry nun die Diskothekenbesuche, um unter vier Augen weiterhin Verkaufstreffen mit Kunden auszubaldowern. Wobei sich der immer noch schmächtige Junge mit dem »Strebergesicht« als absolutes Verkaufstalent entpuppt. Denn er verlangt von seinen Geschäftspartnern, dass sie das für die Drogen vorgesehene Geld schon vorher an abgelegenen Parkplätzen oder Raststätten im Gebüsch oder auch unter Geröll und Steinen deponieren. Um diesen Treffpunkt auch exakt finden zu können, überreicht Harry ihnen stets ein Polaroidfoto dazu, auf dem die Stelle abgebildet ist. Wenn ein Kunde sich mal nicht sofort für diese für ihn nicht unbedingt prickelnde Übergabestrategie gewinnen lässt, droht Harry das Geschäft platzen zu lassen. Allein diese Drohung hilft, dann alles schnell einzutüten.

Da Harry sich den Stoff immer noch umsonst aus der Drogenküche besorgen kann, bietet er nach wie vor die günstigsten Preise hier im Münsterland. Außerdem müssen die Kleindealer nicht den gefährlichen Weg in die Niederlande gehen. Inzwischen führt Harry sogar mehrere Türsteher aus den Niederlanden in seinem Kundensortiment. Die drei Männer, die zu einer holländischen Sicherheitsfirma gehören, sind abends an unterschiedlichen Diskotheken im Münsterland platziert. Die Kontakte die sie hier aufbauen, nutzen sie dann konsequent aus, um die von Harry erworbenen Drogen weiter zu verticken. Auch Harry nutzt natürlich gerne diese Kontakte, denn bei eventuellem Stress in den Diskotheken, kann er stets beruhigt auf den Schutz der Türsteher vertrauen.

Die abgesprochenen Geschäfte laufen in der Regel so, dass Andre und Harry meistens im Dunkeln zu den Lagerplätzen fahren, wo das Geld deponiert ist. Mehrere hundert Meter vor der vermeintlichen Stelle lässt Andre dann Harry an einer verborgenen Stelle samt Drogen aus dem Auto aussteigen. Damit, falls doch mal Gefahr drohen würde, Harry dann sofort im Gebüsch die Drogen verbuddeln könnte, um dann unauffällig wieder zu Andre in den Wagen zu steigen. Jedoch die Geschäfte laufen einwandfrei, denn Andre findet immer den versprochenen Geldbetrag in den Depots. Dann fährt er zurück zu Harry an die einsame Stelle und tauscht Geld gegen Drogen. Während Harry nun in Ruhe mit der Taschenlampe den Geldbetrag überprüft, hinterlegt Andre die Drogen in dem Depot. Da dem Kunden immer erst der folgende Tag für die Abholung der Drogen genannt wird, kommt es niemals mehr zur direkten Übergabe, was der Polizei das Leben zusätzlich schwer macht.

Auch kann in den nächsten Wochen das missglückte Geschäft mit Ralf erfolgreich zum Abschluss gebracht werden. Mehrmals noch wird der Mantafahrer dem Jungdealer erhebliche Drogenmengen abkaufen, aber jedes Mal an einer anderen Stelle außerhalb der Kreise Borken und Coesfeld. Harry hatte von einem langjährig tätigen Dealer die Information bekommen, dass die einzelnen Polizeikreise sehr schlecht vernetzt sind. Deshalb ist es natürlich clever, auch in anderen regionalen Bereichen wie im Ruhrgebiet, die Geschäfte zu tätigen. Die professionelle Abwicklung der Drogengeschäfte führt dazu, dass es keine neuen Berührungspunkte zwischen Harry und seinem Begleiter sowie der Kriminalpolizei gibt.

Wenn Harry zusätzlich zu seinem Designerdrogenkonsum mal Cannabis raucht, kann es hin und wieder auch zu Paranoiazuständen bei ihm führen, die ihn in großer Sorge über sein kriminelles Handeln bringen. Sein Kumpel Andre ist da durchaus entspannter wenn sie gemeinsam kiffen, und beschwichtigt:»Du Harry, die Bullen werden uns niemals schnappen, dazu sind wir zu vorsichtig und du einfach zu clever!«»Ich hoffe, du hast Recht Andre, aber ich mache mir Sorgen. Denn irgendwann wird einer unserer Kunden geschnappt. Der kommt dann auf Entzug ziemlich mies drauf und die Bullen versprechen ihm dann alles, nur damit der plaudert. Wenn uns einer verpfeifen tut, davor habe ich große Angst mein Freund.« sorgt sich Harry weiterhin.»Mache dir keine Sorgen Harry, also ich werde dich niemals verraten! Wenn wir beide in Zukunft in Verhören knallhart bleiben und alles bestreiten, dann werden sie uns niemals überführen, da bin ich sicher.«»Durch dich mein Kumpel bin ich reich geworden und konnte meiner Familie einiges zurückgeben und vor allem meinen Eltern Geld schenken, damit sie sich ein vernünftiges Auto kaufen konnten!« versucht Andre erneut zu beruhigen. »Bist du verrückt geworden Andre, mit dem Geld herumzuschmeißen! Was hast du deinen Eltern denn erzählt, woher du die Kohle hast?« fährt ihn Harry entrüstet an. »Also früher habe ich mein ganzes Geld in Spielhallen verzockt, deshalb hätten mir meine Eltern nicht geglaubt, wenn ich dort gewonnen hätte. Also habe ich ihnen erzählt, dass ich fünf Richtige im Lotto gehabt habe und somit über 25000 Mark gewonnen habe. Um das glaubwürdiger zu machen, habe ich ihnen auch einen getürkten Schein gezeigt, wo die korrekten Zahlen vom Wochenende drauf waren.« »Du lernst von mir Andre und du wirst immer cleverer, aber bitte sei vorsichtig, denn wenn wir die Kohle weiterhin verstecken, dann kann uns nichts passieren und eines Tages, wenn wir genug Geld im Sack haben, dann hören wir auf und verschwinden ganz einfach in die Karibik«, versucht Harry Andre in die richtigen Bahnen zu lenken. »Gute Idee", fügt Andre hinzu«, nachdem er den letzten Joint aufgeraucht hat, »wir beiden Jungs in der Dominikanischen Republik, denn da lebt auch schon Falko, die alte »Koksnase«. Dann rauchen wir mit dem unsere Joints und singen gemeinsam: Dadideldum der Kommissar ist dumm!« Mit lautem abschließendem Gelächter beenden die beiden breit und zufrieden den gemeinsamen Abend.

Auch an den Menschen in der Drogenszene geht die Weihnachtszeit nicht spurlos vorüber, vor allem wenn es um Geschenke geht. Da Andre seinen Eltern den Autokauf schon finanziert hat, braucht er sich nicht unbedingt Gedanken um ein großes Geschenk zu machen. Harry hingegen fällt wie jedes Jahr überhaupt nichts ein, was er seiner Mutter und auch der Oma schenken möchte. Doch dann denkt er an den Trick mit dem

Lottoschein. Als »angeblicher Lottogewinner« kann er Mutter und auch der Oma doch in diesem Jahr durchaus gönnerhafte Geschenke zukommen lassen.

Er geht zur Coesfelder Stadtbank und fragt den Bankangestellten: »Was kostet ein Goldbarren?«»Also Junge wir haben hier 1 Gramm-Goldbarren für 36 Mark oder wenn du ganz viel gespart hast, bekommst du für knapp 180 DM sogar den 5 Gramm-Barren. Dazu kommen aber noch ein paar Mark für uns als Bearbeitungsgebühr auf den Preis drauf«, gibt ihm der Banker zu verstehen. »Nein, was kostet der 31,10 Gramm Goldbarren?« Stellt Harry sehr eindringlich nochmals die Frage.»Junge das ist ja eine ganze Feinunze Gold und die kostet momentan fast 400 Dollar und umgerechnet sind das 597 DM plus Bearbeitung. Wo hast du denn so viel Geld her Junge?«»Ich hatte fünf Richtige im Lotto und wenn sie mir das nicht glauben, bringe ich Ihnen gerne nächstes Mal den Lottoschein mit. Also ich benötige fünfzehn Goldbarren, zehn für meine Mutter und fünf für meine Oma, denn ich bin ein sehr dankbarer Junge. Nur mein Vater, der bekommt nix, denn den kenne ich nicht und den habe ich noch nie gesehen!«»Ist ja gut Junge, freut mich, dass auch mal ein netter dankbarer Junge im Lotteriespiel gewonnen hat. Hast du das Geld bei uns auf der Stadtbank, dann kann man das ja direkt verrechnen?«»Nein ich bin bei der Stadtkasse, doch wenn ich da den Goldkauf tätige, dann kriegt das meine Mutter vorher mit. Denn die Frau vom Bankdirektor geht mit meiner Mutter wöchentlich kegeln und die gute Frau erzählt gerne«, lügt Harry, dass sich nur so die Balken biegen. »Das sind dann kurz nachgerechnet 9180 DM und die willst du mir bar hier auf den Tisch legen?«»Ja, das Geld hole ich von der Stadtkasse, das ist ja nur um die Ecke, da wird am helllichten Tag nichts passieren. Wann darf ich denn die Goldstücke abholen?« fragt Harry in Vorfreude lächelnd.»Komme in drei Tagen wieder Junge, dann ist dein bestelltes Gold auf jeden Fall geliefert«, erklärt ihm der Bankangestellte zum Abschluss.

Da der Goldankauf nun unproblematisch abläuft, freut Harry sich nun sehr auf Heiligabend, denn er ist sehr gespannt, wie seine Oma und auch seine Mutter auf die goldigen Geschenke reagieren werden. Er kann dieses Jahr wieder nur Heiligabend bei seiner Familie verbringen, denn am 1. und 2. Weihnachtstag hat er zwei volle Arbeitstage. Denn wie in vielen anderen regionalen Restaurants ist auch an den Weihnachtstagen das »Mama Mia« ziemlich ausgebucht und viele Tische sind bereits seit Wochen reserviert.

»Was ist das? Was ist das?« fragt Sylvia am Heiligen Abend unter dem Weihnachtsbaum, als sie gerade das Geschenk von Harry aufmacht. »Junge die sind doch nicht echt? Harry sage mir, dass das kein echtes Gold ist, das ist doch Messing oder irgendwas anderes, aber kein Gold, auch wenn es so aussieht?«

»Doch Mama, das sind zehn Feinunzen Gold und für dich Oma habe ich auch fünf Goldstücke. Jedes Goldstück ist 600 DM wert. Und damit ihr es wisst, ich habe mit meinem Kumpel Andre Lotto gespielt und zusammen haben wir über 25000 DM gewonnen. Ich habe extra nichts verraten, denn ich wollte euch auf Weihnachten überraschen. Mama, du und auch Oma ihr habt mich ganz alleine aufgezogen. Dafür bin ich euch beide sehr sehr dankbar und da habe ich jetzt einmal an euch gedacht« erklärt Harry stolz den beiden konsternierten Damen die goldenen Geschenke. Während Oma fassungslos ihre Goldstücke in der Hand hält, fällt Sylvia mit Tränen in den Augen ihrem Sohn um den Hals und spricht: »Mein Junge, mein Junge, du bist ein Schatz!«

Im neuen Jahr ändern Harry und Andre nochmals aus Vorsicht ihre Strategie, denn sie wissen, dass das Milieu, in dem sie sich bewegen, gefährlich und unberechenbar sein kann. Beim Austausch der Drogen gegen das Geld wollen sie immer zu zweit handeln. Außerdem entscheiden die beiden Freunde nun, sich bei ihren Geschäften mit Waffen abzusichern. Legal besorgen sie sich zwei Gaspistolen aus einem Waffengeschäft. Da man für diese Waffen keinen Waffenschein benötigt, dürfen sie die Pistolen immer dabei haben. Während Harry die Waffe am Hosengurt trägt, hat Andre sich einen speziellen Gürtelholster für die Schulter zugelegt, um noch schneller ziehen zu können. Beide Waffen sind mit Pfefferspray geladen, das noch heftiger wirkt als die sonst üblichen CS-Gaspatronen.

In einer eiskalten Februarnacht sind die beiden Richtung Autobahnrastplatz Legden unterwegs, um heute das Geschäft mit Dirk, einem Dealer aus Gladbeck, durchzuführen. Dirk war ein Kumpel und Partner von Ralf. Oft hat Harry die beiden Kleindealer morgens nach durchfeierter Nacht in der Skandala gemeinsam mit dem auffälligen grünen Manta davonbrausen sehen. Doch schon seit vielen Monaten sieht man die beiden nicht mehr zusammen. Auch hatte der Kellner Hermann aus der Skandala Harry mal gewarnt: »Du Harry, der Dirk ist manchmal ganz schön komisch drauf. Ich habe mal ein Geschäft mit ihm auf der Diskotoilette gemacht. Und nachher hat er doch fälschlicherweise stur behauptet, die 100 DM für die Ecstasypillen von mir nicht bekommen zu haben. Zwei Kumpels aus Gelsenkirchen, die du auch kennst, haben mir geholfen, um den Typ abzuhalten. Die haben mir dann gesagt, dass der Dirk ohne Ende kokst und sogar Heroin raucht. Der ist fertig und weiß gar nicht mehr was so abgeht. Pass auf dich auf Harry, denn der Junge ist mir irgendwie nicht mehr geheuer.« »Danke, danke Hermann, nett, dass du dir Sorgen machst, aber Andre und ich haben bestimmt alles im Griff«, gibt Harry Hermann zu verstehen. Doch der bleibt skeptisch, denn mit Anfang 30 hat der langjährige Kellner der Diskothek Skandala bestimmt mehr Lebenserfahrung als der 18-jährige Kochlehrling.

Als Andre und Harry dann kurz nach Mitternacht auf dem Autobahnparkplatz der A 31 in Legden ankommen, steht nur ein parkender Wagen dort. Sie wundern sich zwar, dass er ein Recklinghausener Kennzeichen trägt, also auch für den Raum Gladbeck gültig. Aber da Dirk ein anderes Fahrzeug fährt, hegen sie noch kein Misstrauen. Ohne Skepsis verlassen sie das Auto, um die Drogen in dem besprochenen Depot zu verstecken. Dann wenige Meter vom Auto entfernt, passiert das Unfassbare. Zwei schwarz gekleidete maskierte Gestalten springen aus dem Gebüsch und rufen: »Überfall! Geld her! Wertsachen her! Her damit! Alles rausgeben!« Beide Räuber haben ein Messer in der Hand und versuchen damit die Bedrohung zu bekräftigen. Nur wenige Meter vor Harry und Andre haben sich die beiden Räuber aufgebaut. Ziemlich geschockt aber noch einigermaßen cool versucht Harry die Situation zu beruhigen: »Is ja gut Jungs, bleibt ganz ruhig, Ihr kriegt alles, was Ihr wollt. Lasst uns in Ruhe die Taschen leeren, dann habt Ihr den Stoff Eurer Träume.« »Hör auf zu labern! Her mit dem Stoff! Aber sofort! Sonst versenke ich mein Messer in dir!«, kontert einer der Angreifer. »Okay Okay, alles klar«, beschwichtigt Andre und zieht blitzschnell und zeitgleich mit Harry seine Gaspistole aus dem Holster. Ohne dass die beiden Räuber reagieren können, schießen die beiden die Pfefferspraypatronen aus den bereits entsicherten Waffen ab. Beide bekommen die volle Munitionsladung, also das ganze Magazin mitten ins Gesicht. Auch die Maskenverhüllung verhindert die verheerende Wirkung nicht. Beide Gangster sacken zusammen, reiben sich die Augen und fangen an zu husten. Das Pfefferspray, das auf die Augen, die Atemwege und die Schleimhäute wirkt, hat sie vollkommen kampfunfähig gemacht. »Schnell weg hier Andre, ins Auto und dann weg!«, schreit Harry Andre an. Der dann auch rasend schnell ins Auto springt und gemeinsam mit Harry per quietschenden Reifen den Parkplatz verlässt.

»Du Andre, der eine Typ, das war der Dirk, den habe ich an der Stimme erkannt. Auch die Größe und die Figur, das passt«, glaubt Harry festgestellt zu haben. »Da bin ich mir auch sicher und der Zweite, das könnte ein Kumpel vom Dirk sein, den er ab und zu mal in der Skandala dabei hat«, unterstützt Andre die Vermutung. »Du wir müssen noch vorsichtiger sein Andre, vor allem dürfen wir keine Geschäfte mehr mit Typen machen, die »drauf« sind. Und der Dirk der ist voll drauf auf allen Drogen. Hätte ich doch auf den Rat vom Hermann gehört« stellt Harry ein wenig ernüchtert fest. Immer noch ziemlich geschockt, aber auch ein wenig erleichtert, fahren die beiden zurück nach Coesfeld.

Harry wird verhaftet

Der verhinderte Raubüberfall macht den beiden Jungdealern mehr zu schaffen als sie im ersten Moment denken. Zwar versuchen Harry und Andre mit coolen Sprüchen die Befreiung vom versuchten Raubüberfall zu feiern. Doch innerlich sieht es bei den beiden ganz anders aus. Diese Unsicherheit und auch Angst können sie nur mit immer mehr Drogen kompensieren. Das führt auch bei Harry zu Problemen im Job. Wegen seiner unkonzentrierten und unzuverlässigen Arbeitsweise bekommt er oft mit Chefkoch Francesco Probleme.

Eines Abends wird Harry dann zu den beiden Geschäftsführern ins Büro gerufen. Mit mulmigen Beinen schleicht er die Treppe hoch. In seinem Kopf schwirren unzählige Gedanken: »Haben die beiden etwas von meinem Drogenkonsum gemerkt? Oder vielleicht sind sie ja dahinter gekommen, dass ich ihre Drogen klaue?« Völlig verängstigt steht Harry vor der Tür und traut sich kaum zu klopfen. Als er sich dann doch mit einem sehr spärlichen Anklopfen bemerkbar macht, tönt es sehr harsch und laut aus dem geschlossenen Raum: »Herein!« Langsam öffnet Harry die Tür zum Chefraum und betritt diesen fast in Zeitlupe. Dabei wird er von Luigi mit einem unfreundlichen: »Setzen!« begrüßt. Ganz tief versinkt Harry nun im Bürostuhl und traut sich kaum aufzuschauen und seine Vorgesetzten anzusehen.

»Harry, beginnt Luigi mit lauter fester Stimme, »hast du uns nicht irgendetwas zu beichten?« Dieser Satz trifft Harry wie ein Pfeil ins Herz. Total geschockt, denkt er nur noch: »Jetzt haben sie mich, jetzt machen sie mich fertig, wenn ich nur raus fliege habe ich noch Glück. Zur Polizei werden sie nicht gehen, dann sind sie selber dran...« Harry, der nicht in der Lage ist zu antworten, wartet nun praktisch auf den Henker. »Harry du bist gesehen worden, und zwar sehr oft«, schaltet sich nun auch Salvatore ein, »ja wir Italiener halten zusammen, wir kennen uns und wir kommunizieren viel. Und meine italienischen Freunde haben dich gesehen, und zwar sehr oft. In der Skandala, im Fantasy, aber auch hier in Coesfeld in der Fabrik. Und uns ist nun klar, du bist jede Nacht auf Achse, immer unterwegs. Wie willst du da gut arbeiten und Ausbildung machen, das wird nix! Aber nun ist Schluss! Wir geben dir Ausgangsverbot, und zwar unbefristet. Solltest du noch einmal gesehen werden, in Disco, dann bist du weg! Dann schmeißen wir dich raus! Ohne Diskussion! Ist das klar mein Freund? Ist das klar?« »Ja Chef, alles klar, ich befolge ihren Rat. Ich gehe nie wieder in diese Läden. Werde nur noch lernen und fleißig sein, das verspreche ich ihnen«, versucht Harry ein wenig zu beschwichtigen.« »Wenn alles klar, dann raus!« schreit Luigi Harry an und zeigt mit erhobenem Arm und ausgestrecktem Zeigefinger Richtung Tür.

Total erleichtert rennt Harry nun die Treppe runter. »Diese beiden Vollidioten, die glauben, dass sie alles wissen. Doch sie wissen gar nichts. Seit fast einem Jahr klaue ich ihnen die Drogen und die haben überhaupt keine Ahnung«, lächelt Harry innerlich. Auch freut er sich, durch das Ausgangsverbot ein wenig kürzertreten zu können. Er plant die nächsten Wochen auszuruhen, um sich vom stressigen nächtlichen Drogenverkauf erholen zu können. Auch freut er sich von nun an pünktlicher schlafen gehen zu können. So schläft er dann auch heute Abend schnell und früh ein.

Plötzlich in den frühen Morgenstunden schallen heftig laute Geräusche und Rufe durch das ganze Haus. Sofort wird Harry in seinem Dachbodenzimmer wach und kann das ganze gar nicht zuordnen. Das Aufreißen und Knallen von Türen sowie die Rufe und das Schreien von Männerstimmen werden immer heftiger. Harry denkt sofort an einen Überfall, den er ja vor kurzem so gerade noch entkommen konnte. Er vermutet, eine Bande möchte seinen beiden Chefs die Drogenvorräte rauben. Oder ist es wieder Dirk, der sich für den gescheiterten Überfall rächen will und nun mit Verstärkung hier antritt? Harry bekommt es mit der nackten Angst zu tun. Schnell nimmt er er einen Stuhl und ein dickes Buch und klemmt beides so fest unter die Türklinke, dass man diese nicht mehr runter drücken kann. Doch wenige Sekunden später treten mehrere Männer vor die Tür und rufen lautstark:»Aufmachen, Polizei sofort aufmachen.« Da Harry immer noch nicht so recht weiß, was da überhaupt läuft, lässt er weiterhin seine Tür verschlossen. Doch wenige Sekunde später wird die Tür mit brachialer Gewalt durch einen heftigen Stoß aufgebrochen. Im gleichen Moment stehen drei schwerbewaffnete Männer vor ihm:»Hinlegen! Auf den Boden! Hände auf den Rücken!« Bevor Harry überhaupt realisiert hat, was die drei Typen von ihm wollen, wird er schon gepackt und auf den Fußboden geschmissen. Brutal ziehen sie ihm die Arme nach hinten, drücken diese zusammen und legen ihm Handschellen an.»SEK-Polizeieinsatz! Junge du bist zunächst mal verhaftet«, wird er von einem großen kräftigen Mann angeschrien. Dieser Mann hat einen riesigen Helm auf und ist mit einem Maschinengewehr der Marke Heckler&Koch bewaffnet. Er trägt wie seine beiden Kollegen die komplette SEK-Einsatzausrüstung, die aus einer schwarzen Uniform, einer schwarzen Einsatzweste und schwarzen Sicherheitsschuhen besteht. Da Harry die Aufschrift:»Polizei« auf den Uniformen erkennen kann, ist er auf einmal ziemlich erleichtert. Denn im ersten Moment hatte er mit einem Überfall aus der

Drogenszene gerechnet und nun in Obhut des Polizeikommandos fühlt er sich doch ein wenig sicherer.

Kurz danach wird Harry von zwei SEK-Leuten aus dem Haus geführt. Er wundert sich sehr, dass draußen einige Presse- und Fernsehteams lauern, um Aufnahmen zu machen. Sie werden einen Tipp bekommen haben, sonst wären sie kurz nach 6 Uhr morgens bestimmt nicht hier im beschaulichen Coesfeld schon vor Ort. Da Harry zuvor von einem SEK-Mann ein T-Shirt über den Kopf gezogen bekommen hat, ist für die Presse- und Fernsehleute seine Identität nicht zu erkennen. Ein kleines Loch in dem alten T-Shirt gibt ihm die Möglichkeit, den ganzen Rummel hier wahrzunehmen. Alle Personen, die in dem Restaurant wohnen, die beiden Besitzer Luigi und Salvatore, der Küchenchef Francesco und der zweite Lehrling Hubert werden einzeln abgeführt und in verschiedene Polizeitransporter gesetzt. So soll vermieden werden, dass vor dem Verhör gemeinsame Absprachen getätigt werden können.

Mit dem Polizeibulli wird Harry nach Münster gefahren. Dort am Polizeipräsidium angekommen, wird er in den Keller gebracht. Dann werden ihm die Handschellen abgenommen und er wird in eine karge Zelle gebracht. Dort muss er seinen Hosengürtel und die Schuhbänder abgeben. Dieses gilt als Selbstschutz, denn bei Menschen, die noch nie in Haft waren, besteht oft Suizidgefahr. In dieser Zelle, wie in Polizeigewahrsam üblich, ist quasi nichts. Außer eine schäbigen, jahrzehntealt wirkenden Matratze und einer Decke, die auch nicht viel jünger wirkt. In einer Ecke befindet sich ein Loch mit Abfluss. Dort kann man sein Geschäft verrichten, um danach per Knopf die Notdurft mit Wasser wegspülen zu können. Ein Waschbecken, um sich danach die Hände zu waschen, ist nicht vorhanden. Auch Harry ist trotz junger Verbrechererfahrung klar, warum dieser Keller für den Polizeigewahrsam so spartanisch gehalten ist. Dem gerade Verhafteten wird sofort ein schlechtes beklemmendes Gefühl gegeben, das ihm einen Vorgeschmack auf den Knast geben soll. Dieses negative Gefühl soll ihn dann zur Aussage oder noch besser einem kompletten Geständnis bewegen. Genau das hat Harry sofort durchschaut und denkt sich:»Nicht mit mir!« Stundenlang lässt die Polizei Harry nun unten im Keller zappeln. Auch das hat Harry sofort durchschaut, dass man ihn auf Entzug bringen will. Doch Harry weiß, dass er als Konsument von Designerdrogen wie Ecstasy und Amphetaminen diesen starken körperlichen Entzug, wie auf Heroin zum Beispiel, nicht bekommen wird. Er hat zwar keinen Schimmer, was die Polizei gegen ihn in der Hand hat, doch hofft er auf jeden Fall wieder auf freien Fuß zu kommen.

Ohne vorhandenes Zeitgefühl wird Harry etliche Stunden später zum Verhör hochgeholt. In dem großen, dunkel gehaltenen Raum sitzt er an einem riesigen Tisch zwei Kripobeamten mittleren Alters gegenüber. Während der dunkelhaarige Beamte mit dem langen Zopf ein wenig szenemäßig aussieht, wirkt der kräftige, gedrungene Beamte mit der Glatze eher sehr konservativ.

Dabei scheinen die Polizisten von der Situation beeindruckter zu sein wie der Betroffene selber. Denn die Beamten hatten Harry nie vorher gesehen und bestimmt nicht damit gerechnet, dass er so jung und unscheinbar aussehen würde.»Hallo, du bist Harry Cocker?« fragt der Kriminalbeamte mit dem Zopf. Während Harry nur nickt, fragt er ihn nun freundlich, ob er ihm eine Zigarette anbieten darf. Harry, der wieder nur nickt, bekommt die Zigarette vom gleichen Beamten überreicht und angesteckt.»Junge wir wissen alles, wirklich alles. Deine beiden Chefs gehören der italienischen Mafia an, das Restaurant dient hier als Stützpunkt zur Geldwäsche und zur Herstellung für synthetische Drogen. Und du Junge bist nur ein Scheinlehrling, der hier im Münsterland Drogen im großen Stil verkauft«, legt der glatzköpfige Beamte sofort alle Anschuldigungen auf den Tisch.»Sie haben vergessen mir meine Rechte hinsichtlich Aussageverweigerung vorzulesen«, kontert Harry frech. Die beiden Polizisten sehen sich verdutzt an, um dann schließlich Harry auf seine Rechte hinsichtlich einer Aussage hinzuweisen.

»Okay«, beschwichtigt Harry schließlich, »ich bin ja durchaus bereit auszusagen, denn ich habe mir ja nichts vorzuwerfen.« »Dann lassen wir ein Tonband mitlaufen«, erklärt der Beamte mit der Glatze und legt das kleine Gerät auf den Tisch. Nach dem Feststellen der persönlichen Daten, stellt der Beamte mit dem Zoff die erste Frage: »Du arbeitest schon anderthalb Jahre im Restaurant ‚Mama Mia', seit wann vertickst du den Stoff, der dort von deinen Chefs in der Drogenküche hergestellt wurde? Hast du auch bei der Produktion der synthetischen Drogen mitgeholfen?« »Also ich weiß gar nicht was hier los ist… Warum ich verhaftet worden bin und auch das Luigi und Salvatore mit Drogen zu tun haben, ist mir absolut neu«, versucht Harry sich rauszureden. »Junge, höre auf zu lügen, wir haben im Kühlraum des Restaurants eine komplett ausgestattete Drogenküche ausgehoben, mit tausenden von fertig gestanzten Extasytabletten und dazu bestimmt einem Zentner Amphetaminepulver«, fährt der kahl rasierte Polizist dazwischen. »In welchem der beiden Kühlräume, dort wo die Bierfässer stehen?« fragt Harry, schauspielerisch eindrucksvoll, erstaunt nach. »Das weißt du doch Junge, zwischen den Fässern steht ein komplettes Drogenlabor, das niemand bei euch im Restaurant übersehen konnte!« stellt der glatzköpfige Beamte klar. »Also den Kühlraum mit den Fässern, den habe ich nie betreten, der war immer verschlossen und nur unsere beiden Chefs hatten einen Schlüssel dafür. Wenn ein Fass leer war, dann hat Luigi das neue Fass angeschlossen. Einmal hat Francesco, unser Meister, geschimpft, dass der Raum immer verschlossen ist und wir vom Personal nicht selber die Fässer wechseln können. Da hat Luigi ihn so fertig gemacht, dass sich keiner der Kollegen mehr getraut hat, über diesen Raum überhaupt noch zu reden.

45

Da hatten wir große Angst. Klar haben wir alle gedacht, da stimmt etwas nicht mit dem Kühlraum, aber wer rechnet denn damit, dass dort eine Drogenküche drin ist. Vor allem in so einem bürgerlichen Kaff wie Coesfeld«, versucht Harry sein Fell zu retten.

»Wir glauben dir kein Wort Junge«, stellt der Glatzkopf klar »vor einigen Wochen haben unsere Kollegen dich und zwei Mittäter bei einem Drogendeal auf dem Autobahnparkplatz in Gescher gestellt. Das Dealergeld wurde sichergestellt. Es wurden nur keine Drogen gefunden. Damals konntest du deine Haut noch retten, doch heute ist es aussichtslos für dich Harry. Packe aus, dran bist du sowieso Junge.« Dann legt der Zopfträger nach: »Eine fette Aussage gibt dir alle Chancen Harry. Wenn du mit uns kooperierst, kannst du Bewährung bekommen. Es ist sogar drin, dass du in wenigen Tagen wieder draußen bist. Wenn alle Fakten auf dem Tisch sind, ist Verdunklungsgefahr kein Haftgrund mehr. Da du nicht der Haupttäter bist, hast du eh keine lange Haftstrafe zu erwarten, sodass Fluchtgefahr bei dir auch nicht aktuell ist. Komm Harry packe aus, dann bist du bald wieder draußen.« Harry muss nicht lange überlegen, um nochmal klarzustellen: »Ich habe niemals in meinem Leben Drogen hergestellt noch Drogen verkauft und habe absolut keine Ahnung, was da im ‚Mama Mia' gelaufen ist.« »Ab in den Keller mit dir«, schreit der Glatzkopf nun Harry an, »wir lassen dich da erst einmal ein paar Tage da unten schmoren, dann wirst du schon reden Junge!«

Nicht unzufrieden über den Verlauf des Verhörs lässt sich Harry wieder in den Keller führen. Jetzt weiß er, dass die Polizei nicht wirklich etwas gegen ihn in der Hand hat. Seine beiden Chefs sind hochgegangen, und da der Fall so große Ausmaße hat, wird wohl der komplette Umkreis durchermittelt. Da Harry schon mal für wenige Stunden wegen Betäubungsmitteln verhaftet worden war, steht er natürlich sehr weit oben auf der Liste.

Seine große Befürchtung, dass ihm Kunden aus seinen privaten Geschäften per Aussage verraten hätten, ist nicht eingetreten. Und Luigi und Salvatore, die können ihn gar nicht belasten, denn die beiden wissen immer noch nichts von seinen Drogengeschäften. Zwar spürt Harry inzwischen einen leichten Drogenentzug, aber die Gewissheit, dass er bald wieder auf freien Fuß kommen könnte, betäubt den Entzug ein wenig.

Inzwischen ist es Abend geworden, und nach einigen Stunden hin und her rollen auf der Matratze, nickt er schließlich ein. Nach unruhigem Schlaf wird Harry schließlich am frühen Morgen durch das laute Aufschließen und Aufmachen der Zellentür unsanft geweckt. »Los aufstehen, wir schmeißen dich raus, du bist aus dem Polizeigewahrsam entlassen«, fordert ihn ein uniformierter Polizist auf, die Zelle möglichst rasch zu verlassen. Dieser Aufforderung kommt Harry natürlich sehr gerne nach. Im Eingangsbereich des Polizeipräsidiums bekommt er Geldbörse, Papiere, Hosengürtel und auch Schuhbänder zurück. Als er schriftlich bestätigt, alles ordnungsgemäß wieder bekommen zu haben, taucht nochmal der glatzköpfige Beamte auf und droht Harry: »Junge wir wissen sehr genau, dass du ganz tief im Business mit drin steckst, und wir kriegen dich, da kannst du dir sicher sein!« Ohne Widerworte zu geben, verlässt Harry schweigend das Präsidium.

Ganz in der Nähe ist eine Bushaltestelle, von der es nur einige Stationen bis zum Hauptbahnhof Münster sind. Dort steigt er in die Bahn, die ihn nach Coesfeld bringt. In Coesfeld verschwindet er ins Industriegebiet, denn dort hat er einen Drogenbunker angelegt. Auf diesen heftigen Schreck am frühen Morgen genehmigt er sich erst einmal eine gute Portion Amphetamine. Denn auf dieser Droge hat er oft Ideen, wie es weitergehen soll. Doch erst einmal will er genau wissen, was da wirklich gelaufen ist. Deshalb kauft er sich die Coesfelder Zeitung und die größte deutsche Boulevardzeitung an einer Tankstelle ein. Während die

SEK-Polizeioperation in der Coesfelder Zeitung ganz groß schon auf der Titelseite zu sehen ist, berichtet auch das Boulevardblatt sehr umfangreich mit einer kompletten Seite in ihrem NRW-Teil. Jedoch als Harry die Schlagzeilen liest, stockt ihm schlicht der Atem. »Zwei Mafiapaten der `Ndrangheta in Coesfeld verhaftet«, so heißt es in der aufreißerischen Überschrift der Boulevardzeitung. Denn Luigi und Salvatore sollen laut Zeitung hier im Münsterland die Statthalter einer mächtigen Mafia-Familie aus Kalabrien gewesen sein. Das Restaurant wurde als Geldwäsche, Umschlagplatz für Drogen, aber auch zur Herstellung synthetischer Drogen genutzt. Die hergestellten Amphetamine und Ecstasytabletten wurden wie das aus Italien gelieferte Kokain und Heroin nicht nur in Deutschland verkauft. Der Stützpunkt NRW diente für internationale Geschäfte in die Beneluxländer, nach Großbritannien sowie nach Skandinavien. Harry ist so geschockt, dass er die Zeitungen fallen lässt und sich erst einmal hinsetzen muss.

Nach mehreren Minuten der Besinnung merkt er erst, mit welchem Risiko er gespielt hat. Luigi und Salvatore hätten ihn vielleicht umgelegt, wenn sie bemerkt hätten, wie er sie monatelang beklaut hat. Mit Mitgliedern der italienischen Mafia ist nicht zu spaßen, das weiß jeder kleine Junge auch hier im Münsterland. Aber Harry hat über ein Jahr mit seinem Leben gespielt und weiß erst jetzt, in welcher Gefahr er sich befunden hat.

Doch wirklich lange hat er keine Zeit, erschrocken zu sein, denn er benötigt erst mal einen Unterschlupf. Bei der Polizei hat man ihm gesagt, dass das »Mama Mia« zwecks weiterer Beweisaufnahmen erst einmal verschlossen und versiegelt ist. Niemand außer der Polizei darf das Restaurant betreten, sodass Harry nicht in sein Zimmer und an seine Klamotten kommt. Deshalb beschließt er, Andre aufzusuchen. Andre lebt, seitdem er die Kochausbildung geschmissen hat, in einer kleinen Einzimmerwohnung in der Coesfelder Innenstadt. Nach Abbruch der Lehre bekam er Ärger mit seinen Eltern und zog sich in das stadtbekannte schäbige Mehrfamilienhaus in der Coesfelder City zurück. Inzwischen hat Andre sich mit seinen Eltern wieder vertragen, doch er bleibt hier gerne wohnen, denn hier kann er ungestört und unauffällig seinem Drogenkonsum nachgehen. Da die meisten Bewohner hier Probleme haben oder drauf sind, fiel es niemanden im Haus auf, wie Andre und sein ständiger Gast Harry, sich hier gezielt auf ihre Geschäfte vorbereiten konnten.

»Kann ich heute bei Dir übernachten?« fällt Harry beim Eintreten in die Wohnung sofort mit der Tür ins Haus. »Selbstverständlich mein Freund, komme rein und setze dich erst einmal«, begrüßt ihn Andre dabei recht freundlich. »Du machst vielleicht Sachen Harry! Ja ich habe alles hier im Fernsehen verfolgt. Die öffentlichen Fernsehsender, die Nachrichtensender, sogar LTL hat berichtet, wie das »Mama Mia« vom SEK gestürmt wurde und ihr alle verhaftet worden seid. Deine beiden Chefs sind ja ganze große Fische im Haifischbecken, absolut alle erste Liga Junge. Die beliefern ja den halben europäischen Kontinent. Von den beiden hätten wir ja noch einiges lernen können,« grinst Andre, ohne sich über den Ernst der Lage überhaupt Gedanken zu machen. »Bist du bekloppt Andre«, kontert Harry, »die beiden Typen hätten uns wirklich kalt gemacht, wenn die gewusst hätten, dass wir ihnen den Stoff klauen!« »Und nun«, fragt Andre, »gehen wir jetzt gemeinsam in den Ruhestand, denn dein Restaurant, beziehungsweise deine Drogenküche ist geschlossen und somit kein Nachschub vorhanden?« »Da mache dir keine Sorgen Andre, so einfach lassen wir uns nicht aus dem Markt kicken. Wir müssen natürlich höllisch aufpassen, denn die Bullen haben mich zu 100 Prozent auf dem Kicker. Ein einziger Fehler und ich verbringe die nächste Zeit in geschlossener Gesellschaft«, versucht Harry die Situation zu analysieren. »Aber erst einmal fährst du mich nach Billerbeck, denn ich benötige möglichst schnell eine neue Wohngelegenheit.« »Wieso Billerbeck?« fragt Andre erstaunt. »Komm Andre, ich erkläre dir das gleich während der Fahrt.«

Harrys Drogenküche auf dem Campingplatz

Andre ist mal wieder sehr überrascht von der Idee, die ihm Harry im Auto vorstellt. Er möchte sich im Baumbergeferienpark, einem großen Campingplatz in Billerbeck, mit feststehenden Wohnwagen, Mobilheimen und auch kleinen Hütten oder Häusern, einen Platz mieten. Hier war er gelegentlich zu Besuch und hat dort gesehen, dass regelmäßig Objekte zum Verkauf anstehen. Als die beiden dort auftauchen, ist Andre sehr erstaunt, dass der Platz laut Hinweisschild aus über achthundert Wohneinheiten besteht.

»Die noblen gemauerten Spitzhäuser oder die Fachwerkhäuser sind mir zu teuer, aber hinter dem Kiosk, da sind schicke Mobilheime und auch Hütten, die mit Sicherheit erschwinglich sind«, schaut Harry der Situation optimistisch entgegen. Und tatsächlich direkt im ersten Mobilheim hinter dem Kiosk sehen die beiden ein Schild im Fenster: »Zum Verkauf angeboten, bitte im Haus 14 melden«. Die beiden gehen den Schotterweg weiter runter und entdecken ein schickes Holzhaus mit der Nummer 14. Harry klingelt und bekundet sein Interesse am Kauf der Immobilie mit der Nummer 1. Der Bewohner, ein älterer Herr im Rentenalter, holt den Schlüssel und zeigt den beiden das ungefähr 30 Quadratmeter große Mobilheim. Küche, Toilette, Dusche, komplett mit möblierter Ausstattung, alles ist vorhanden. Harry erklärt begeistert: »Ich kaufe das Ding, was möchten sie haben?« »Da ich schon seit wenigen Wochen in meiner neuen Hütte wohne und ich nicht weiterhin doppelt den Pachtpreis bezahlen möchte, verkaufe ich dir das Mobilheim sehr günstig für 2500 DM.« »Okay ist abgemacht«, sagt Harry spontan und drückt dem verdutzten Besitzer den gewünschten Geldbetrag in die Hand. Harry bekommt den Schlüssel und verabredet sich mit dem Verkäufer für den nächsten Morgen. Dann wollen sie beim Campingplatzbesitzer den Pachtvertrag übertragen. Da das Objekt mit der Hausnummer 1, ein wenig zurückgesetzt am Waldesrand liegt, können sich die beiden nach dem erfolgreichen Geschäft erst mal einen Joint anzünden. »Du Andre, von hier aus ziehen wir die Geschäfte nun auf. Ich melde mich offiziell wieder bei meiner Mutter in Asbeck an und erzähle niemanden, dass ich hier wirklich wohne. Falls du mich besuchen möchtest, stelle das Auto einfach am Parkplatz ab und laufe dann einen Umweg durch den Wald, damit dir niemand folgen kann. Aber erst einmal machen wir uns einen ruhigen Abend und dann fahren wir heute Nacht zusammen nach Legden. Dort wo ich damals in der Hauptschule war, brechen wir in den Chemieraum ein und besorgen uns die Hilfsmittel, die wir für die Herstellung von Amphetaminen brauchen. Denn genau hier bauen wir demnächst die größte Drogenküche im Münsterland auf.« »Okay Harry ich weiß zwar nicht so wirklich was du vor hast, aber ich bin dabei. Doch vorher kiffen wir uns noch schön einen«, grinst Andre.

Kurz nach Mitternacht rauschen die beiden Freunde dann die zwanzig Kilometer nach Legden. Dort parken sie ihren Wagen dann auf dem nachts verwaisten Kirmesplatz. Beide sind sehr nervös, denn Einbruch ist ein Metier, das die beiden regionalen Dealergrößen noch nicht ausprobiert haben. Um ihre Nervosität und auch Angst zu betäuben, ziehen sie sich auf dem Parkplatz erst mal einige Lines Speed durch die Nase. Wie für Einbrecher üblich, streifen sie sich dann Handschuhe über und ziehen sich Baseballmützen weit ins Gesicht. Beide haben Taschenlampen und große Rucksäcke dabei, um das gewünscht Diebesgut mitnehmen zu können.

Von hinten schleichen sich die beiden Ganoven an die Schule ran, um das Fenster des Chemieraumes, der sich im Keller befindet, ins Visier zu nehmen. Dieser hintere Bereich der Schule ist durch Gebüsch nicht einsehbar. Jetzt geht es nur noch darum, wer denn den Mut hat, die Scheibe mit dem mitgebrachten Hammer einzuschlagen. Minutenlang schauen sie sich ängstlich an, bis schließlich Harry sich ein Herz nimmt und mit voller Wucht die Scheibe zerschlägt. Dann warten sie erst mal ein bis zwei Minuten, ob sich in der Umgebung etwas tut. Zwar weiß Harry das der Hausmeister gegenüber der Schule wohnt, doch durch das Gebäude geblockt, wird er kaum etwas gehört haben. Und wenn doch, dann wird er wohl kaum das Klirren der Scheibe genau einordnen können.

Da nach knapp fünf Minuten immer noch alles ruhig ist, greift Harry durch die zerschlagene Scheibe, um mit dem Griff die Scheibe aufzuheben. Nun klettern die beiden schlanken Einbrecher nach unten in den Chemieraum der Schule. In wenigen Minuten packen sie alles in die Rucksäcke und zwei ebenfalls mitgebrachte Müllsäcke ein, was irgendwie für ihr zukünftiges Drogenlabor sinnvoll sein könnte. Reagenzgläser, Kanülen, Messkolben, Kochrundkolben aus Glas. Auch Schläuche, Töpfe, Bunsenbrenner und Gaskocher werden eingesackt. In wenigen Minuten haben sie alles zusammengerafft, was sie in und auf den Schränken des Chemieraumes finden konnten. Sie stopfen und pressen Rucksäcke und Müllsäcke voll. Dann springen sie rasch durch das eingeschlagene Fenster und rennen zum Parkplatz. Nachdem sie das Diebesgut im Kofferraum verstaut haben, fahren sie über Schleichwege zurück nach Billerbeck. Anschließend feiern sie ihren ersten Einbrechercoup mit reichlichen Drogen.

Schon am nächsten Morgen fahren Andre und Harry zusammen nach Ahaus, denn dort hat vor wenigen Wochen das erste Internetcafé im Münsterland geöffnet. Der iranische Cafébetreiber begrüßt die beiden sehr freundlich und empfiehlt ihnen: »Nehmt die 1, der ist fix. Ihr braucht nur 1 DM reinschmeißen, dann könnt ihr eine Stunde chatten im Internet. Wenn ihr Computer hochgefahren habt, gebt als Suchmaschine Lycos an, der gibt euch alle Informationen.«»Dankeschön! Genau das brauchen wir, sehr, sehr gute Informationen«, grinst Harry. Und es dauert auch nicht lange bis sie die Formeln und die Begriffe der Zutaten für die Herstellung von Amphetaminen aus dem Internet gefischt haben. Benzaldehyd und Nitroethan sowie roter Phosphor sind wichtige Chemikalien, die sie für die Herstellung von Speed benötigen.

Später während der Rückfahrt rätseln die beiden, wo sie sich diese Stoffe besorgen können. Im Einzelhandel oder beim Apotheker werden sie wohl kaum daran kommen können. Doch bereits wieder zurück auf dem Campingplatz finden sie im Mobilheim ein Telefonbuch. Und auf den Gelben Seiten bleiben sie schließlich in der Rubrik Einzelhandel mit der Spalte Laborbedarf hängen. Um auch telefonisch keine Spuren zu hinterlassen, wählen sie von der öffentlichen Telefonzelle des Campingplatzes ein Geschäft in Münster an. Harry gibt sich als Medizinstudent aus, der gewisse Chemikalien für Testversuche benötigt. Tatsächlich, der erste Anruf ist bereits erfolgreich und die gewünschten chemischen Zutaten sind sogar im Laden vorrätig. Die beiden angeblichen Studenten bekommen alle Chemikalien in großer Menge, ohne Skepsis oder lästiger Nachfragen, problemlos verkauft.

Sofort als die beiden wieder den Campingplatz erreichen, baut sich Harry aus den geklauten Utensilien und Geräten aus der Schule in kurzer Zeit eine Küche auf.»Wieso kannst du dass Harry? Woher weißt du, wie man eine Drogenküche zusammenbaut Junge«, steht Andre staunend daneben.»Du Andre, ich war so oft in der Drogenküche von Luigi und Salvatore. Und jedes Mal, wenn ich dort Drogen geklaut habe, dann habe ich auch dort Wissen mitgenommen. Und im Internetcafé habe ich mir folgendes ausdrucken lassen: Im inoffiziellen Rahmen wird Amphetamin heutzutage in Deutschland hauptsächlich durch

Reduktion von Phenyl-2-Nitropropen mit Al(Hg) oder LiAlH4 oder Reduktiver Amination von Phenylaceton und Ammoniak + Al(Hg) hergestellt. Als leicht erhältliche Ausgangsstoffe dafür dienen Benzaldehyd und Nitroethan. Alles klar mein Freund?« Gibt Harry arrogant von sich. In dem Wissen, dass der schweigende Andre mit Sicherheit nichts verstanden hat.»Ja in der Schule im Chemieunterricht nicht aufgepasst und auch nicht im Berufsschulunterricht, wie soll aus dir mal ein guter Koch werden? Ich war zwar in der Schule auch keine helle Leuchte, aber die wichtigen Sachen für das spätere Leben habe ich mir raus gepickt«, legt Harry noch ironisch und selbstherrlich einen drauf.»Quatsch keinen Stuss, sondern lege los, denn ich bin neugierig, ob du wirklich so ein guter Koch bist, wie du behauptest!« antwortet Andre ungeduldig.

Nachdem er die Dunstabzugshaube betätigt und die hinteren Fenster Richtung Wald geöffnet hat, legt er tatsächlich los. Er nimmt die Flaschen mit den gekauften Zutaten und mischt sich in den Behältern einen chemischen Brei zusammen. Mit Reduktion und Erhitzen versucht er schließlich das ersehnte gepulverte Endprodukt zu produzieren.

Zum großen Erstaunen von Andre hat das zusammengebraute Amphetaminepulver eine rosa Farbe.»Warum ist das Zeug nicht weiß, hast du etwas falsch gemacht Harry?«»Der Stoff ist rosa, weil ich da ganz banal rosafarbene Lebensmittelfarbe rein gemischt habe. Doch die Farbe ist essbar, aber so gut wie geschmacklos. Hast du nie von Pink Champagne gehört? Dass ist doch das absolute Topprodukt im Speedgeschäft. Das Wort Pink kommt aus dem englischen und da bei den Briten rosa und pink das gleiche ist, heißt unsere neue Marke: Pink Champagne.« erklärt Harry und bittet Andre, den Stoff sofort zu testen. Dieser zieht sich sofort zwei fette Lines auf den Küchentisch und sucht einen Geldschein in seinem Portemonnaie.»He Junge die Linien sind viel zu fett, denn mein Pep ist hochkonzentriert.

Darin sind zehn Prozent Lebensmittelfarbe und der Rest ist zu neunzig Prozent reines Speed, besser wie auf jedem Szenehandel. Riechst du das nicht? Das von mir verwendeten Benzaldehyd nennt man auch Bittermandelöl. Durch die Synthese entsteht dieser markante Amingeruch, der wie Geranienblätter riecht. Deine fachkundige Speednase müsste das doch sofort erkennen. Schnupper doch mal Andre.« versucht Harry zu warnen. Vorsichtig schnüffelt er am Pulver, um sich dann auch nur eine kleine Line Speed durch die Nase zu ziehen. »Wow! Wow! Wahnsinn! Eh Alter! Absoluter Wahnsinn! Der Stoff ist phantastisch, das Pulver geht ab wie Schmitz Katze. Du bist ein genialer Koch Harry! Absolute Kunst ist das, was du machst! Wirklich allererste Sahne mein Freund!« bricht er in absoluter euphorischer Begeisterung aus. »Beruhige dich Andre, Speed kochen nach Rezept ist einfacher wie ein 4-Gänge-Menü zubereiten«, versucht Harry den Ball flach zu halten.

Nach der Produktion folgen nun die logistischen Planungen, um die neue Ware im Münsterland und auch in umliegenden Gebieten an den Zwischendealer zu bringen. Als Erstes möchten die beiden Geschäftspartner den Stoff aber direkt am Endkunden testen. So entscheiden sie sich am Wochenende die Diskothek Schaukelpferd im nahegelegenen Darup zu besuchen. Auf dem Parkplatz der Disco treffen die beiden dann Jenny, die ehemalige Kollegin von Harry aus dem »Mamma Mia«. »Hallo Jenny was machst Du denn hier?« fragt Harry. »Ich war tanzen. Und du? Bist wieder in Freiheit? Im Fernsehen habe ich deine Verhaftung gesehen Harry.« erklärt ihm Jenny. »Du weißt doch, dass ich mit den Drogengeschäften von Luigi und Salvatore nichts zu tun hatte Jenny. Aber du willst schon gehen Jenny? Komme doch bitte mit rein, dann feiern wir noch ein wenig zusammen Jenny«, versucht er sie zu überreden. »Nein Harry, ich muss morgen früh raus, denn ich arbeite seit kurzem im Einzelhandel und da ist auch am Samstag volles Programm«, gibt Jenny ihm zu verstehen.

»Schade, schade«, ruft er ihr zum Abschied hinterher, denn er ist immer noch verliebt in Jenny. Aber Harry hatte nie den Mut, auch nicht unter Drogen, es ihr persönlich zu sagen.

Gegen Mitternacht betreten sie die gut gefüllte Dorfdisco. Hier wird alles gespielt, was gerade in ist: House, Eurodance und auch Techno. Bei diesen Musikstilen, das wissen die beiden nur zu gut, ist »Schnelles«, wie Speed im Jargon auch heißt, mit ziemlicher Sicherheit gefragt. Und schon nach wenigen Minuten treffen sie einen alten Bekannten. Es ist der Hermann, den sie als Kellner und Kunden aus der Skandala kennen. Jedoch läuft Hermann nun mit dem Tablett durch das Schaukelpferd. »Du Hermann, warum arbeitest du heute hier und nicht mehr in Legden in der Skandala, da war doch viel mehr los wie hier?« fragt Harry erstaunt nach. »Du, ich hatte dort eine Auseinandersetzung mit einem Kunden. Der Kunde hat mich später angezeigt und aus dem Grund haben die mich freigestellt. Da will die Skandala nichts mit zu tun haben und hat mich alleine im Regen stehen lassen…«, erklärt Hermann ziemlich enttäuscht. »Ach Hermann«, findet Harry tröstende Worte, »nimm es nicht so schwer. Um dich ein wenig aufzuheitern bekommst du ein kleines Tütchen von mir geschenkt. Wunder dich bitte nicht über die Farbe, denn es ist »Pink Champagne«, der absolute Hype in der Technoszene. Probiere es bitte gleich aus, denn es ist die neue Eigenkreation von uns beiden. Da möchten wir gerne doch wissen, wie es beim Kunden ankommt. Aber bitte eine kleine Ration, denn das Zeug ist absolutes Hammerspeed, Hermann.« Das lässt sich Hermann nicht zweimal sagen und rennt sofort auf die Toilette, um den Stoff zu testen.

Nach wenigen Minuten kommt er zurück und gratuliert den beiden: »Das Speed ist wirklich der absolute Hammer. Beißt nicht in der Nase und kommt und kickt sofort. Den Test habt ihr bestanden und gerne kaufe ich euch natürlich noch etwas ab.« Das lehnen die beiden aber ab und verweisen darauf, aus Gründen der Sicherheit keine große Menge dabei zu haben.

Um nicht unnötig im Brennpunkt zu sein, möchten Harry und Andre den Stoff in erster Linie an Großabnehmer verkaufen. Schnell haben sie für die nächsten Tage ein Treffen mit Ralf organisiert. Auf keinen Fall möchten die beiden ihre Kunden in der Coesfelder Wohnung oder auf dem Campingplatz empfangen. Aus diesem Grund haben sie sich mit Ralf ganz in der Nähe am Longinusturm in den Baumbergen verabredet. In diesem beliebten Ausflugsziel befindet sich auch ein Café, in dem die drei Dealer in Ruhe über ihre Geschäfte reden können. Ralf kommt wie gewohnt mit seinem grünen Manta und er schwitzt wie immer vom ständigen Drogenkonsum. »Du Ralf«, fängt Harry das Verkaufsgespräch an, »wir haben ein neues Produkt. Ralf, das ist so gut, dass wir nur noch diesen einen Geschäftszweig ausüben möchten. Du hast doch bestimmt schon einmal von Pink Champagne gehört?« »Pink Champagne, das gibt es doch nur da oben im Norden, wo habt ihr das her? Darf ich das mal probieren?« fragt Ralf erstaunt. »Gerne«, antwortet Andre kurz und steckt ihm eine Qualitätsprobe in die Jackentasche. Rasch verschwindet er auf die Toilette und kommt freudestrahlend zurück: »Einfach gutes korrektes Zeug, das nehme ich euch ab. Wieviel habt ihr dabei?« »Wie gehabt 2 Kilogramm und trotz der Superqualität des neuen Produktes, bleibt der Preis gleich, nämlich 5 DM das Gramm, also wenn du die zehn Riesen dabei hast Ralf, dann machen wir den Deal jetzt sofort.« gibt Harry klar zu verstehen. »Abgemacht«, erklärt Ralf und es gibt noch Shake Hands unter den Geschäftspartnern.

Danach folgt ein Spaziergang durch die Natur der Baumberge. Doch die herrliche Waldumgebung interessiert die Drei weniger, sondern sie interessieren sich für das Drogendepot, was sie schon vorher angelegt hatten. Mitten im Wald an einer verborgenen Stelle fängt Andre an zu buddeln und schnell findet er die gut verpackte Ware. »Du kennst uns Ralf, das sind zwei korrekte Kilogramm Amphetamine, großzügig gewogen und nicht mit irgendeinem Mist gestreckt. Deine Kunden werden dir das Pep aus der Hand fressen«, gibt ihm Harry zum Abschluss noch mit auf dem Weg.

»Mein Junge, was machst du denn für Sachen, ich habe dich im Fernsehen gesehen und kann das alles nicht glauben. Du in einem Haus mit den Mafialeuten, hast du da wirklich nichts mit zu tun? Warum bist du denn nicht nach Hause gekommen? Wo wohnst du denn jetzt?« fragt Silvia besorgt als sie am nächsten Tag von Harry besucht wird.«»Du Mama, da habe ich gar nichts mit am Hut. Da wäre ich nie auf die Idee gekommen, dass meine beiden Chefs Mafiapaten sind. Wenn ich da irgendwie mit beteiligt gewesen wäre, dann hätten die mich doch gar nicht wieder frei gelassen. Ja bin heute erst hier, denn ich musste mich doch rasch um eine neue Lehrstelle und eine Wohnung bemühen. Ein Restaurant habe ich noch nicht gefunden, aber eine Wohnung, denn ich wohne vorübergehend bei Andre, von dem ich dir schon mal erzählt habe. Solange ich bei Andre wohne, darf ich mich für die Zeit bei dir anmelden Mama?« Auch seiner Mutter möchte Harry nicht von seinem Wohnsitz auf dem Campingplatz erzählen, um dort wirklich von niemanden überraschend gestört zu werden.»Ist in Ordnung mein Junge. Aber kann ich dir noch ein bisschen Taschengeld mitgeben? Denn wenn du keine Arbeit hast, geht das Geld doch irgendwann zur Neige«, ist Sylvia noch immer besorgt um ihren Sohn.»Nein Mama, ich habe einiges gespart, denn im »Mamma Mia« habe ich Tag und Nacht malocht, da hatte ich gar keine Zeit zum Geld ausgeben und nun habe ich genügend Reserven auf meinem Sparkonto. Aber vielen Dank Mama, sehr lieb von dir«, verabschiedet er sich ein wenig gerührt.

Trotz des heftigen Drogenkonsums kommen doch hin und wieder Gefühle bei ihm hoch. Ein monatelanger Drogenkonsum verändert die Persönlichkeit, aber auch das Gespür für das reale Leben. Eigentlich könnte Harry der weit über 100000 DM durch

Drogenverkauf eingenommen und sicher versteckt hat, mit dem Dealen aufhören. Zumal er seinen Drogeneigenbedarf durch das Amphetamine kochen selber decken kann. Doch es ist die ebenfalls entfachte Sucht nach Geld und Geschäften, die ihn antreibt. Auch hat er jeden Realitätssinn verloren, denn er lebt in einer anderen Welt, die mit Überheblichkeit und Größenwahn gefüllt ist. Er verschwendet keinen einzigen Gedanken daran, von der Polizei jemals überführt werden zu können und dann eine langjährige Haftstrafe antreten zu müssen. In seiner Arroganz fühlt er sich viel schlauer und gerissener als es die Polizei erlaubt...

Die Schließung des »Mamma Mia« führt auch zum Abbruch der Ausbildung zum Koch. Denn Harry meldet sich weder bei der Handwerkskammer noch bei der Berufsschule, um seine Lehre als Koch weitermachen zu wollen. Er sieht sich nun als hauptberuflicher Drogenkoch und -Verkäufer. Zumal er auf dem Campingplatz nun alle Freiheiten und viel Freizeit hat. Morgens schläft er aus, mittags aalt er sich am Pool des Campingplatzes, um abends dann gemütlich in seinem Garten am Waldesrand einen Joint zu rauchen. Ein sehr gutes Geschäft pro Woche reicht ihm, um trotzdem sehr guten Umsatz zu machen. Er scheint am Höhepunkt seiner Dealerkarriere angekommen zu sein.

Da es sich für den eigenen Cannabisbedarf kaum lohnt, selber Pflanzen anzubauen, kauft sich Harry Hasch oder Gras immer am Bremer Platz in Münster. Eine Einkaufsfahrt in einen holländischen Coffee Shop sieht er als zu gefährlich an, denn Polizei oder Zoll könnten ihn dort leicht packen. Diese Gefahr ist ihm selbst im Drogenrausch noch bewusst. Auch heute fährt Harry mit der Bahn von Billerbeck nach Münster. Dann hat er den Bremer Platz fast schon erreicht, denn dieser liegt direkt wenige Meter hinter dem Bahnhof. Hier in der offenen Drogenszene tummeln sich ständig fünfzig bis hundert Dealer und Käufer, die in erster Linie Heroin, Kokain und Haschisch im Angebot haben.

Designerdrogen wie Speed und Ecstasy hingegen laufen nicht besonders gut in der Hardcore-Drogenszene.

Harry schlendert über den Bremer Platz und weiß, er muss jetzt nur warten, um angesprochen zu werden. Nach wenigen Sekunden spricht ihn ein kleiner hagerer Mann mit langen dunklen Haaren an. Er ist über 40 Jahre alt, tätowiert und sein schmales Gesicht ist vom jahrzehntelangen Drogenkonsum gezeichnet. »Junge willst du Shit?« frragt er Harry. »Wenn du damit Haschisch meinst, dann bist du durchaus richtig«, bekennt sich Harry. »Junge ich habe Schwarzen Afghanen, aber da bist du viel zu jung dafür. Du bist doch noch keine 18, wenn ich dich jetzt genau betrachte. Zeig mal deinen Ausweis, sonst bekommst du nichts von mir«, fordert ihn der potenzielle Verkäufer auf. »Hier Kollege, sieh mal, ich bin schon 19 Jahre alt und wenn dir dass nicht passt, finde ich auch einen anderen Verkäufer«, kontert Harry entrüstet und hält ihm dabei seinen Ausweis entgegen. »Is ja gut, siehst halt jünger aus und ich möchte nicht, dass junge Menschen den gleichen Weg gehen wie ich. Wieviel Gramm brauchst du?« rechtfertigt er sich. »Gib mir 10 Gramm«, fordert ihn Harry auf. Doch als der Haschdealer erklärt, dass er nur noch 8 Gramm im Restbestand hat, bekommt er von Harry ein sehr großzügiges Angebot: »Hier hast du 100 DM, gib mir das Shit und das passt dann so.« »Junge das ist viel zu viel, aber das nehme ich nur an, wenn ich dir dafür noch einen Kaffee ausgeben darf«, versucht er Harry zu überreden. Da Harry den Haschdealer nicht unsympathisch findet, setzen sich die beiden am Bahnhofsausgang vor ein Café.

Der »Altjunkey« stellt sich als Heinzi vor und erzählt, dass er bereits seit 25 Jahren in die Drogenszene involviert ist. Einige gescheiterte Therapien und mehrere Jahre Knast konnten ihn von seiner Heroin- und Kokainabhängigkeit nicht abbringen. »Harry als ich so alt war wie du, da haben die mich in Herford in den Jugendknast gesteckt. Du da bin ich noch mehr drauf gekommen und endgültig abgerutscht. Deshalb Junge treibe dich bitte nicht hier in Münster am Bremer Platz herum. Mache eine Ausbildung, lerne ein Mädchen kennen und gründe später eine Familie. Nimm keine Drogen, denn die machen alles kaputt.« versucht Heinzi Harry auf den richtigen Weg zu bringen.

Ohne groß auf die Ansprache einzugehen, hört er Heinzi zu. Aber da eine gewisse Sympathie da ist, vereinbaren die beiden, regelmäßig Haschgeschäfte durchzuführen. Im Laufe des Sommers schließlich freunden sich Harry und Heinzi an und treffen sich auch privat regelmäßig in Münster. Sie sitzen am Aasee, um gemeinsam zu kiffen, oder spazieren durch den Allwetterzoo und beobachteten die wilden Tiere. Harry, der nie eine väterliche Person in seinem Umfeld hatte, findet nun in Heinzi erstmals eine ältere männliche Bezugsperson. In Heinzi findet Harry praktisch einen älteren Bruder.

Dieses private Vertrauen will Harry nun auch geschäftlich nutzen. Er bietet Heinzi ein hochkarätiges Drogengeschäft an. Heinzi der in der Regel Heroin, Kokain und Haschisch aus Holland holt, um es am Bremer Platz weiterzuverkaufen, ist begeistert. Denn bei diesem Deal geht er der Gefahr aus dem Weg, an der Grenze verhaftet zu werden. Zwar gibt es nicht unbedingt einen Absatzmarkt für Amphetamine am Bremer Platz, doch Heinzi kennt jemanden, der fast alle Diskotheken in Münster mit Speed versorgt. Da kann er als Zwischenhändler den Stoff gut weitergeben.

Der Deal zwischen Harry und Heinzi soll auf einem Waldparkplatz in den Baumbergen stattfinden. Das große Vertrauen zu Heinzi erlaubt es Harry, alleine zum Treffen zu erscheinen. Auch die Drogen trägt er dieses Mal direkt am Körper. Gemütlich geht er eine Dreiviertelstunde durch die Baumberge. Er genießt den Spaziergang an diesem schönen warmen Oktobertag. Auf dem Parkplatz zieht er sich in Ruhe einen Joint durch.

Bis Heinzi dann mit seinem alten klapperigen Golf angefahren kommt. Nachdem Harry sich zu Heinzi in den Wagen gesetzt hat, kommen in irrer Geschwindigkeit vier Wagen auf den Parkplatz gefahren. Zwei Zivilfahrzeuge und zwei Streifenwagen der Polizei umstellen und blockieren den Golf. Insgesamt acht Polizisten springen heraus, reißen die Türen des Fahrzeugs auf und halten den beiden total überraschten Dealern ihre Pistolen entgegen. Das Ganze geht so schnell, dass die beiden Drogenverkäufer keine Chance haben zu reagieren. »Raus! Aussteigen! Raus! Auf den Boden mit Euch! Hinlegen!« hallt es lautstark über den Waldparkplatz. Als Harry auf dem Boden liegt, reißt ihm ein Polizist den Drogenbeutel aus der Jackentasche und schreit: »Das sind fast zwei Kilogramm Amphetamine!« »So Harry, jetzt haben wir dich, jetzt kannst du einpacken und wirst die nächsten Jahre in geschlossener Gesellschaft verbringen!« Es ist die Stimme des glatzköpfigen Mannes, der Harry im Polizeipräsidium Münster verhört hatte. Auch der Kriminalbeamte mit dem Zopf ist beim Einsatz dabei und bestätigt seinen Kollegen: »Jetzt kannst du auspacken, denn du hast dieses Mal keine Chance davonzukommen.« Danach werden Harry Handschellen angelegt und er wird erneut ins Präsidium nach Münster gefahren.

Nach der üblichen Wartezeit wird er dann in den Vernehmungsraum geführt. »So jetzt bist du dran!«, beginnt der glatzköpfige Kripobeamte seine Ausführungen »Vor einigen Wochen haben wir die Lebensgefährtin von Heinzi Krimhof beim Drogenschmuggel an der Grenze erwischt. Die Dame zeigte sich einsichtig und war bereit, mit uns zu kooperieren. Daraufhin haben wir Heinzi Krimhof beobachtet und verwanzt. Da sind wir auf eure Geschäftskontakte gestoßen. Die kleinen Haschdealereien auf dem Bremer Platz haben uns in keiner Weise interessiert. Wir mussten nur abwarten auf den großen Tag und den haben wir heute. 2 Kilogramm Amphetamine wolltest du Heinzi Krimmhof verticken. Das reicht für acht Jahre Knast mein Junge. Jetzt kannst du auspacken, denn du hast Null-Chance da rauszukommen.« »Aber Harry«, legt der

Beamte mit dem Zopf nach, »gebe es zu, du bist schwer drogenabhängig und da gibt es mildernde Umstände. Eine Aussage kann dazu führen, dass du weniger Knast bekommst. Und da gibt es den Paragraphen 35: Therapie statt Strafe. Da kannst du nach deiner Untersuchungshaft sofort in Therapie gehen und nach kurzer Zeit bist du wieder ein freier Mann und du kommst endlich von den Scheiß-Drogen los. Junge lasse dir doch endlich helfen!« »Danke für ihr Angebot und danke für das Gespräch. Ich möchte keine Aussage machen, Punkt!« erklärt Harry und wird danach wieder in die Zelle geführt.

Harry im Knast

Schon am nächsten Morgen wird er dem Haftrichter vorgeführt. Dieser spricht wegen Flucht- und Verdunklungsgefahr eine Untersuchungshaft gegen Harry aus. Anschließend wird er mit einem vergitterten Transporter in die Justizvollzugsanstalt Münster gebracht. Dort wird er mit fünf ebenfalls Verhafteten in einen großen Aufenthaltsraum gesperrt. Es herrscht ein gespenstisches Schweigen in der Aufenthaltszelle, denn keiner weiß so wirklich wie es gleich weitergeht. Nur ein Südländer, der noch intensiv im Drogenrausch zu sein scheint, singt lustige Lieder. Schließlich geht es für Harry weiter. In der sogenannten Schleuse muss er sich ausziehen und er wird nochmal komplett durchsucht. Da die Polizei ihm bereits Bargeld, Handy und Drogen abgenommen hat, ist für die beiden Beamten nichts zu finden. Bevor er sich wieder anzieht, werden ihm Gürtel und Schuhbänder abgenommen. Auch den Ausweis muss er abgeben. Dann geht es weiter auf die Kleiderkammer. Hier bekommt Harry Bettwäsche, Handtücher, Geschirr, Besteck. Dazu werden Bedarfsmittel für den täglichen Gebrauch wie Duschzeug, Seife, Zahnpasta und Zahnbürste ausgehändigt.

Inzwischen am späten Nachmittag wird Harry auf eine Zelle geführt. Als er in die Zelle eintritt, sehen ihn drei staunende Häftlinge an. Auch sie sind überrascht vom Aussehen des neuen Gefangenen, der mit seinen 20 Lebensjahren immer noch wie ein Jugendlicher aussieht. In dieser Vier-Mannzelle ist noch ein Bett frei und so kann Harry seine Sachen auf den unteren Teil eines Hochbettes legen. »Hey, ich bin Viktor und wer bist du?« neigt sich ihm der Bewohner des oberen Bettteiles herunter. Harry hört sofort an seiner Sprache, dass es sich um einen Mann mit osteuropäischen Wurzeln handelt. »Mein Name ist Harry«, antwortet er und gibt ihm dabei die Hand. »Was hast Du Zwerg denn angestellt, dass man dich in den Erwachsenenvollzug gesteckt hat?« fragt Viktor. »Man wirft mir die Produktion und den Vertrieb von Amphetaminen im großen Stil vor«, erklärt Harry. »Das kann sich doch nur um eine Verwechselung handeln«, versucht Viktor das ganze ins Lächerliche zu ziehen und fängt dabei lauthals an zu lachen. »Natürlich bin ich absolut unschuldig«, meint Harry lächelnd, um das Spiel von Viktor mitzuspielen. »Das sind wir hier alle«, legt Viktor noch einen drauf und lacht dabei noch lauter. »Und da drüben gegenüber sind übrigens John ein Straßendealer aus Gambia und Dumitru ein Einbrecher aus Rumänien, genau wie wir beide, absolut unschuldig!«

In wenigen Momenten entsteht eine entspannte lustige Atmosphäre auf der 16 Quadratmeter großen Zelle, die aber durch das Aufschließen der Zellentür gestört wird. »Abendbrot!« ruft der Justizbeamte laut in den Raum. Und rasch begeben sich alle vier Häftlinge Richtung Zellentür, um von ebenfalls Inhaftierten die Lebensmittel für die Abendmahlzeit anzunehmen. Es gibt Brot, Marmelade und ein wenig Aufschnitt. Auch können sie sich Milch oder Tee in den Plastikkelch einfüllen lassen. Da Harry immer noch ein wenig unter Drogeneinfluss steht, hat er keinen Appetit und verzichtet auf das Abendessen. Tagelang hat Harry kaum geschlafen und so nickt er an seinem ersten Gefängnisabend rasch ein und schläft wie ein Brett. Doch am nächsten Morgen wird er unsanft aus dem Schlaf geholt. Lautes Türenschlagen und auch das Geschrei von verschiedenen Männerstimmen lassen ihn im Bett hochschrecken. Er fühlt sich stark an die Hausdurchsuchung im »Mamma Mia« erinnert. »Was ist das?«, fragt Harry seine Zellenkollegen ängstlich. »Keine Angst mein Junge«, beruhigt Viktor Harry, «das machen die jeden Morgen hier, Lebendkontrolle heißt das. Die gucken in die Zelle, ob wir noch alle leben. Ob keiner Suizid gemacht hat oder ob wir uns gegenseitig umgebracht haben. Reine Routine, bleibe ganz ruhig Junge!« Wenige Sekunden später wird dann blitzschnell die Tür aufgeschlossen und aufgerissen. Ein Beamter tritt herein, ruft lautstark: »Guten Morgen!« sieht kurz in alle Betten, verschwindet schnell wieder und nimmt sich dann den nächsten Raum vor.

»Junge du bist noch nie im Knast gewesen?« fragt Viktor. »Nee nur zweimal kurz im Polizeigewahrsam.« antwortet Harry. »Da war ich bestimmt dreißig Mal und im Knast sechsmal«, kontert Viktor. »So oft?« fragt Harry. »Acht Jahre auf Schore, Junge du weißt, was das heißt? Heroin! Die Sucht nach Schore fordert Tribute, Drogenhandel, Diebstahl, Einbruch, Körperverletzung und Raub! Da habe ich eine große Palette und schon fünf Jahre Knast weg. Aber dieses Mal bin ich unschuldig, denn ich soll in Münster-Hiltrup eine Tankstelle überfallen haben. Doch ich habe ein stichfestes Alibi Junge. Das gibt einen sauberen Freispruch für mich«, grinst Viktor siegessicher.

Kurz danach schon wird das Frühstück reingebracht. »Komm Harry, steh du auf und hole für uns alle, wir sind noch müde!« fordert Viktor ihn auf und blickt dabei auf John und Dumitru, die noch fest schlafen. Nachdem Harry das Frühstück reingeholt hat, sitzt er danach alleine am Frühstückstisch und zieht sich fünf Brotschnitten mit Marmelade rein. Harry, der fast zwei Jahre auf

Drogen war, hat in dieser Zeit kaum gegessen und nun einen gewissen Nachholbedarf. Anschließend legt er sich wieder ins Bett und versucht ebenfalls wie seine drei Zellengenossen, weiterzuschlafen.

An den Schlafgeräuschen der Zellengenossen erkennt Harry, dass sie damit kein Problem haben, die Haftzeit zu verschlafen. Er hingegen liegt seit Stunden wach und macht sich große Sorgen. Denn die Drogenwirkung in seinem Körper ist nun gänzlich verschwunden und Harry fällt in ein tiefes Loch, fast schon in eine Depression. Der jahrelange künstliche Rausch ist verschwunden und hinterlässt eine traurige leere Seele. Harry hat nun große Zukunftsängste. Wie viele Jahre lässt man ihn nun hier schmoren? Was wird aus seiner Mutter und auch der Oma? Ist sein Freund und Mittäter Andre auch verhaftet worden? Und Jenny seine platonische Liebe aus dem »Mamma Mia« wird er sie jemals wiedersehen? Fragen über Fragen die seinen psychischen Drogenentzug durchaus noch intensivieren.

In all diesen traurigen Gedanken wird plötzlich die Tür aufgerissen: »Hey Cocker, komme mit, du musst zum Arzt, anziehen und mitkommen!« fordert ihn der eingetretene Justizbeamte auf. Später beim Arzt wird er gefragt, ob er Heroinentzug oder Alkoholentzug habe und deshalb ein Entzugsmittel benötige. Das verneint Harry und belügt den Anstaltsarzt, indem er sagt, noch niemals in seinem Leben irgendwelche Drogen konsumiert zu haben.

Zum Mittagessen haben dann alle vier Gefangenen ausgeschlafen und sitzen gemeinsam am Tisch. Während Viktor über das Essen nörgelt, schweigen John und Dumitru. Als langsam ein Gespräch entsteht, erkennt Harry schnell, dass sich John und Viktor schon vor der Haft aus der städtischen Drogenszene kannten. Denn John hat Kokain am Bremer Platz und am Aasee verkauft und Viktor war einer seiner potenziellen Kunden. Da dies der Justiz verborgen geblieben ist, sitzen sie auf einer Zelle.

Denn in der Regel werden Täter, die zusammen Straftaten begangen haben, in der Haft getrennt, um sich vor der bevorstehenden Gerichtsverhandlung nicht absprechen zu können. Der Ruhigste auf der Zelle ist Dumitru. Er spricht kaum Deutsch, denn er hält sich nur zwecks Straftaten in Deutschland auf. Als junger Mann war er in Rumänien in den gefürchteten Geheimdienst Securitate aufgenommen worden. 1990 nach dem Sturz des Diktators Ceausescu und nach der Auflösung des Geheimdienstes stand er ohne Job da. So entschloss er sich, wie viele andere seiner Securitatekollegen im Westen, vorwiegend in Deutschland, Einbrüche zu begehen. Dabei nutzte er seine exzellente Geheimdienstausbildung für seinen neuen Job. Rumänenbanden kommen vorwiegend nachts in ruhige Wohngebiete gefahren, um dann mit ihren technischen und athletischen Fertigkeiten blitzartig Einbrüche zu verüben. Nach dem gezielten Zusammenraffen der Beute verschwinden sie wieder schnell und unauffällig. Dabei nutzen sie ihre Kampfausbildung, um sich am Tage in Waldgebieten förmlich einzubuddeln. Somit hat die Polizei kaum Chancen, die Verbrecher zu stellen. Wenn die Polizei Walddepots mal entdeckt, sind die Einbrecher oft schon wieder in Rumänien. Denn wenn sie nach einigen Wochen genug Beute gemacht haben, planen sie sorgfältig den Rückzug in die Heimat. Da Dumitru so gewollt keinen Kontakt zu der deutschen Bevölkerung hat, kann er die Sprache nicht lernen. Was ihm aber auch zugutekommt, denn Ehrenkodex dieser Verbrecherbanden ist es, nicht über Taten und Mittäter zu sprechen.

Viktor hingegen plaudert gerne über sein Leben und seine Straftaten. Nach dem Öffnen der Grenzen durch Gorbatschow zieht er 1990 nach Deutschland. In einer kleinen Stadt in der Nähe von Moskau aufgewachsen, nutzen seine Eltern die Möglichkeit, als Nachfahren deutscher Einwanderer, wie auch Millionen anderer Deutschrussen, zurückzukommen. Die Kinder mit der russischen Sprache und Kultur aufgewachsen, fühlen sich oft in Deutschland entwurzelt und fremd. Oft bleiben da nur der Alkohol und die Drogen, um dieser Realität zu entgehen. So auch bei Viktor, der in Deutschland nicht Fuß fassen kann und in die Drogenszene abrutscht.

Um der realen Armut in Afrika zu entgehen, kommt John mit einer Schlepperbande nach Deutschland und strandete in Münster. Da er als Flüchtling nicht arbeiten darf, bekommt er einen Tipp von afrikanischen Mitbewohnern des Asylbewerberheims. Sie zeigten ihm, wie leicht es ist, in Deutschland Geld mit Drogenverkauf zu verdienen. Ein Mittelsmann versorgt ihn mit Kokain, das in kleinen Kugeln verpackt ist. Diese Kugeln transportiert er im Mund, um bei den regelmäßigen Polizeikontrollen vor allem in Bahnhofsnähe nicht aufzufallen. Falls es eng wird, gibt es dann immer noch die Möglichkeit die Drogen einfach herunterzuschlucken. Jedoch wird sein Mittelsmann und Lieferant von der Polizei gefasst. Da dieser eine umfangreiche Aussage auch gegen John macht, gibt es einen richterlichen Beschluss für eine Hausdurchsuchung in seinem Zimmer. Hier und in anderen Zimmern der Unterkunft wird Kokain gefunden. So werden er und zwei weitere Afrikaner in Untersuchungshaft gebracht.

Das Leben im Gefängnis ist für Harry eine große Umstellung. Als freier erfolgreicher Dealer, konnte er machen, was er wollte, sich im Drogenrausch alle materiellen Wünsche erfüllen und er musste sich von niemanden bevormunden lassen. Nun sitzt er mit drei Verbrechern in einem sechzehn Quadratmeter großen Loch und hat keinerlei Einfluss auf sein Leben und das, was da so draußen läuft. Laufen kann er hier täglich nur eine Stunde auf dem Innenhof, wo die Knackis gemeinsam ihren täglichen Spaziergang im Kreis begehen. Ansonsten sind die Zellen 23 Stunden geschlossen. Immerhin kann er sich Papier, Briefumschlag und Briefmarke von seinen Zellenkollegen besorgen und einen Brief an seine Mutter schreiben.

Tatsächlich bekommt er einige Tage später dann sogar Besuch von seiner Mutter Sylvia. Als er seine Mutter dann im Besucherraum empfängt, fühlt er sich wie ein Häufchen Elend. »Harry, mein Junge, was ist los, warum hat man dich hier eingesperrt? Du hast im Brief geschrieben es geht um Drogenhandel. Das Ganze wäre aber ein Irrtum. Du bist unschuldig und würdest in den nächsten Wochen wieder freigelassen werden? Damals, als deine beiden Chefs verhaftet wurden, sagtest du mir, nichts damit zu tun zu haben. Auch dass du deine Ausbildung in einem anderen Restaurant weitermachen möchtest. Ist das alles gelogen Harry?« »Du Mama, ich habe einfach in der kurzen Zeit keine neue Ausbildungsstelle gefunden, aber mit den Drogen, da habe ich nichts zu tun. Ehrlich Mama, alles wird sich in den nächsten Wochen aufklären und dann lässt man mich hier laufen und ich kann dann meine Ausbildung zum Koch weiter machen! Versprochen!« Traurig und skeptisch verlässt seine Mutter den Besucherraum. Ebenso niedergeschlagen und frustriert wird Harry wieder auf die Zelle geführt. Als er noch in Freiheit auf Drogen war, hat er im Rausch nie gespürt, was er in seiner Umgebung mit seinem Verhalten anrichten kann. Doch nun ist er clean und er merkt, was er sich und seiner Mutter antut.

Nach zwei Wochen hat sich Harry an den Knastalltag gewöhnt. Der erste Drogenentzug ist überwunden und mit den drei Mitgefangenen auf der Zelle kommt er gut klar. Da seine Mutter Geld auf Harrys Knastkonto eingezahlt hat, kann er einkaufen. Alle zwei Wochen kommt ein Verkäufer in den Knast, und alle die liquide sind, können Lebensmittel und Dinge des täglichen Bedarfs einzukaufen. Dabei führen Kaffee und Tabak das Ranking klar an. So ist es auch auf der Viermannzelle, wo Kaffeetrinken und Rauchen die täglichen Haupttätigkeiten neben dem Fernsehen sind. Morgens laufen Talkshows, nachmittags Magazine und abends Blockbuster und Krimis. Hin und wieder besorgen sich Viktor und John ein wenig Haschisch in der Freistunde auf dem Zellenhof. Als Mitglieder der Münsteraner Drogenszene haben die beiden natürlich reichlich alte Kontakte, die hier auch weiterhin gepflegt werden. Harry freut sich dann abends, wenn der Joint durch die Zelle geht. Nur Dumitru ist da skeptisch und meint: »Ich nix rauchen Hasch. Guter Verbrecher brauchen klaren Kopf!« Haschisch ist die Standarddroge in allen deutschen Gefängnissen. Denn die THC-Droge entspannt und macht müde. So gelingt es auch Harry immer besser, seine Knastzeit zu verschlafen. Wenn er abends mit Viktor und John gekifft hat, schläft er oft am nächsten Tag bis Mittag, was natürlich die Untersuchungshaft verkürzt. Abends wird sogar gemeinsam auf der Zelle gekocht. Es ist keine Kochplatte oder ein Herd vorhanden. Doch da ist Dumitru gefragt, der als Überlebenskünstler im Wald persönliche Erfahrungen gemacht hat. So werden beim Kaufmann besorgte Teelichter genutzt, um die Töpfe zu erhitzen. Hier kann sich dann auch Harry, der vermeintliche Koch, mit einbringen, wenn abends Nudelgerichte und Saucen zubereitet werden.

Endlich taucht auch der lange erwartete Anwalt im Knast auf. Die Zellenkollegen hatten Harry in den Wochen zuvor von einem Pflichtverteidiger abgeraten, da dieser vom Staat finanziert wird und möglicherweise nicht ganz so effektiv handelt wie ein Anwalt, der privat bezahlt wird. Deshalb hatte Harry Andre angeschrieben, der immer noch auf freiem Fuß ist. Andre hat dann einen Anwalt, der von mehreren Inhaftierten als Staranwalt angepriesen wird, engagiert. Da draußen noch genug Drogengeld vorrätig ist, gibt es bei der Finanzierung keinerlei Probleme.

Dieses Treffen mit dem Anwalt findet im Gegensatz zu Gesprächen im Besucherraum, die streng beobachtet werden, unter vier Augen statt. Harry wartet schon in dem kleinen Besprechungsraum, bis der Anwalt eintritt. »Mein Name ist Rolf Rossi«, begrüßt der Anwalt Harry mit einem festen Händedruck. Mit seiner Glatze, dem bunten Schal und dem schicken Anzug erinnert er ein wenig an Horst Krug, der den Anwalt in der Fernsehsendung »Liebling Kreuzberg« spielt. »Herr Cocker, das sieht verdammt böse bei ihnen aus. Wie können sie dem Herrn Krimhof, einen stadtbekannten Dealer, der seit zwanzig Jahren drauf ist, 2 Kilogramm Speed anbieten. Jeder Bulle hier in der Stadt kennt den und sie machen mit dem so ein Wahnsinnsgeschäft! Sind sie lebensmüde, wollen sie für dieses eine Geschäft acht Jahre hier im Knast abtauchen?« bekommt Harry vom Anwalt sofort richtig die Leviten gelesen. »Hinzu kommt die Drogenküche, die natürlich darauf schließen läßt, dass sie längerfristig und gewerbsmäßig Drogen produziert und verkauft haben. Der einzige Pluspunkt den wir haben, ist ihre Jugend, sie fallen mit 20 noch unter das Jugendstrafrecht, da können wir die Strafe ein wenig reduzieren. Auch liegen noch keine Aussagen von anderen Käufern vor, die sie mit belasten und die Menge von zwei Kilogramm noch in die Höhe schrauben würden. Gut ist auch, dass keine fertiggestellten Drogen und vor allem Bargeld bei ihnen auf dem Campingplatz in Billerbeck gefunden wurden. Aber selbstverständlich geht die Staatsanwaltschaft davon aus, dass sie schon länger im großen Stil handeln. Natürlich vermuten die, dass noch irgendwo Drogen und Bargeld versteckt oder gebunkert sind. Denn die Kripo und die Herrn in Schwarz sind ja nicht ganz blöd. Zum Glück scheinen sie Einzeltäter zu sein, denn wenn sie die Sache zu dritt gemanagt hätten, wäre es Bandenkriminalität Herr Cocker.«

Auf dieses eindeutige Statement traut sich Harry nur kleinlaut zu fragen: »Wieviele Jahre bekomme ich? Und gibt es, wenn wir eine Haftprüfung beantragen, die Chance, bis zur Gerichtsverhandlung auf freien Fuß zu kommen?« »Null-Chance Herr Botter. Die Höhe der zu erwartenden Strafe könnte zur Fluchtgefahr neigen. Dazu haben sie keinen vernünftigen festen Wohnsitz. Denn die Kriminalpolizei hat herausgefunden, dass die Adresse bei ihrer Mutter nur eine Scheinadresse ist und sie ausschließlich auf dem Campingplatz gelebt haben, wo sie zudem die Straftaten geplant und ausgeführt haben. Haftprüfung brauchen wir nicht versuchen. Auch die 2 Kilo kosten uns den Kopf. Andere in ihrem Alter verkaufen 2 Gramm oder höchstens 20 Gramm in der Disco und sie mit ihrem Schülergesicht verticken 2 Kilo. Einfach nur unglaublich!« Harry versinkt immer tiefer und kleinlauter auf seinem Stuhl, dass er schon fast unter dem Schreibtisch hockt. »Aber Cocker, eine kleine Chance haben wir doch. Ich weiß ja nicht wie viel sie sich selber von der Chemiedroge rein gepfiffen haben. Aber falls sie selber konsumiert haben, wäre es sinnvoll, wenn wir auf drogenabhängig machen. Ihre Dealerei läuft dann unter Beschaffungskriminalität, wird nicht ganz so böse bestraft wie gewerbliche Kriminalität. Da müssten sie sich allerdings hier bei der Drogenberatung melden und auf süchtig machen, damit das bis zur Gerichtsverhandlung in den Akten drin ist. Da wir hier synthetische Drogen haben, ist der Entzug ja körperlich nicht so heftig wie bei Heroin oder Alkohol zum Beispiel. Deshalb kein Problem, wenn sie beim Anstaltsarzt nicht von ihrer Drogenproblematik erzählt haben. Aber wenn wir ihre Sucht dem Richter gut verklickern, dann können wir es vielleicht auf vier Jahre Haft runter drücken, mit integrierter Drogentherapie. Das heißt mein Freund, sie schieben zwei Jahre Knast, dann kann der Paragraf 35, Therapie statt Strafe, wirksam angewandt werden. Sie gehen dann sechs Monate in Therapie und wenn sie die durchhalten, sind sie danach wieder ein freier Mann. Natürlich anhänglich mit mindestens zwei Jahren Bewährung. Wenn sie dann Mist machen, sitzen sie die zwei Restjahre trotzdem ab. Da fällt mir noch ein Cocker, wie wir das Richter und Staatsanwalt am besten schmackhaft machen. Sie haben doch eine Kochausbildung gestartet. Wie lange brauchen sie, um die zu Ende zu machen?« »Also nach anderthalb Jahren habe ich abgebrochen. Obwohl, die Zwischenprüfung habe ich bestanden. Mir fehlt praktisch nur noch das zweite Jahr.« antwortet Harry immer noch kleinlaut. »Das ist ja hervorragend Herr Cocker«, erklärt der Anwalt freudestrahlend. »Dann bieten wir dem Richter an, dass sie die Kochausbildung in einer Knastküche zu Ende machen. Da lernen sie vielleicht nicht so viel wie in einem Nobelrestaurant. Aber wenn sie die Ausbildung dann haben, gibt´s bestimmt was Passendes in der freien Wirtschaft. Besser Suppen kochen als Drogen kochen, erzählen wir dem Richter«, erklärt Rolf Rossi laut lachend in seinem Schlussplädoyer.

Sehr beeindruckt verabschiedet sich Harry vom Staranwalt. Und ihm ist klar, dass dieser Anwalt jede Mark wert ist, welche er vom gebunkerten Drogengeld ausgehändigt bekommen wird.

Tatsächlich schreibt Harry dann auch einen Antrag, dass er einen Termin mit der Drogenberatung haben möchte. Nach wenigen Tagen wird er dann aus seiner Zelle geholt und erneut in den Besprechungsraum geführt. Heute bekommt Harry Besuch von einer sehr netten hübschen Dame. Es ist Tina, ungefähr 40 Jahre alt, von der Drogenhilfe Münster. Es entwickelt sich sofort ein sehr entspanntes vertrauliches Gespräch. Im Gegensatz zum Anwalt entdeckt Tina sofort, dass er auch wirklich drogenabhängig ist. Und auch sie empfiehlt Harry eine Langzeittherapie zu machen, da er sonst immer wieder auf die schiefe Bahn kommen würde. Erfreut über das positive Gespräch wird Harry mit gutem Gefühl zurück auf die Zelle gebracht.

Doch schon am gleichen Abend wird Harry durch eine Nachricht geschockt. Denn ein Justizbeamter teilt ihn mit, dass er morgen auf Transport geht. Das heißt, dass er heute Abend noch sein Hab und Gut zusammenpacken soll, um dann morgen mit dem Knasttransporter nach Coesfeld gefahren zu werden. Die Verlegung von Harry ist von der Staatsanwaltschaft beschlossen worden, da sein Mittäter Heinzi Krimhof in den nächsten Tagen nach Münster verlegt wird. Heinzi war kurz nach seiner Verhaftung gesundheitlich zusammengebrochen und deshalb ins Knastkrankenhaus Fröndenberg gebracht worden. Jetzt, wo er wieder

der JVA Münster zugeführt wird, soll der Kontakt mit Harry vermieden werden. Doch mit der Verlegung nach Coesfeld kann er sich gar nicht anfreunden, denn schließlich hat er sich hier auf der Zelle eingelebt und kommt mit den drei Mitgefangenen sehr gut aus. Auch hat er Angst vor dem Ungewissen, denn mit wem wird er dort zusammengesperrt und wie sind dort die Wärter drauf?

Als der Beamte dann Harry am anderen Morgen zum Transport aus der Zelle holt, verabschiedet er sich ein wenig traurig von seinen Leidensgenossen. »Mach es gut Junge, wir sehen uns draußen wieder«, gibt ihm Viktor zum Abschluss mit auf den Weg.

Mit drei weiteren Inhaftierten geht es dann mit dem Knastbulli nach Coesfeld. Da er hier einige Zeit gewohnt hat, weiß Harry natürlich, wo das Gefängnis steht. Er hätte es aber nie für möglich gehalten, dort eines Tages mal einsitzen zu müssen. Jedoch der Komfort in Coesfeld ist durchaus besser als in Münster. Die Zellen wirken gepflegter und außerdem ist der Fernseher bereits auf der Zelle integriert. Auch das Essen ist deutlich besser, und da hier weniger Gefangene einsitzen, ist der Kontakt zum Knastpersonal enger und persönlicher. Sein Zellenpartner auf der Doppelzelle ist Jörg, der neben seiner Neigung zum Kokain auch ein Freund synthetischer Drogen ist. Für die Beschaffung dieser Drogen beging er mit einem Mittäter über zwanzig Einbrüche. Oft unterhalten sich die beiden stundenlang über ihre Drogenphantasien und machen sich so gegenseitig heiß. So wird die Sehnsucht nach Drogenkonsum immer größer.

Doch dann hat Harry plötzlich in Sachen Drogeneinfuhr eine schlaue Idee. Er beantragt die Besuchserlaubnis für seinen Freund Andre. Da Polizei und Staatsanwaltschaft nichts gegen ihn vorliegen hat, wird die Erlaubnis bereits nach wenigen Tagen erteilt. Als dann Andre wirklich zum Besuch erscheinen, fallen sich die beiden Freunde unter Tränen in die Arme. An diesem Tag ist der Besucherraum sehr gut gefüllt. Da so auch eine gewisse Lautstärke entsteht, können die beiden sich sehr diskret unterhalten, ohne dass die beiden Beamten davon etwas mitbekommen. »Du Andre, du kannst auf mich zählen, ich werde dich niemals verraten, auch wenn die mich fünf Jahre wegsperren. Das habe ich dir immer gesagt und das verspreche ich dir heute nochmal«, gibt Harry Andre zu verstehen. »Ich weiß mein Freund«, entgegnet Andre dankbar. »Aber einen Wunsch habe ich doch Andre. Ich stecke dir gleich unauffällig einen Fetzen von einem Briefumschlag in den Ärmel. Dort drauf ist die Absenderadresse von meinem Rechtsanwalt. Nehme diese Anschrift und kopiere oder drucke sie irgendwie auf einen leeren Briefumschlag. Das Ganze muss natürlich echt und original wirken. Wenn du den Briefumschlag fertig hast, dann fülle dort bitte ungefähr 10 bis 15 Gramm von unserem Pink Champagne einfach lose in den Umschlag. Du weißt ja bestimmt noch, wo wir das Speed versteckt haben. Dann verschließt du den Brief, klebst eine Briefmarke drauf. Und dann, das Wichtigste Andre, du schreibst dann in großer Blockschrift noch das Wort »VERTEIDIGERPOST« drauf. Dann wissen die hier im Knast, dass sie den Brief nicht öffnen dürfen. Denn Verteidigerpost ist Post zwischen Anwalt und Mandanten, die keiner öffnen oder lesen darf. Am besten schmeißt du den Brief dann auch in Münster in den Briefkasten, dann passt dass auch mit dem örtlichen Stempel auf der Briefmarke.« »Kein Problem Harry, noch in dieser Woche bekommst du Verteidigerpost«, bekräftigt ihm Andre grinsend, bevor er geht.

Drei Tage später geht dann morgens die Gefängniszelle von Harry auf und der Justizbeamte bringt die freudige Nachricht: »Schönen guten Morgen Herr Cocker, ich habe Verteidigerpost für sie.« Da Jörg gerade draußen in der Freistunde ist, kann Harry den Brief ungestört öffnen und auch das rosa Pulver aus dem Brief sichern. Nach seiner persönlichen Schätzung sind es sogar 20 Gramm Speed, das er nun in Papier einpackt und in seinem

Turnschuh unter der Einlagesohle versteckt. Aber zwei kleine Lines lässt er auf dem Tisch unter einem Blatt Papier liegen. Als dann Jörg von der Freistunde zurückkehrt und die Tür verschlossen ist, erklärt Harry ganz stolz:»Sieh mal Jörg ich lade dich auf eine Line Speed ein.«»Wow Harry, dass Zeug ist ja rosa, ist das Pink Champagne? Wo hast du das denn her? Da bin ich dabei!« Sagt es, dreht aus Papier eine Rolle und saugt die Line wie ein Staubsauger ein.»Der absolute Wahnsinn! Und das hier im Knast, du bist ein cooler Typ Harry, vielen Dank mein Freund.« erklärt Jörg im euphorischen Rausch.»Kein Problem Jörg, da müssen wir halt durch, warum sollen wir uns hier im Knast die Zeit nicht versüßen?« erklärt Harry lächelnd.

Somit haben die beiden Drogenfreunde durch den Stoff Gelegenheit, ihre exzessiven privaten Partys auf der Zelle zu feiern. Dabei hören sie laute Trance- und Technomusik. Wenn sie es dabei übertreiben, klopfen die Beamten schon mal an die Tür und die beiden drosseln die Musik aus dem Kassettenrecorder. Da Andre nun regelmäßig kommt, ist für Nachschub gesorgt. Auch Jörg bekommt gelegentlich Besuch von einem guten Freund, der ihm Haschisch mitbringt. So können die beiden, wenn sie sich mit Speed hochgeputscht haben, mit Cannabis wieder runterholen und somit auch geregelter schlafen. Sie fühlen sich im Drogenrausch so wohl auf der Zelle, dass sie wochenlang gar nicht mehr rausgehen. Sie verpassen sich selber eine Ausgangssperre und verzichten auf die Freistunde.

Als Harry nach mehrmonatiger Haft mal wieder in der Freistunde über den Hof marschiert, wird er plötzlich angesprochen: »Harry was machst du denn hier, haben sie dich auch eingebuchtet.« Es ist Hermann, der Discothekenkellner aus der Skandala und dem Schaukelpferd.»Mich wollen sie wegen Einbruch, Hehlerei und Versicherungsbetrug verknacken und du, was hast du so angestellt, Harry?«»Ach Hermann so schlimme Sachen hast du gemacht. Das kann ich mir ja bei dir gar nicht vorstellen. Also ich habe nur ein wenig buntes Brausepulver verkauft, dummerweise wollen sie mir 2 Kilogramm reinwürgen.« gesteht Harry. »Hey mache doch einfach auf Therapie. Ich mache das auch Harry. Beschaffungskriminalität für Drogenabhängigkeit. Morgen habe ich bei einem Arzt außerhalb des Knastes einen Untersuchungstermin. Für die Therapie brauchen die ein Gutachten.« »Gute Idee Hermann, das hat mir mein Anwalt auch empfohlen, einfach den Paragraf 35 beantragen und dann vom Knast in die Therapie, mal gucken, ich überlege mir das. Aber viel Erfolg morgen beim Arzt Hermann. Ach ja Hermann, melde dich in den nächsten Tagen bei mir hier in der Freistunde, vielleicht habe ich ja mal wieder was Schönes für dich«, empfiehlt ihm Harry noch grinsend.

Doch als Harry zwei Tage später auf dem Hof nach Hermann Ausschau hält, bekommt er dann von einem anderen Häftling eine spannende Neuigkeit mitgeteilt: »Du, der Hermann ist gestern abgehauen, der ist beim Arzt einfach aus dem Fenster gesprungen und weggelaufen. Der ist auf der Flucht.« »Ach das ist ja eine tolle Nachricht, hoffentlich wird der nicht geschnappt und kommt durch«, freut sich Harry. Doch die Hoffnung von Harry wird sich nicht erfüllen, denn Hermann ist bereits wieder verhaftet worden. Schon am nächsten Tag wird er wegen des höheren Sicherheitsstandards in die JVA Münster gebracht. An Flucht denkt Harry gar nicht, denn er hat ja hier alles im Hotel Staat: Kostenlose Verpflegung, Fernsehen und regelmäßigen Drogennachschub.

Harry vor Gericht

Nach über fünf Monaten Untersuchungshaft ist es soweit, Harry hat seinen Termin beim Gericht. Da bei der großen Menge der Drogen auch eine hohe Strafe zu erwarten ist, kommt er bei seinem Gerichtsdebüt nicht vor ein Amtsgericht, sondern sofort zum Landgericht. Morgens verabschiedet er sich von Jörg, der ihm viel Glück wünscht. Von einem Beamten bekommt er noch ein Fresspaket zugesteckt. In diesem Paket sind drei belegte Brote und ein Apfel. Dann steigt er mit einem anderen Gefangenen in den Knasttransporter. Der andere Häftling, den er schon mehrmals auf dem Knasthof gesehen hat, muss zum Amtsgericht nach Münster, wegen einer Körperverletzung.

Am Landgericht angekommen, wird er in einer kargen Zelle eingesperrt. Da noch Zeit bis zum Beginn der Verhandlung ist, kann sein Anwalt Rolf Rossi noch zur letzten Besprechung zu ihm auf die Zelle geschlossen werden. »So Herr Cocker«, leitet der Anwalt die letzte Lagebesprechung ein, »wir ziehen das jetzt so durch, wie wir es besprochen haben. Also sie sind in ihren jungen Jahren als unerfahrener naiver Dorfbursche alleine nach Coesfeld gekommen. Sie wurden von ihren italienischen Restaurantchefs schikaniert und haben dann Trost am Wochenende in der Disco gesucht. Dort haben sie falsche Freunde kennengelernt, die sie zum Drogenkonsum verführt haben. Als das Restaurant der beiden Mafiapaten dann stillgelegt wurde, konnten sie den Konsum nicht mehr finanzieren. Und da kamen sie auf die Idee, die Drogen selber zu kochen. Erst nur für den Eigenkonsum. Da sie aber auch Wohnwagen und Essen finanzieren mussten, haben sie halt den Stoff verkauft. Über die große Menge Drogen Herr Cocker, haben sie sich keine Gedanken gemacht. Wichtig ist, dass sie keine große Klappe haben. Machen sie ein wenig auf Mitleid. Das Allerwichtigste aber, dass sie sich reumütig und schuldbewusst geben. Verstanden Herr Cocker! Den Rest mache dann ich, das ist mein Job.«

Später im Gerichtsraum ist Harry schon sehr beindruckt über das spektakuläre Szenario. Vorne sitzt der Richter mit seiner großen, mächtigen, dunklen Robe, daneben die beiden Schöffen. Rechts vom Richter baut sich der Staatsanwalt, mit ebenfalls imposanter Robe, auf. Im reichlich gefüllten Zuschauerbereich sitzt Mutter Silvia und auch ein wenig versteckt Andre. Der Saal ist voll, denn die Strafsache machte in Vorberichten reichlich Wind in den Medien. So sind auch etliche lokale Zeitungsreporter im Pressebereich vertreten. Einer der beiden Kripobeamten, die Harry zweimal auf dem Polizeipräsidium verhört haben, ist ebenfalls im Gerichtsraum. Wie Harry erwartet hat, ist es der glatzköpfige Polizeibeamte. Heinzi, allerdings in Handschellen reingeführt, ist ebenfalls als Zeuge dabei. Verhandelt wird heute nicht gegen ihn. Da er mehrere andere Strafsachen noch am Laufen hat, wird bei ihm noch ein gesondertes Verfahren angesetzt. Harry sucht den Blickkontakt zu Heinzi. Dem ist anzusehen, dass er ein schlechtes Gewissen wegen Harrys Verhaftung hat. Doch Harry lächelt ihm aufmunternd zu. Die Zeugen müssen nun den Saal verlassen, um unvoreingenommen zur Straftat sprechen zu können.

Nach der kurzen Aufnahme der persönlichen Daten des Täters wird die Anklageschrift des Staatsanwaltes vorgelesen. Dabei werden die 2 Kilogramm Dealerware hochgerechnet. Da er sechs Monate auf dem Campingplatz gelebt hat, wird ihm mindestens eine Tat pro Monat zugetraut. Das heißt, die Staatsanwaltschaft fordert, Harry Cocker wegen des Verkaufs von 12 Kilogramm Amphetaminen zu verurteilen. Da Harry keine Geschäfte per Handy und Telefon verabredet hat und es der Polizei auch nicht möglich war, den intimen kleinen versteckten Campingplatz zu observieren, sind keine weiteren Mittäter oder Käufer von der Polizei ermittelt worden. Auch ist der Einbruch an der Legdener Schule, wo Harry und Andre die Hilfsmittel für die Drogenküche klauten, nicht aufgeklärt worden. So schaut Harry seinem Freund Andre im Publikum zuversichtlich an und streckt ihm sogar dezent das Victory-Zeichen entgegen.

Als dann der Richter Harry zum Tathergang befragt, gibt dieser alles zu, was man ihm eh schon beweisen kann. Den Grundsatz an deutschen Gerichten, dass man sich nicht selber belasten muss, befolgt Harry strikt. Er spricht von einer einmaligen Tat, die auf seiner Drogenabhängigkeit beruht. Ihm tut es wahnsinnig leid. Auf jeden Fall möchte er eine Drogentherapie machen, die Ausbildung zum Koch beenden, um später ein positives Mitglied dieser Gesellschaft zu werden. Der wohlwollende Blick seines Anwalts zeigt ihm, dass er alles richtig gemacht hat.

Doch der Staatsanwalt, ein älterer Mann mit langen grauen Haaren, ist von Harrys Aussage nicht besonders begeistert.»Herr Cocker«, fängt er seine Ausführungen an,»sie bauen sich doch nicht so eine Drogenküche auf, um nur den Eigenbedarf zu sichern. Ihr Knowhow und die Qualität der Drogen zeugen von einem ausgesprochen fundierten Fachwissen. Bitte nennen sie die Namen der Personen, die sie noch beliefert haben. Wenn wir nämlich diese Zwischendealer aus dem Verkehr ziehen, dann verhindern wir, dass viele junge Menschen hier im Münsterland drogensüchtig werden. Damit erleichtern sie ihr Gewissen und ihre Aussage wird keinen negativen Einfluss auf das von mir geforderte Strafmaß nehmen.«»Mein Angeklagter hat alles gesagt, er ist sich seiner Schuld bewusst und wird gewiss das später gefällt Urteil annehmen«, prescht Rolf Rossi dazwischen.»Ich habe alles gesagt und zugegeben«, bestätigt Harry seinen Anwalt.

»Nun dann«, versucht der Richter zu vermitteln,»holen wir jetzt den Zeugen Kühn von der Kriminalpolizei Münster in den Saal, vielleicht kann er mehr Licht in das Geschehene bringen.« Er bekräftigt die Meinung des Staatsanwaltes, dass Harry bereits länger in die Drogenszene involviert ist und viele solche Taten begangen haben muss. Dann legt er sogar noch einen drauf:»Ja Herr Richter, der Herr Cocker macht zwar einen unscheinbaren, unschuldigen Eindruck. Aber er ist durchaus abgebrüht und verfügt über reichlich kriminelle Energie. Mit Sicherheit hat er dank dieser Drogengeschäfte einige 10000 DM irgendwo gebunkert. Sonst könnte er einen Staranwalt wie Herrn Rossi gar nicht finanzieren.« Sofort kontert Rossi: »Das ist eine bodenlose Frechheit Herr Kühn, wenn sie behaupten, dass mein Engagement mit Drogengeldern finanziert wird. Packen sie sich lieber an die eigene Nase. Monatelang observieren und verhören sie meinen nach Strafrecht noch jugendlichen Mandanten. Und ihnen gelingt es nicht, irgendeinen weiteren Mittäter als Herrn Krimhof zum Vorschein zu bringen. Auch haben sie, obwohl sie den Campingwagen fast komplett auseinandergenommen haben, keine einzige Mark an Drogengeld gefunden! Entweder hat mein Mandant keine weiteren Taten begangen oder sie sind einfach nur unfähig!« Dieses Statement hat vehement gesessen, denn Polizeibeamter Kühn und auch der Staatsanwalt sind einige Zeit sprachlos.

»Das Geld ist von mir«, ruft eine blonde Frau laut aus dem Zuschauerbereich, »ich bin die Mutter von Harry und ich habe mein Leben lang gespart. Und Harry ist ein sehr guter Junge und deshalb bezahle ich ihm auch den Anwalt gerne!« Dieser Zwischenruf hat nun zur Folge, dass sich die Auseinandersetzung zwischen Rossi und Kühn ein wenig beruhigt. Auch der Richter stellt mit mahnenden Worten klar, dass es sich hier um die Tat und nicht um irgendwelche Nebenschauplätze dreht.

Trotz der vermittelnden Worte des Richters fordert der Staatsanwalt fünf Jahre Haft für Harry, der für sein Alter über unheimliche kriminelle Energie verfüge, die weiterhin für die Umwelt sehr gefährlich sein würde. Man müsse von viel mehr Taten ausgehen und deshalb die Gesellschaft vor Harry schützen. Allerdings sei er bereit, bei Einsicht von Harry diese Strafe durch eine Verlegung in eine Therapie zu verkürzen. Genau das fordert auch Rolf Rossi in seinem Schlussplädoyer. Allerdings sieht er für diese Einzeltat drei Jahre Knast als durchaus ausreichend an. Dann könne er nach einem Jahr Gefängnis über den Paragrafen 35 in eine Therapie gehen. Da der Umgang im Jugendknast nicht der beste ist, sollte man es bei dieser Strafe belassen. Es sei für die Gesellschaft sehr wichtig, dass junge Menschen eine Chance bekommen, möglichst schnell wieder aufgefangen zu werden. Danach zieht sich das Gericht zu einer kurzen Besprechung zurück, um schließlich das Urteil zu verkünden. Harry wird zu dreieinhalb Jahren Gefängnis verurteilt, die er in einem Jugendgefängnis absitzen muss. Der Richter erklärt sich aber bereit, allerdings nur bei guter Führung von Harry, eine vorzeitige Verlegung in eine Therapieeinrichtung zu bewilligen. Zufrieden schauen sich Rossi und Harry an.»Cocker sechs Monate U-Haft haben wir schon hinter uns, jetzt ein Jahr Knast, danach in die Therapie und innerhalb von anderthalb Jahren ist der ganze Spuk überstanden«.»Danke Herr Rossi, sie sind ein exzellenter Anwalt«, verabschiedet sich Harry von seinem Anwalt.»Machen sie es gut, dann brauchen sie mich nie mehr«, gibt ihm Rolf Rossi mit auf den Weg.

Harry hat nun auch noch die Gelegenheit, mit Andre und seiner Mutter kurz zu sprechen.»Danke Mama, dass du für mich gekämpft hast«, sagt er mit tränenden Augen, bevor er die Handschellen angelegt bekommt und abgeführt wird. Zu seinem Bedauern begegnet er seinem Kumpel Heinzi nicht mehr. Da dessen Zeugenaussage nicht benötigt wurde, ist er auch nicht mehr in den Gerichtssaal geführt worden.

Später als er dann in Coesfeld auf seiner Zelle gebracht wird, feiern Harry und Jörg den guten Verlauf der Verhandlung mit reichlich Hasch und Speed. Es sind Harrys letzte Drogenpartys im kleinen gemütlichen Coesfelder Gefängnis. Denn in dem Moment, wenn das Urteil rechtskräftig ist, wird man ihn in ein anderes Gefängnis bringen. Denn Strafhaft ist für Jugendliche in der JVA Coesfeld nicht im Angebot.

Vorher bekommt er noch einmal Besuch von seiner Mutter und von Andre. Als Andre ihn besucht, flüstert er ihm zu:»Du Andre bei meiner Mama liegen noch 43000 DM von unseren Geschäften. Meine Mutter weiß davon nichts. Die Kohle habe ich bei Mama im Keller unter dem Schrank gebunkert. Sie geht morgens immer putzen und schließt den Keller nie ab. Am besten fährst du schon morgen nach Asbeck, gehst heimlich in den Keller und holst das Geld. Wenn sie später nach Hause kommt, klingelst du und sagst ihr, dass das Geld von mir ist. Erinnerst du dich an unseren angeblichen Lottogewinn, wo wir unseren Müttern Gold geschenkt haben? Jetzt sagst du ihr, dass unser gemeinsamer Gewinn viel höher war, als wir es zugegeben haben. Du drückst ihr 33000 DM in die Hand und erzählst ihr einfach, dass du mein Geld auf dem Konto verwahrt hast. Aber da sie jetzt meinen Anwalt zahlen will, kann sie es ja bestimmt gut gebrauchen. Die restlichen 10000 sind einfach Fix- und Fahrtkosten für dich mein Freund, damit du mich in den nächsten Jahren im Knast weiterhin unterstützen magst«, grinst Harry, als er die letzten Worte ausspricht. »Kein Problem mein Freund, dass wird alles so gemacht wie du möchtest«, verspricht Andre Harry bei seinem letzten Besuch in der JVA Coesfeld.

Harry im Jugendknast

Fünfzehn Tage später ist es soweit, nachdem das Urteil rechtskräftig ist, soll Harry in die Jugendhaftanstalt Herford gebracht werden. Schon am Abend vorher hat Harry gepackt und auch seine letzte Drogenparty mit Jörg gefeiert. Ein wenig müde und verkatert verabschiedet er sich nun von ihm und bedankt sich für die gute gemeinsame Zeit. Dann geht es mit dem Transporter erst einmal nach Münster. Wenn Häftlinge in Anstalten gebracht werden, die weiter entfernt sind, wird es immer in Etappen gemacht. Das heißt Harry muss zunächst in Münster übernachten um dann am nächsten Tag Herford anzusteuern.

Als er sich abends auf seiner kargen Transportzelle hinlegen will, hört er laute Schreie, die von der gegenüberliegenden Seite kommen.»Harry hörst du mich, Harry hörst du mich, ich bin es Heinzi!« Es dauert einige Sekunden, bis er die Situation richtig einschätzt. Es ist Heinzi Krimhof, sein Partner beim großen Deal mit dem Speed.»Ja Heinzi, ich höre dich, sehe dich aber nicht.« schreit er laut zurück. Die Entfernung ist zu weit, dass sie sich zwischen den engen Gitterlöchern erkennen könnten. Heinzi, der Münsteraner Altjunkie, hat hier in der JVA viele Bekannte und vertrauliche Quellen, die ihm gesteckt hatten, dass Harry hier für eine Nacht untergebracht ist.»Danke Harry, vielen Dank Harry, dass du mich nicht verraten hast!« ruft Heinzi. Die zahlreichen Haschischgeschäfte auf dem Bremer Platz mit Heinzi hatte Harry stets verschwiegen.»Kein Thema Alter, denn du bist ein Guter!« gibt ihm Harry zu verstehen.

Inzwischen hat sich eine gewisse Ruhe auf dem Gefängnishof eingependelt. Abends, wenn die Zellen dicht sind, werden über den Hof oft viele laute Gespräche in allen möglichen Sprachen geführt. Aber irgendwie haben die anderen Häftlinge wohl mitbekommen, dass sich zwei Komplizen aus der Drogenszene geschützt haben. Da Drogengeschäfte im Gegensatz zu Eigentumsdelikten schwerer nachzuweisen sind, lebt die Justiz vom Verrat. Dass sich Heinzi und Harry nicht verraten haben, scheint die anderen hartgesottenen Knackis zu rühren, denn sie schweigen nun höflicherweise.»Vielen, vielen Dank Harry, aber meine Ex hat alles ausgeplaudert und mich ans Messer geliefert. Ich habe vier Jahre gekriegt mein Freund«, berichtet ihm Heinzi.»Du ich habe dreieinhalb Jahre , Heinzi und morgen geht es nach Herford«, bestätigt Harry.»Dann mach es gut Harry, wir sehen uns heute in vier Jahren hier in Münster auf dem Bremer Platz«, bietet Heinzi an.»Versprochen, mein alter Freund, ist abgemacht, heute in vier Jahren!« ruft Harry lautstark zum Abschluss.

Nach diesen nicht ganz ernst gemeinten Zukunftsplänen kehrt für Harry am nächsten Tag der harte Knastalltag ein. Frühmorgens wird er nach Herford gefahren. Dort muss er wie in

Strafhaft üblich erst einmal seine komplette Privatkleidung abgeben. Diese wird gegen einheitliche Knastkleidung getauscht. Graue T-Shirts und Pullover, alte Jeans und oft getragene verwaschene Unterhosen und Socken werden nun von ihm angezogen. Seine Zelle muss er mit Mehmed teilen, einem jungen türkischen Intensivtäter, der schon etliche Raubüberfälle und Körperverletzungen hinter sich hat. Harry merkt, dass im Jugendknast ganz andere Gesetze herrschen als im Erwachsenenvollzug. Während ihm der Erwachsenenknast oft an eine gemütliche Jugendherberge erinnert hat, herrscht hier ganz eindeutig das Recht des Stärkeren. Die Mehrzahl der Jugendlichen kommt aus zerrütteten Familien, wo oft gewalttätige Väter jenes vorleben, was Jugendliche dann in ihren Straßengangs selber praktizieren.

Harry hält sich lieber aus allem raus, um den anderen Häftlingen keine Angriffsfläche für Mobbing und Gewalt zu liefern. Zumal er immer noch sehr schmal gebaut ist und sich mit den gewalterprobten Schlägern hier nicht messen kann. Er hat Glück, dass Mehmet, der sich vor anderen Häftlingen immer sehr aggressiv gibt, auf der Zelle recht friedlich bleibt. Das liegt aber auch daran, dass er von Harrys Drogen profitiert, die Andre gelegentlich reinschmuggelt. Wenn Andre ihn besucht, hat er die Drogen vorher in seinen Socken oder in seiner Unterhose versteckt. Da Besucher zwar mit dem Metalldetektor, aber nicht mit einem Suchhund kontrolliert werden, können die Drogen so unauffällig zum Besucherraum durchflutschen. Auch Harry steckt den Stoff nach der verdeckten Übergabe in Socken, Unterhose oder auch in den Mund.

Nachdem er mehrere Wochen nur auf der Zelle herumgegammelt hat, kann er heute seinen ersten Tag in der Knastküche antreten. Einige Wochen wird er hier erst einmal als Küchenhilfe zur Probe mitarbeiten. Wenn die Probezeit ohne Komplikationen verläuft, soll dann die Ausbildung zum Koch weitergeführt werden. Am Vortag hatte er schon in der Kammer die Arbeitskleidung für die Küche bekommen. So wie bei seinem Einstieg als Koch im Restaurant bekommt er mit Kochhose, Kochhemd, Kochhut und Schürze die professionelle Ausrüstung.

Bereits um 4.40 Uhr wird Harry vom Beamten geweckt. »Hallo Cocker, sofort aufstehen, dein erster Einsatz in der Küche«, ruft der Beamte nach dem lauten Öffnen der Tür Harry laut zu. Dieser erhebt sich im Halbschlaf, macht eine schnelle Katzenwäsche, zieht sich an und folgt dem Justizbeamten dann Richtung Küche.

»Mein Name ist Müller, ich bin hier der Meister in der größten Hotelküche in Herford«, begrüßt ihn der Küchenchef der Knastküche mit festem Händedruck. »Wir kochen hier für über 350 Häftlinge und auch das Personal braucht was zu essen. Dazu haben wir Gefangene, die Moslemgerichte und vegetarische Gerichte bekommen. Hier ist jeden Tag Action. Junge, wenn du hier einsteigen willst, dann musst du anpacken und Gas geben. Bist du schmaler Hänfling dazu überhaupt in der Lage?« versucht er Harry sofort zum Einstieg ein wenig zu provozieren. »Das kriege ich wohl hin, meine beiden vorherigen Chefs waren Mafiapaten und die haben mich nicht erschossen. Also waren die nicht ganz unzufrieden mit meiner Arbeit«, versucht Harry auf seine Art und Weise sofort zu kontern. »Werde mal nicht frech Junge! Hier wird gearbeitet ohne Widerworte und ohne Drogen vor allem Dingen, sonst bist du von einer auf der anderen Sekunde draußen. Dann kannst du deine Berufsausbildung vergessen!« stellt der Meister eindrucksvoll klar.

Da heute Kartoffelpüree mit Sauerkraut und Kasseler auf der Speisekarte für das Mittagessen stehen, kann sich Harry sofort denken, was er zu tun hat. Zuerst darf er die Kartoffeln waschen, um sie dann wie erwartet zu schälen. Hier in der Großküche des Gefängnisses ist sehr viel los. Insgesamt arbeiten hier zwanzig Gefangene, die von sechs Mitarbeitern der JVA delegiert und beaufsichtigt werden. Fünf weitere Gefangene schälen mit Harry zusammen die Kartoffeln. Sie sind darin durchaus geübter als Harry, der mit dieser Tätigkeit fast ein Jahr ausgesetzt hat. Die anderen Häftlinge bereiten das Frühstück vor, das ja bereits um 7 Uhr zu den einzelnen Haftäumen gebracht wird. Brot, Käse und Aufschnitt wird geschnitten, Tee und Eier werden gekocht. Kaffee wird nicht gekocht, den müssen die Häftlinge sich selber auf den Zellen zubereiten.

Die Arbeitsabläufe in dieser Großküche sind sehr gut eingeprobt. Auch die Gefangenen wissen genau, was sie zu tun haben. In großen Kochtöpfen werden die Speisen auf den Kochplatten fertig gebrutzelt. Wenn die Speisen gar sind, werden sie in große Bottiche gefüllt und in die einzelnen Etagen transportiert. Dort wird das Essen dann von den Hausarbeitern auf die Zellen verteilt. Nach dem italienischen Restaurant und der eigenen Drogenküche ist es nun die dritte Küche, wo Harry etwas lernen kann. Da Harry sich Mühe gibt, fleißig mitarbeitet und Meister Müller keine Widerworte gibt, wird ihm schließlich ein Ausbildungsvertrag angeboten. Wie im Leben draußen, fängt auch für ihn das neue Lehrjahr zum 1. August an.

Die guten Leistungen von Harry in der Küche sind durchaus auch damit zu erklären, dass er in Sachen Drogennachschub auf dem Trockenen sitzt. Er ist momentan clean und kann sich besser auf die Arbeit konzentrieren. Andre kommt nicht mehr zu Besuch und beantwortet Harry seine Briefe auch nicht. So verstärkt sich immer mehr die Meinung bei ihm, das Andre möglicherweise verhaftet wurde.

Jedoch bekommt Harry weiterhin Besuch von seiner Mutter. Beim ersten Besuch war sie noch ziemlich sauer, dass sie von Andre die 30000 DM überreicht bekommen hatte. Da sie nicht ganz naiv ist, war ihr natürlich klar, dass der hohe Geldbetrag nicht ein angeblicher Lottogewinn der beiden Freunde ist, sondern aus Drogenverkäufen stammt. Aber da sie Harry nicht noch mehr belasten wollte, brachte sie das Geld nicht zur Polizei, sondern versteckte es kurioserweise wieder im Keller. Eines Tages, wenn Gras darüber gewachsenen ist, will sie es als christlicher Mensch gerne der katholischen Kirche spenden. So hätten die Straftaten von Harry wenigstens einen kleinen positiven Effekt und sie selber ein reines Gewissen. Zum Befinden und Verbleiben von Andre kann sie Harry aber nichts berichten.

Die mangelnde Drogenbeschaffung fördert jedoch ein anderes Problem auf der Zelle. Es entsteht Lagerkoller vornehmlich bei Mehmet. Und so macht er Harry, bei dem er vorher immer umsonst mitkonsumieren durfte, plötzlich Vorwürfe. Zwar fühlt sich Harry nun sehr ungerecht behandelt. Doch er meidet die Konfrontation mit Mehmet, der als cholerisch und gewalttätig gilt. Doch um Mehmet wieder wohlwollender einzustimmen, hat Harry plötzlich eine andere Idee. Schon öfter hatten ihm Knastkollegen, beim täglichen Hofgang in der Freistunde erzählt, wie leicht es doch ist, Alkohol auf der Zelle zuzubereiten. Benötigt wird nur ein großer Kanister und dann die Zutaten, die dann darin gemischt werden. Obst, Hefe, Zucker, eventuell auch Brot, würde man mit einem Fruchtsaft zusammen im Kanister gären lassen und nach wenigen Wochen hätte man einen leckeren hochprozentigen Alkohol produziert. Als Küchenmitarbeiter hätte Harry in Sachen Beschaffung doch die allerbesten Referenzen, war die einhellige Meinung vieler Mithäftlinge.

So besorgt sich Harry aus dem Abfallcontainer der Küche einen großen Kanister. Um dann in den nächsten Tagen Hefe und Zucker aus der Küche zu klauen. Brot und Obst hingegen dürfen die Küchenmitarbeiter oft kostenlos mitnehmen, wenn es übrig geblieben ist. Langsam füllt sich der Kanister, der sich dann, je mehr die Mischung gärt, weiter ausdehnt. Da momentan keine Zellenkontrollen von den Beamten vorgenommen werden, haben Harry und Mehmet hinsichtlich ihrer Mischung nichts zu befürchten. Nach zwei Wochen Gärzeit testen die beiden dann die alkoholische Eigenproduktion. Doch schnell merken sie, dass der Promillegehalt doch recht niedrig ist. Die Wirkung ist weit weniger vorhanden, wie es sich bei Bier oder Wein verhalten würde. So lassen sie die große noch vorhandene Menge über mehrere Wochen weiter gären. Als sie schließlich einige Wochen später wieder kosten, sind sie mit dem Alkoholgehalt durchaus zufrieden. Andre und Mehmet nutzen die Gelegenheit dann, ausgiebig besoffen zu werden. Da beide eher Anhänger der illegalen Droge sind, füllen sie die restliche Alkoholmenge in leere Plastikflaschen, die vorher mit Fruchtsäften befüllt waren. Um dann ihr Alkoholeigenprodukt gegen Haschisch einzutauschen. Die erhaltene Menge Cannabis reicht, um für eine Woche jeden Abend bekifft zu sein.

Als wieder kein Stoff auf der Zelle ist, lässt sich Mehmet zu einer Gewalttat hinreißen. Zusammen mit zwei arabischstämmigen Mittätern rauben sie einen Mitgefangenen aus. Während einer der Täter vor der Zelle des Opfers Schmiere steht, prügeln und foltern die anderen beiden den Häftling solange, bis dieser zugibt, wo er seine Drogen gebunkert hat. Da das Opfer durch die Verletzungen ziemlich entstellt ist, wird er noch am gleichen Tag von einem Beamten zum Arzt gebracht. Schließlich, auf Druck des Abteilungsleiters der Station, gibt das Opfer die Namen seiner Peiniger preis. Mehmet und die beiden Mittäter werden dann einzeln in den Bunker gebracht. Dieser Bunker ist eine Zelle im Keller ohne jede Annehmlichkeit. Ähnlich wie in Polizeigewahrsam nur mit Matratze und einem Loch in der Ecke für die Notdurft ausgestattet. Der einzige Unterschied, dass auf dieser kargen Zelle eine Bibel vorhanden ist. Allerdings fraglich, ob das einen Moslem wie Mehmet zum täglichen Lesen animieren wird.

Harry ist sehr froh, dass er Mehmet los ist, da dieser seine Laune oft runtergezogen hat. Wenige Tage später bekommt er dann sogar eine Einzelzelle. Solch eine Zelle hatte er beantragt und mit seiner Berufsausbildung zum Koch begründet. Denn schließlich muss er ja auch in Sachen Theorie für solch eine Ausbildung büffeln. Nun kann er abends in Ruhe lernen und dann auch ungestört früh schlafen, da er bereits um 4.30 Uhr für die Küchenarbeit bereit sein muss.

Einige Wochen versucht Harry nun ohne Drogenkonsum den Gefängnisalltag zu bewältigen. Doch das Wochenende und auch die Feiertage ziehen sich lange hin. Da ist er so wie damals in der Untersuchungshaft oft dreiundzwanzig Stunden alleine auf der Zelle. Und irgendwann wird jedes Fernsehprogramm einmal langweilig. So beginnt er doch wieder mit dem Kiffen, um im Cannabisrausch in andere Welten einzutauchen. Dabei denkt er an seine spektakuläre spannende kriminelle Vergangenheit oder träumt von einer drogenfreien Zukunft vielleicht als Chefkoch in einem Nobelrestaurant. Harry weiß noch nicht, wie es irgendwann weitergehen wird...

In den Gefängnisalltag hat Harry sich gut integriert. Chefknastkoch Müller entpuppt sich als außerordentlich guter Lehrmeister. Harry lernt wie man Eintöpfe lecker anrichtet oder Suppen würzt und schmackhaft macht. Aus wenigen Mitteln und Zutaten einen leckeren Salat oder Pudding zubereitet. Wie die anderen Mitarbeiter der Küche beschäftigt er sich gerne mit der Zubereitung von Fleisch. Das Panieren und Braten eines Schnitzels ist für Harry ein Hochgenuss. Nur leider ist Fleisch im Gefängnis oft Mangelware und wird nur an zwei Tagen in der Woche im Hauptgericht serviert, dann aber nur rationiert. Da Harry in der Küche jedoch an der Quelle sitzt, kommt er schon mal in den Genuss eines zweiten Schnitzels, wenn Fleisch gelegentlich mal übrig bleibt.

Die Arbeit in der Küche macht ihm inzwischen sehr viel Spaß und ermöglicht auch seinen regelmäßig Cannabiskonsum. Denn er klaut immer noch regelmäßig Hefe. Diese Hefe tauscht er dann bei anderen Häftlingen gegen Hasch oder Gras um. Die freuen sich, damit Alkohol produzieren zu können. Während sich

Harry dann in der Freizeit im THC-Rausch für einige Stunden davon machen kann. Inzwischen ist er da sehr kreativ beim Bau verschiedener Rauchgeräte. Der herkömmliche Joint ist zwar sehr schnell gebaut, doch es gibt andere Rauchmöglichkeiten, wo die Wirkung heftiger und der Verbrauch weniger vorhanden ist. Mit Hilfe von Fertigrasierern, vom Pappendstück der Klopapierrolle oder auch von leeren Colaplastikflaschen und anderen Behältern, baut er sich Pfeifen, Bongs und auch sogenannte Eimer. Diese selbstgebastelten Rauchgeräte verstärken die Drogenwirkung außerordentlich und machen ihn besonders high. Während der Meister ihm in der Küche lernt, wie aus wenigen Lebensmitteln ein gesundes leckeres Essen entstehen kann, geben ihm die anderen Knackis Lehrunterricht in Sachen Drogenkonsum. Irgendwie verdichtet sich bei Harry die Einstellung, dass das Gefängnis eine sehr gute Schule für das spätere Leben sein könnte.

Allerdings möchte er lieber vorzeitig entlassen werden und da setzt er nun alle Hebel in Bewegung. Er nimmt Kontakt zur Sozialpädagogin der JVA, Frau Klar auf. In einem vertraulichen Einzelgespräch erzählt er seine Geschichte und äußert den Wunsch, über den Paragraf 35 das Gefängnis verlassen zu dürfen. Harry erklärt ihr, dass er inzwischen einsichtig ist und sein Leben ändern möchte. »Ja Herr Cocker was meinen Sie? Wie viele Häftlinge haben mir hier das schon genauso erzählt und wie viele von denen sind dann abgeschmiert? Wie viele, nachdem sie hier entlassen wurden, noch nicht mal in der Therapie angekommen sind und wie viele nach wenigen Tagen die Therapie bereits abgebrochen haben?« äußert sich die Sozialpädagogin fragend. »Bestimmt einige«, antwortet Harry kleinlaut.. »Achtzig Prozent kriegen die Therapie nicht hin und brechen ab. Dass sind vier von fünf. Und von denen, die das geschafft haben, werden die meisten nach der Therapie auch wieder rückfällig!« stellt Frau Klar ausdrücklich klar. »Aber da kann ich ja nichts dafür, wenn die alle versagen«, gibt Harry zu bedenken. »Natürlich können sie da nix für. Aber

wir haben seit kurzer Zeit die Möglichkeit sie zu testen, ob sie es auch wirklich ernst meinen. Denn im C-Haus haben wir oben eine Station eingerichtet, die ist speziell nur für drogenabhängige Häftlinge, die sich später in einer Therapie verändern wollen. Dort können wir ihnen Einzel- und Gruppengespräche anbieten, die sich mit ihrer Drogenproblematik beschäftigen und sie auf die Therapie draußen vorbereiten. Zu den anderen Häftlingen des Hauses haben sie, außer auf der Arbeit, Kontaktsperre. Denn wir wissen natürlich, dass hin und wieder in der Anstalt Drogen im Umlauf sind. Durch diese Kontaktsperre möchten wir das auf jeden Fall verhindern. Das Ganze kontrollieren wir natürlich. Denn sie müssen mindestens einmal in der Woche, unangemeldet, einen Drogentest durchführen. Falls dieser positiv ist, war es das mit ihrer Therapie. Immer noch Interesse Herr Cocker?«
»Auf jeden Fall Frau Klar, denn mit den regelmäßigen Tests habe ich kein Problem. Ich bin doch jetzt schon clean.« lügt Harry schon wieder, dass sich die Balken biegen. Da nutzt er aus, dass er mit reichlich Glück hier in der Anstalt bisher nicht aufgefallen ist. »In den Gesprächen mit mir ist jeder clean Herr Cocker. Nehmen sie es mir bitte nicht übel, ich arbeite hier schon über zehn Jahre und habe etliche Erfahrungen machen dürfen. Aber wir können es gerne versuchen. Ich werde ihren Antrag bearbeiten.« erklärt Frau Klar zum Abschluss.

Einige Wochen später ist der Antrag von Harry durch und er kann auf den C-Flügel ziehen. Als Auszubildender bekommt er wieder seine Einzelzelle. Da diese vor einigen Wochen renoviert wurde, ist sein Lebensstandard auf diesen acht Quadratmetern ein wenig höher einzustufen. Da Harry hier Respekt vor den regelmäßigen Drogentests hat, lässt er das Kiffen erst einmal weg. Mit Absprache von Frau Klar hat er sich dafür entschieden, die Drogentherapie Relax in Ascheberg auszuwählen. Denn Harry möchte im Raum Münsterland bleiben, um dann dort später auch in der Region Coesfeld wieder in einem Restaurant zu arbeiten. So schickt er eine schriftliche Bewerbung zu dieser Therapiestätte.

Jetzt beginnen auch die ersten Therapiestunden, an denen Harry nicht unbedingt motiviert teilnimmt. Denn er hat keine Lust über irgendwelche Probleme zu reden. Insgesamt zwölf Gruppenmitglieder erzählen ihre Geschichten, die oft mit schlimmen Kindheiten begannen und dann früh in heftigen Drogenkarieren ausuferten. Harry ist der Meinung, dass er nur Drogen konsumiert, da es Spaß macht und er einfach »Bock darauf« hat. Aber diese offene ehrliche Meinung kann er hier natürlich nicht vertreten. Dafür würde er viel Widerstand und Kritik bekommen, die sogar zum Ausschluss aus dem Therapiehaus führen könnte. So erzählt er halt die Probleme, die er als Einzelkind einer alleinerziehenden Mutter auf dem Dorf hatte. Auch dass sein Vater einfach abgehauen war, als er noch im Säuglingsalter war. Der Satz, dass er seinen leiblichen Vater noch nie gesehen hat, führt bei einigen hartgesottenen jugendlichen Straftätern in der Runde zu vereinzelten Tränen. In diesem Moment weiß Harry, dass er alles richtig gemacht hat.

Auch sonst kommt Harry auf der Therapieabteilung ganz gut klar. Die Häftlinge versuchen sich ruhiger und disziplinierter zu verhalten als in den anderen Abteilungen. Denn die meisten von ihnen wollen wie Harry über eine Therapie vorzeitig zurück in die Freiheit. Im Gegensatz zu Harry der sich in der Berufsausbildung befindet, sind die anderen Jugendlichen in der Mehrzahl damit beschäftigt, ihren Hauptschulabschluss nachzuholen. Harry ist überrascht dass er ohne Drogenkonsum gut klar kommt. Er pendelt zwischen Arbeit, Therapie und Fernsehen am Abend und raucht sogar deutlich weniger Zigaretten als vorher.

Endlich beginnen die schriftlichen Prüfungen. Die Prüfung läuft im gleichen Raum ab, wo vorher auch die Berufsschule für die insgesamt fünf Kochlehrlinge stattfand. Es stehen die Fächer Fachkunde Kochen, Fachrechnen, Wirtschaftslehre und Soziallehre auf dem Programm. Harry kommt mit den Prüfungsfragen sehr gut klar. Mit gutem Gefühl verlässt er als erster der Auszubildenden den Prüfungsraum.

Zu der praktischen Prüfung ist sogar eine zweiköpfige Prüfungskommission der Handwerkskammer Ostwestfalen-Lippe angereist. Die beiden Prüfer zeigen sich sehr freundlich und loben die fünf Lehrlinge für den Ausbildungsweg hier unter schwierigen Verhältnissen. Dann bekommen die Prüflinge ein Tablett mit Lebensmitteln zugewiesen. Mit diesen Lebensmitteln müssen sie eine Mengenanforderung für ein Menü für sechs Personen zusammenstellen. Als Hauptgang wird gefordert: gefüllte Poulardenschenkel an Currysauce, Pommes Dauphine und gratinierte Tomaten. Als Dessert: Obstsalat an kandierten Nüssen und Mokkasahne. Die fünf Kochlehrlinge haben für die Zubereitung des Menüs jeweils dreißig Minuten Zeit. Harry, der als Drogendealer gelernt hat, besonders in Stresssituationen ruhig und besonnen zu bleiben, gelingt es, ein hervorragendes Menü auf den Tisch zu zaubern. Die beiden Prüfer sind nach dem Verkosten des Menüs sehr zufrieden und loben Harry für das sehr leckere Essen. Besonders von der würzigen Currysauce und der süßen Mokkasahne sind sie schlichtweg begeistert.

Harry ist zufrieden und sich sehr sicher, die Prüfung bestanden zu haben. Genau dieses verleitet ihn zu leichtsinnigem Verhalten. Denn am nächsten Tag besorgt er sich bei der Arbeit in der Küche Haschisch. Ein Kollege, der regelmäßig dealt, verkauft ihm für ein Paket Tabak eine kleine Ecke Hasch. Zwar ist Harry sich dem großen Risiko bewusst. Jedoch in solch einer Ausnahmesituation möchte er gerne seinen persönlichen Ausbildungserfolg feiern.

Genau einen Tag später gerät er in eine Routinekontrolle. Ein Beamter bittet ihn, mit auf die Kontrolltoilette zu kommen. Diese speziell für Drogenkontrollen eingerichtet Toilette, ist immer verschlossen. Man möchte vermeiden, dass die Getesteten schon vorher hier Urin bunkern, um diesen bei einer Kontrolle auszutauschen. Cannabis kann bis zu sechs Wochen eine positive Probe auslösen. Deswegen ist es für die Gefangenen eine Option, den Test schon vor der Konsumzeit zu besorgen, oder ihn von Gefangenen, die sauber sind, zu übernehmen. Harry hat eine andere Idee. Er erzählt dem Beamten, dass er nicht pinkeln könne. Doch dieser lässt sich nicht beirren und besorgt erst einmal einen Liter Wasser. Dann sperrt er Harry in einen Aufenthaltsraum ein, damit er in Ruhe das Wasser austrinken kann. Auch bittet er ihn, auf die Schelle zu drücken, wenn er schließlich könne.

Harry sitzt nun in der Falle, denn er hat hier keine Chance, sauberen Urin zu organisieren. Deshalb gibt er sich geschlagen und klingelt. Doch als er dann vor dem Pissoir steht, um zu urinieren, kann er nicht mehr. Denn der Beamte steht ganz dicht und aufmerksam hinter ihm und beobachtet sein Glied. Inzwischen ist der sehr erfahrene Justizbeamte misstrauisch geworden, schließlich hat er Harrys Trickserei durchschaut. Mit allen Mitteln will er einen Manipulationsversuch verhindern. Harry inzwischen kooperationsbereit, ist über so viel Aufmerksamkeit irritiert und kann einfach nicht mehr. Nach zehn Minuten wird auch dieser Drogentest abgebrochen und Harry mit einer neuen Flasche Wasser weggeschlossen. Erst im dritten Versuch gelingt es ihm, ein paar Tropfen in den Plastikbecher reinzudrücken.

Am nächsten Tag wird er während der Arbeit in der Küche von einem Beamten abgeführt. Dieser bringt Harry in das Büro von Herrn Wellmann. Wellmann ist Abteilungsleiter vom C-Flügel und Harry weiß genau worum es geht. Wellmann kommt sofort zu Sache:»Cocker, sie wurden positiv auf Cannabis getestet. Daraufhin haben wir ihre Zelle gründlich durchsucht. Dort haben wir aber keine Betäubungsmittel gefunden. Trotzdem wissen sie natürlich, was das für sie bedeuten kann. Möchten sie etwas dazu sagen?« »Entschuldigen sie bitte Herr Wellmann. Aber ich habe seitdem ich hier auf dem C-Flügel bin, niemals vorher Betäubungsmittel zu mir genommen. Dieses war jetzt nur die absolute Ausnahme. Ich wollte nur ein bisschen feiern, da die Prüfung bei mir so gut gelaufen ist. Das machen andere Lehrlinge draußen doch auch. Bitte geben sie mir noch eine Chance«, fleht Harry um Gnade. »Erst einmal Cocker, sie sind hier drin und nicht draußen! Außerdem erzählt mir hier jeder, dass er vorher nie etwas genommen hat. Jeder ist unschuldig! Vor kurzem hatte ich einen Gefangenen positiv auf Opiate getestet. Er sagte mir, noch nie Heroin konsumiert zu haben. Stattdessen hätte er ein Mohnbrötchen gegessen

Na ja, immerhin haben sie ihren Konsum zugegeben. Und auch unser Meisterkoch Müller hat sich positiv über ihr Arbeitsverhalten geäußert. Deshalb bekommen sie jetzt von mir die allerletzte Chance. Sie bleiben bei uns im C-Flügel, haben aber vier Wochen Dauereinschluss. Arbeit ja. Aber danach ist die Zelle bei ihnen geschlossen! Keine Freizeit mit anderen Gefangenen, keine Freistunde, kein Sport und auch kein Umschluss zu anderen Gefangenen! Alle drei Tage eine Urinkontrolle. Und wenn sie nochmal positiv sind, dann fliegen sie hier aus der Abteilung und die Therapie können sie auch vergessen! Alles klar Cocker!« stellt Wellmann laut und eindringlich klar. »Alles klar Herr Wellmann. Ich halte mich an die Anweisungen. Vielen Dank für die zweite Chance«, antwortet Harry zufrieden und wird aus dem Raum geführt.

Da Harry oft nach dem Küchendienst schon um 13 Uhr Feierabend hat, zieht sich sein Zelleneinschluss lange hin. Denn Bücher hat er nie gelesen und ständig Fernsehen ist auch langweilig. Aber andererseits kann er sich in Sicherheit wägen. Kein Mitgefangener kann ihm auf dem Flur oder auf dem Hof Drogen anbieten. Konsequent lernt er auch noch ein wenig für die mündliche Prüfung. Das einzige Fach, das noch ansteht, ist Wirtschaftslehre. Da er gut vorbereitet ist, kann er sich von einer 3 noch auf 2 hochbugsieren.

Als er dann einige Wochen später von einem Mitglied der Handwerkskammer den Gesellenbrief überreicht bekommt, ist Harry sehr stolz. Er denkt dabei an Francesco, seinen Meister aus dem »Mamma Mia«, der immer an Harry geglaubt hat. Doch Herrn Müller, dem Meister aus der Knastküche, ist er auch sehr dankbar. Er ist zwar als Lehrherr sehr streng, aber durchaus fair zu den Auszubildenden. Harry hat sehr viel gelernt bei ihm und bedankt sich am letzten Arbeitstag dafür. Auch Meister Müller sieht die Zusammenarbeit sehr positiv: »Harry, nach den Anfangsschwierigkeiten warst du eine sehr große Hilfe hier in der Küche. Du bist sehr fleißig und hast sehr viel Talent zum Kochen. Wenn du die Finger von den Drogen lässt, dann sage ich dir eine tolle Zukunft im Gastronomiebereich voraus.« Über so viel Lob freut sich Harry. Trotzdem ist er sehr angespannt, denn schon am nächsten Tag steht seine Entlassung an. Gepackt hat er schon seit Tagen, denn er kann es kaum erwarten das Gefängnis zu verlassen.

Am Entlassungstag führt er noch das Abschlussgespräch mit Frau Klar, der Sozialpädagogin. Auch sie freut sich, dass Harry trotz des Rückfalls die Kurve noch gekriegt hat und nun den Übergang in eine stationäre Drogentherapie vollzieht: »Herr Cocker, das wird ein langer, harter Weg für sie. Nehmen sie das nicht auf die leichte Schulter, sondern arbeiten sie an ihren Defiziten«, gibt sie Harry mit auf dem Weg. Harry nickt und bedankt sich für den bürokratischen Aufwand, den Frau Klar hatte. Denn bei der Bewilligung des Paragrafen 35 musste die Zustimmung von Gericht und Staatsanwaltschaft vorliegen. »Vielen Dank Frau Klar. Eines Tages habe ich ein Restaurant und dann lade ich sie dort zu einem kostenlosen Menü ein«, verspricht er ihr ein wenig überheblich.

Harry in Therapie

Harry bedankt sich bei Tina für den Fahrdienst und wird am Sekretariat der LWL-Klinik empfangen. Geplant ist, dass er zwei Wochen hier entgiftet wird, um dann ganz sicher clean in die Langzeittherapie nach Ascheberg zu gehen. Auch wenn Harry in den letzten Wochen keine Drogen konsumiert hat, weiß man natürlich, das Drogenkonsum im Knast kein Tabu ist. Dann wird er sehr freundlich von dem Krankenpfleger Josef empfangen. Er erklärt ihm, dass er am Anfang praktisch durch eine Schleuse geht. Er wird ebenso wie sein Gepäck gründlich durchsucht. Ebenfalls muss er einen Alkohol- und Drogentest über sich ergehen lassen. Dann bekommt er noch die Hausordnung vorgelegt. Nachdem er diese durchgelesen hat, unterschreibt er eine Einverständniserklärung, dass er mit der Hausordnung und den Regeln der Klinik einverstanden ist.

Nach Beendigung des Aufnahmeverfahrens begibt er sich in den großen Gemeinschaftsraum. Dieser Raum ist gleichzeitig auch Fernseh- und Raucherraum. Ungefähr ein Dutzend Patienten sitzt hier. Als Harry den Raum betritt, bekommt er einen Schreck. Denn die Mehrzahl der sehr gemischten Gruppe sieht ziemlich fertig aus. Jeder hat eine Zigarette in der Hand und bei vielen sind im Gesicht zwanzig Jahren Drogenszene eingezeichnet. Auch erkennt er, dass er scheinbar als einziger keine Entzugserscheinungen hat. Der Großteil der Patienten wird vor wenigen Tagen noch in der örtlichen Drogenszene unterwegs gewesen sein. Harry hat den Eindruck, dass ihm einige Gesichter irgendwie bekannt vorkommen. Er war ja auch vor knapp zwei Jahren mehrmals am örtlichen Drogentreffpunkt Bremer Platz, um Cannabis einzukaufen. Während sich die anderen Patienten wegen ihrer Entzugserscheinungen ausgiebig bemitleiden, fühlt sich Harry pudelwohl. Bis ein Mitpatient ihm nicht so ganz ernst empfiehlt: »Junge gehe mal erst nach draußen und werde richtig süchtig.« Als Konsument synthetischer Drogen ist Harry ein knallharter körperlicher Entzug, wie er bei Alkohol und Heroin entsteht, weitgehend unbekannt.

Da ihn die Leidens- und Drogengespräche im Aufenthaltsraum zeitweise doch nerven, zieht er sich immer mehr auf sein Zimmer zurück. Der andere Patient auf dem Zimmer ist Valeri, ein Deutschrusse, der bereits mit 19 Jahren schwer heroinabhängig ist. Jedoch verstehen die beiden sich ganz gut. Alle Türen und Fenster der Einrichtung sind verschlossen. So soll verhindert werden, dass Patienten im Entzug sich draußen Drogen besorgen oder auch von Bekannten beliefert werden. Was aber auch nicht immer verhindert werden kann. Denn eines Abends wird Markus, ein polytox veranlagter Patient, mit Valiumtabletten beliefert. Da das Fenster im Aufenthaltsraum auf Kipp steht, kann ein Bekannter aus der Szene einen Riegel Diazepam durch die Fensteröffnung werfen. Da er nicht verpetzt wird, können sich Markus und seine ebenfalls polytoxe Freundin Ines den Riegel ungestört beim Fernsehprogramm reinziehen. Trotz guter Versorgung brechen die beiden die Entgiftung jedoch 2 Tage später vorzeitig ab.

Die Abbruchquote im Haus ist enorm hoch. Je länger der Entzug von Heroin oder auch von Methadon, der Ersatzdroge von Heroin dauert, desto höher die Abbruchquote. Gelegentlich denkt, Harry, dass er sich in einem Taubenschlag befindet. Oft wird hier auch gemunkelt, dass einige wegen akuter finanzieller Notlage hier einfliegen. Wenn aber dann am letzten Tag des Monats das Arbeitslosengeld oder die Sozialhilfe auf dem Konto ist, sofort wieder ausfliegen. Dann wäre ja das nötige Geld für die Drogen erst einmal wieder vorhanden, wird gemunkelt. Solche Gedankenspiele hat Harry nicht. Denn er weiß, bricht er hier ab, geht es sofort wieder in den Knast. Zwei Jahre Knast kann er durch den Paragrafen 35 einsparen. Doch ein einziger Fehltritt lässt alles wie ein Kartenhaus zusammenbrechen. Um die Patienten abzulenken und zu beschäftigen, gibt es mehrere Freizeitangebote. Es wird Ergotherapie angeboten, um die Süchtigen zum Malen und zum Basteln zu motivieren. In der Sporthalle auf dem Gelände gibt es die Möglichkeit, Fußball zu spielen oder sich auf dem Trimmrad zu bewegen. Allerdings zeigt sich Harry hier genauso desinteressiert wie alle anderen Patienten. Nachmittags wird ein gemeinsamer Spaziergang mit einem Mitarbeiter der Einrichtung angeboten. Da momentan Hochsommer ist, steuern sie dabei gerne eine Eisdiele an.

Sehr gut kommt Harry mit dem Krankenpfleger Josef aus. Dabei verbindet die beiden die gemeinsame Heimat. Denn Josef wohnt in Legden, dem Nachbardorf von Asbeck. Die beiden waren auf der gleichen Hauptschule in Legden und können sich über gemeinsame Erfahrungen in der Schule und bei örtlichen Veranstaltungen austauschen. Beide haben den gleichen Bekannten, den Kellner Hermann, der mit Josef in einer Klasse war. Das ist den beiden aber nicht bekannt. Auch hat Josef, der im Drogenentzug arbeitet, keine Ahnung davon, dass Hermann in die Drogenszene abgestürzt ist.

Da alle abgegebenen Drogenproben von Harry negativ sind, wird sein Aufenthalt hier verkürzt. Statt vierzehn Tage, muss er nur zehn Tage im Entzug bleiben. Und es folgt die Verlegung in die Drogenfachklinik Relax in Ascheberg. Dieses Mal wird er vom Zivildienstleistenden der Klinik abgeholt. Der Zivi ist sehr ruhig und so kommt es zu keinem Gespräch während der Fahrt nach Ascheberg. Das kommt Harry schon sehr gelegen, denn er ist ziemlich nachdenklich. Man hatte ihm im Knast schon darauf vorbereitet, dass eine Drogentherapie kein Zuckerschlecken ist. Keine Drogen, kein Alkohol, kein Handy, auch sind Zigaretten und Kaffee reglementiert. Dafür stehen viele Putzarbeiten an und besonders schlimm die Psychotherapie, die bis zur Gehirnwäsche führen kann.

Doch der Empfang auf dem Therapiehof ist dann sehr freundlich. Der Zivildienstleistende übergibt Harry an einen Patienten, der sich als Peter vorstellt. Peter zeigt ihm das Betriebsgelände mit verschiedenen Gebäuden. Alles wirkt sehr ländlich und Peter schildert Harry, dass es sich hier früher einmal um einen Bauernhof gehandelt hat. Danach residierte hier für einige Jahre eine Sekte, bis vor zwanzig Jahren dann die Therapie Relax entstand. Peter klärt Harry auch über die ihm zugewiesene Kontaktsperre aus:»Harry du darfst mit keinem Patienten hier Kontakt aufnehmen, also kein einziges Wort reden. Gleich wenn du die Dopingprobe abgibst und die ist negativ, dann wird die Kontaktsperre aufgehoben.« Bei diesen Worten fühlt Harry sich ein wenig an Sekte erinnert und fragt:»Wofür ist das Ganze?«»Eine Therapie ist ein geschützter Rahmen und jeder Patient, der hier hinkommt, hat früher intensiv mit Drogen zu tun gehabt. Da sind wir am Anfang natürlich vorsichtig, ob er noch Drogen im Körper oder im Gepäck hat. Also ein reiner Schutz für uns alle hier.«»Und wenn ich doch gleich positiv wäre, was ist dann Peter?« setzt Harry nach.»Dann fährst du sofort wieder nach Hause, wenn du denn ein Zuhause hast, zur Not verbringst du die Nacht auf der Straße!« kontert Peter eiskalt.

Endlich wird Harry zur Eingangsuntersuchung des Arztes geholt. Da er keine gesundheitlichen Einschränkungen hat und auch den Drogentest besteht, wird die Kontaktsperre aufgehoben. Alle Patienten stellen sich per Handschlag vor und es kommt zum gemeinsamen Mittagessen in der Mensa. Dreißig Patienten sind momentan im Haus, davon sind sechs weiblich, und Harry ist mit 20 Lebensjahren der Benjamin im Haus. Als Neuling darf er sich nach dem Mittagessen entspannen, denn er hat erst einmal kein Pflichtprogramm. Pflicht jedoch ist um 18 Uhr wieder das Abendessen und um 19 Uhr der Blitz. Bei dieser gemeinsamen Runde aller Patienten darf jeder mit wenigen Sätzen erzählen, was er heute erlebt hat und wie es ihm geht. So sollen die Patienten lernen über ihre Gefühle und über ihre Probleme zu reden. Bis 23 Uhr dürfen die Bewohner der Einrichtung dann noch fernsehen. Doch Harry ist bereits um 21 Uhr ins Zimmer gegangen. Sein Zimmerkollege ist Thorsten, der gar nicht so aussieht wie ein Drogenabhängiger. Er ist nur ein paar Jahre älter wie Harry, hat gepflegte mittellange blonde Haare und ist immer sehr schick gekleidet. Im Gegensatz zum Gefängnis sind die Zimmer hier viel geräumiger und gepflegter.

Am nächsten Morgen um 6.30 Uhr wird Harry dann doch ähnlich wie im Gefängnis geweckt. Und schon um 7:00 Uhr steht die Morgenrunde an. Dieser Spaziergang über zwei Kilometer ist Pflicht. Mit der Ausnahme, dass die Runde auch im Lauftempo bewältigt werden darf. Doch dazu erschließen sich nur zwei Bewohner. Harry und der große Rest der Truppe geht gemütlich spazieren. Danach dürfen alle gemeinschaftlich rauchen. Die Mehrzahl der dreißig Patienten sind Raucher. Nur Frank, der vor wenigen Wochen aufgehört hat, ist Nichtraucher. Für Entzugskliniken eine durchaus gängige Quote.

Beim gemeinschaftlichen Frühstück sitzt man in Fünfer- und Sechsergruppen zusammen. Das Frühstück ist mit jeweils zwei Brötchen, reichlich Käse und Aufschnitt sowie Marmelade, Milch und Müsli durchaus komfortabel. Auch sind viele unterschiedliche Teesorten und natürlich Kaffee im Angebot. Allerdings sind nur zwei Tassen Kaffee pro Person erlaubt. Diese Kaffeeregel gilt übrigens auch für den Mittagskaffee um 13.00 Uhr.

Am Tisch sitzt auch Rüdiger, der mit seinen langen blonden Haaren, den vielen Ohrringen und Tätowierungen, das Szeneaussehen durchaus besitzt. Er erzählt Harry, wie hart er in einer Berliner Therapie gelitten hat: »Äh Digger, du weißt ja gar nicht, wie gut du das hier hast. Ich war mal bei Suehnanon in Berlin, die nehmen jeden der süchtig ist. Doch du musst dort an der Pforte alles abgeben, was du privat hast, sogar deine Persönlichkeit. Du darfst nicht rauchen, keinen Kaffee trinken, viel Arbeit und wenig Freizeit steht auf dem Programm.«»Und hast du durchgehalten?« fragt Harry neugierig.»Ja vier Wochen und dass ist fast schon Rekord, Digger. Denn die meisten sind keine drei Tage da.«»Was ist dann passiert Rüdiger?«»Klar Digger«, erzählt Rüdiger wieder im Hamburger Jargon,»auch du kannst dir denken, dass ich den 35er hatte. Und der Staatsanwalt, der hat natürlich den Haftbefehl freigeschaltet. Ich bin noch auf die Flucht gegangen. Aber du weißt ja, wenn du drauf bist, musst du immer wieder zur Platte, Drogen kaufen. Und genau da, wo die Christiane F., die kennst du doch? die mit dem Buch ‚Wir Kinder vom Bahnhof Zoo', sich rumgetrieben hat. Genau da, am Bahnhof Zoo, hat mich ein Bulle in Zivil beim Schore kaufen verhaftet.« »Dann wieder Knast Digger?« Spielt Harry den Szenejargon ganz einfach mit.»Jawohl Digger, achtzehn Monate Santa Fu, sicher schon mal gehört, und dann die Entgiftung in Ochsenzoll und nun hier, meine letzte Chance praktisch. Nächsten Monat werde ich 40 Jahre alt. Dann feiere ich fünfundzwanzig Jahre Drogenkarriere. Was gibst es da Passenderes, als aus dem Business auszusteigen,« grinst Rüdiger.»Warum von Hamburg nach hier aufs Land?« stellt Harry erneut eine Frage.»Ganz einfach Digger. Also auf Santa Fu, da war ich voll drauf auf Heroin. Also Schore kriegst du da ganz leicht. Aber die Pumpen dafür… Früher hatten die da echt einen Spritzenautomat, als Schutz gegen die Ansteckung. Aids, Hepatitis und sowas, Digger verstehst du? Doch dann kam eine andere Regierung in Hamburg. Die CDU und die Rill-Partei. Richter Gnadenlos, nennen wir Junkies in Hamburg den Ronald Rill. Die Konservativen haben die Automaten ausgebaut, damit wir alle krank werden. Denn jetzt sind Spritzen im Knast ganz knapp. Wat hab ich gemacht Digger? Bin zum Arzt und hab mich auf Methadon einstellen lassen. Ersatzstoff gegen Heroin du verstehst Digger? Dat Zeug macht natürlich abhängig und der Entzug dauert lange. Relax ist die einzige Therapie in Deutschland, wo du auf Methadon hinkommen darfst. Da ich kein Bock hatte, im Knast oder in der Entgiftung den Affen zu schieben, Digger, mache ich es hier. Schön entspannt in der Natur das Methadon ausschleichen und clean werden, darum bin ich hier Digger.« beendet Rüdiger seine intensiven Ausführungen durch die persönliche Drogengeschichte.

Nach dem Frühstück steht für jeden eine halbe Stunde Putzdienst an. Wie ein Schwarm verteilen sich die Patienten im Haus und alle möglichen Bereiche werden geputzt, gewischt und gesaugt. Harry fühlt sich in Sachen Putzklischee von den Vorurteilen seiner Knastkollegen bestätigt. Danach trifft man sich draußen und kann in Ruhe eine Kippe rauchen. Anschließend hat Harry seine erste Gruppentherapie. In der Orientierungsgruppe werden die Neulinge zusammengefasst. Die Gruppe, die vom Chef der Therapieeinrichtung persönlich geleitet wird, kommt nur zögerlich in Schwung. Viele Teilnehmer dieser Runde sind noch vom Heroin- oder Kokainentzug gezeichnet oder wie Rüdiger mitten drin im Methadonentzug. Harry ist nicht nur der jüngste Bewohner hier auf Relax. Im Gegensatz zu den meisten hier, ist es seine allererste Langzeittherapie. Oft haben die Patienten, die schon Jahrzehnte in die Drogenszene involviert sind, mehr als eine Hand voll Therapieversuche gestartet.

Spitzenreiter in dieser Hinsicht ist Peter, der Pate von Harry. Er unternimmt momentan seinen siebten Therapieversuch. Die sechs Therapien vorher hat er alle vorzeitig abgebrochen. Aber diese Erfahrungen in diversen Einrichtungen sind nun sehr hilfreich, denn als Pate kann er Harry sehr gut erklären, worauf es hier ankommt. So weist er Harry daraufhin: »Das allerwichtigste Harry ist, dass du dich an die Regeln hältst. In der Szene oder im Knast macht sich jeder seine eigenen Regeln, so wie es ihm am besten passt. Hier bestimmen die Therapeuten die Regel und wenn du dich daran hältst, dann kommst du hier sehr gut klar. Und später draußen klappt das auch und du schaffst es dann komplett ohne Drogen zu leben.« Harry schweigt dazu, denn er ist sehr erstaunt, denn irgendwie ist er hier in einer anderen Welt aufgetaucht. Bei allen Terminen die man täglich hat, wird genau kontrolliert, ob man pünktlich ist. Auch werden die Zimmer morgens überprüft, ob die Betten gemacht sind und sonst auch alles ordentlich wirkt. Für diese Kontrollen zuständig ist der Dienstverantwortliche, ein Patient, der schon lange hier ist und vom Therapeutenteam diese verantwortungsvolle Aufgabe bekommen hat. Diesen Job hat Thomas, ein kleiner hagerer Mann, der schon über 40 Jahre alt ist. Er hat einen eigenen Bürotisch mit Telefon und trägt alle Verfehlungen der Mitpatienten in ein Buch ein. Für diese Verfehlungen kann er dann Sanktionen ausrufen. Wenn jemand sein Bett nicht gemacht hat, muss er als Strafe nach Feierabend Fenster putzen. Am heftigsten wird Unpünktlichkeit sanktioniert. Wenn ein Bewohner nur wenige Sekunden zu spät zum Frühsport oder Frühstück kommt, wird er mit dem Einsatz in der Spülküche bestraft. Eine harte Strafe, mit einem Einsatz der knapp eine Stunde dauern kann. Denn in der Spülküche wird sämtliches Geschirr von dreißig Patienten und auch von bestimmt zehn Mitarbeitern, die sich gerade im Haus befinden, gereinigt. Mit diesen harten Regeln will man anscheinend Menschen aus der Drogenszene, die sich nie an Absprachen oder Termine gehalten haben, zu Pünktlichkeit und Zuverlässigkeit erziehen. Und es scheint zu klappen. Denn da niemand Lust auf die Spülküche hat, sind alle im Haus fast immer pünktlich. Bei Harry ist das überhaupt kein Problem, denn seine Zuverlässigkeit bei den Drogenverkaufsterminen war absolut gegeben.

Sein Hauptproblem in dieser neuen Welt ist das »Petzen«, zu dem man verdonnert wird. Wenn ein Bewohner außerhalb der erlaubten Zeiten Zigaretten raucht oder heimlich den dritten Kaffee austrinkt, ist es Pflicht, dies dem Dienstverantwortlichen oder dem Therapiepersonal zu melden. Die Verpflichtung ist sogar im Therapievertrag enthalten. Im Vertag steht, dass der Konsum von

Alkohol und Drogen auf dem Gelände zur sofortigen Entlassung führt. Ebenfalls Gewalt, sogar nur die Androhung von Gewalt und auch der Besitz rechtsradikaler Schriften führen zum sofortigen Ausschluss. Jemand, der Zeuge einer dieser Verfehlungen wird und es nicht meldet, wird ebenfalls entlassen. Mit diesen Regeln kann sich Harry gar nicht anfreunden, denn in seiner jungen kriminellen Laufbahn, hat er bisher noch nie jemanden verraten.

Die Woche ist vollgepackt mit Therapiestunden, Ergotherapie, Beschäftigungstherapie, Sport und anderen Verpflichtungen. Da Harry zusätzlich noch den Tischdienst hat, ist er voll ausgefüllt. Denn vor jeder Mahlzeit muss er mit einem zweiten Patienten den Tisch decken und nachher auch den Speiseraum noch säubern. Dieser Dienst dauert zwei Wochen und muss von jedem Bewohner durchlaufen werden. Auch am Samstagmorgen gibt es noch den Pflichtsport in der Halle. Danach ist Wochenende und Langeweile angesagt. Denn die Bewohner dürfen nur zu gewissen Zeiten die Einrichtung verlassen und im Ort einkaufen oder spazieren gehen. Als Neuling darf Harry das nur in einer Dreiergruppe, damit die anderen beiden auf ihn aufpassen. Es soll verhindert werden, dass wacklige Patienten sich Schnaps im Laden kaufen oder ihren Dealer anrufen, um Drogen zu bestellen. Ansonsten spielt sich das Wochenende fast komplett im Raucherraum, der auch hier gemeinschaftlicher Fernsehraum ist, ab.

Die neue Woche hingegen beginnt mit einem Schock. Direkt nach dem Frühstück packt Harrys Zimmerkollege die Koffer. »Du ich hau ab«, erklärt Thorsten kurz angebunden. »Wieso, was ist passiert?« fragt er erschrocken. »War gerade beim Doc, der hat mich HIV-Positiv getestet, was soll ich hier, wenn ich sowieso an Aids verrecke«, antwortet Thorsten resigniert. »Boh das ist ein Schock. Aber trotzdem, bleibe doch hier Thorsten. Die Krankheit muss ja nicht unbedingt ausbrechen. Auch haben die heute viel bessere Therapiechancen als früher« versucht Harry ihn umzustimmen. Doch er bekommt keine Chance auf Antwort.

Denn im nächsten Moment betritt Thomas, der Dienstverantwortliche, den Raum. »Harry verlasse bitte den Raum und spreche Thorsten bitte auch nicht mehr an. Thorsten will die Therapie abbrechen und hat daher eine Kontaktsperre. Keiner der Bewohner darf mehr mit ihn sprechen!« »Ihr seid ja hier drauf!« verlässt Harry sehrt wütend das Zimmer.

Erst später, als Peter, sein Pate, ihm die Kontaktsperre erklärt, kann er sich beruhigen. »Du Harry, die Bewohner die hier abbrechen, tun das in der Regel, um sich dann später Drogen zu besorgen. Man will verhindern, dass die Abbrecher noch andere Bewohner mitziehen, um dann gemeinschaftlich Drogen zu konsumieren. Die Kontaktsperre ist ein Schutz für alle hier, die clean werden wollen.« Diese Kontaktsperre und viele andere Regeln im Haus versteht Harry nicht. Andererseits ist ihm klar, dass die meisten hier schon etliche Therapieversuche hinter sich haben, daher auch sehr regelkonform handeln und denken.

Wenige Tage später fährt morgens plötzlich ein Polizeiwagen auf den Hof. Zwei Polizeibeamte steigen aus. »Wir suchen Thomas Neukamp.« gibt einer der Beamten den umstehenden Therapeuten und Patienten zu verstehen. Frau Makuric, eine kleine aber lebhafte Therapeutin mit osteuropäischen Wurzeln, antwortet: »Ja Thomas Neukamp, den gibt es hier. Aber ich weiß jetzt gerade nicht, ob er sich im Haus befindet oder unterwegs ist. Aber ich frage mal kurz nach.« Im nächsten Moment hat sie schon ihr Diensttelefon in der Hand und wählt die Nummer vom Dienstverantwortlichen Thomas. »Hallo, hier ist die Polizei in Uniform, die wohl ganz dringend Thomas Neukamp sucht. Können sie mir sagen, ob der noch auf dem Hof ist oder unterwegs ist?« Thomas an der anderen Seite der Leitung kann die Nachricht von Frau Makuric sofort entschlüsseln. »Der ist unterwegs«, sagt er kurz angebunden und in Gedanken schon auf Flucht. In wenigen Sekunden packt er die wichtigen Sachen wie Geld oder Ausweis zusammen. Dann springt er aus dem Fenster seines Erdgeschosszimmers und rennt mit großem

Tempo davon. Da er an der Rückseite des Gebäudes geflüchtet ist, bekommen die beiden Polizisten davon nichts mit.

»Ich habe gerade die Information bekommen, dass er wohl unterwegs ist, aber Peter schau du doch bitte einmal nach, ob er wirklich nicht auf seinem Zimmer ist«, sagt Frau Makuric um Zeit zu gewinnen. »Da kommen wir aber sofort mit«, antwortet ein Beamter, »denn wir haben nämlich einen Haftbefehl für Herrn Neukamp.« Auch Peter ist nicht gerade bemüht, die beiden Beamten sehr schnell auf das Zimmer von Thomas zu führen. Als langjähriger Ganove hat er natürlich den Trick von Frau Makuric durchschaut.

Als sie dann in das Zimmer von Thomas eintreten und das geöffnete Fenster sehen, ist ihnen sofort klar, dass er geflüchtet ist. Sofort lösen sie per Mobiltelefon eine Fahndung nach Thomas aus. Als sie den Hof verlassen, geben sie Frau Makuric noch zu verstehen: »Das war eine abgekartete Aktion mit dem Anruf, Sie haben den Neukamp zur Flucht verholfen. Ich hoffe, dass sie das mit ihrem Gewissen vereinbaren können.« »Sie haben kein Recht, hier jemanden zu verhaften. Eine Drogenklinik ist ein geschützter Ort. Denn Therapie geht laut Paragraf 35 ganz klar vor einer Gefängnisstrafe«, gibt Frau Makuric den beiden Beamten noch mit auf den Weg. Mit diesem starken Einsatz für Thomas hat Frau Makuric bei den Patienten sehr viel an Ansehen gewonnen. Die Flucht ist noch den gesamten Tag über das große Gesprächsthema. Wobei alle die gleiche Meinung haben und Thomas wünschen, dass er nicht verhaftet wird. Da es im Laufe des Tages keine neuen Nachrichten gibt, haben alle im Haus erst einmal damit abgeschlossen.

Um 21 Uhr versammeln sich etliche Patienten zur Schlange am Ärztezimmer ein. Während es morgens in der Regel Methadon für die substituierten Patienten gibt, sind abends eher Beruhigungs- und Schlafmittel gefragt. Heute Abend gibt die Nachtwache Lioba die Medikamente aus.

Plötzlich, mit lauten Schritten, heftigem Stöhnen und lauten Worten schreitet eine Person durch den Flur Richtung Ärztezimmer. Zum Erstaunen aller Anwesenden handelt es sich um Thomas, der torkelnd und lallend erklärt: »Sorry ich bin rückfällig geworden. Ich habe eine Pulle Jägermeister getrunken.« Lioba reagiert sofort: »Bitte alle einmal hier aus dem Bereich verschwinden. Außer einer Person, die ich benötige, die den ‚Schatten' für Thomas macht.« Auch in dem Moment, indem sich die Erkenntnis oder der Verdacht erhärten, dass jemand rückfällig geworden ist, wird eine Kontaktsperre ausgerufen. Nur Peter, der sich wieder einmal als ‚Schatten' zur Verfügung stellt, darf von nun an noch mit Thomas sprechen.

Der Verdacht erhärtet sich, denn beim Blasen in das Alkoholtestgerät erzielt Thomas satte 1,8 Promille. »Das ist ganz eindeutig Thomas. Peter geht nun mit dir mit und du kannst die wichtigen persönlichen Sachen und Bettzeug aus deinem Zimmer holen. Peter begleitet dich dann auf das »Besinnungszimmer.« Dir als Dienstverantwortlichem muss ich nicht sagen was Kontaktsperre und »Besinnung« heißt.« »Besinnung« und Kontaktsperre werden immer dann ausgesprochen, wenn gegen Kardinalsregeln verstoßen wird. Der Bewohner ist dann den ganzen Tag alleine in einem Raum und bekommt das Essen vom »Schatten« auf das Zimmer gebracht. Diesen Raum darf er nun, in einer Art Quarantäne, nur in Begleitung des »Schattens« verlassen. Dass ist der Fall, wenn er zur Toilette muss oder eine der maximal fünf Zigaretten rauchen möchte, die in »Besinnung« täglich erlaubt sind. In der »Besinnung« soll der Bewohner sich über seine Fehler besinnen. Außerdem hat das Therapeutenteam Zeit darüber nachzudenken, ob der Patient entlassen werden soll oder bleiben darf. Da Thomas auf einem Freitagabend rückfällig zurückkam, bleibt das ganze Wochenende zum Nachdenken.

Die Therapeuten fackeln nicht lange und schon am Montagmorgen wird eine Großgruppe angesetzt. Alle Bewohner und etliche Therapeuten sitzen im großen Kreis im Aufenthaltsraum zusammen. Nur Thomas, die heutige Hauptperson, fehlt noch und wird dann schließlich von Peter in den Raum geführt. Ohne große Einleitung kommt Frau Makuric sofort zum Thema: »Thomas was ist passiert nachdem sie am Montagmorgen hier beim Ankommen der Polizei aus dem Fenster gesprungen sind?« »Ja ich hatte natürlich große Angst verhaftet zu werden«, beginnt Thomas seine Erklärung, »mir war klar, wenn die mich mitnehmen, gehen ich erst einmal ein paar Jahre in den Knast. Vier Jahre habe ich noch offen und ich denke, die ermitteln jetzt wegen einer neuen Strafsache gegen mich. Da ich mich nicht selber belasten möchte, sage ich nichts zum aktuellen Strafverfahren. Bei der Flucht bin ich kilometerlang durch Wälder gelaufen und habe mich versteckt. Gegen Abend hatte ich großen Hunger und bin dann zum Nachbarort Drensteinfurt gelaufen. Dort wollte ich mir im Discounter was zu essen holen. Plötzlich, da ich große Angst vor der Polizei und dem Knast hatte, habe ich die Nerven verloren. Denn ich habe mir nichts zu essen, sondern eine Flasche Jägermeister besorgt. Draußen habe ich die Flasche zur Hälfte ausgetrunken. Sofort habe ich gemerkt, dass das absoluter Mist war. Auch hatte ich ein total schlechtes Gewissen. Dann habe ich Ausschau nach einem Bus gehalten und bin mit dem letzten Geld zurück nach Ascheberg gefahren. Ich habe die ganzen Tage darüber nachgedacht und möchte mich dafür bei allen hier im Raum entschuldigen, dass ich total betrunken aufgelaufen bin. Bitte gebt mir noch eine zweite Chance.«

Nun geben die Therapeuten und die Bewohner ihre Meinung zum Vorfall ab. Viele haben großes Verständnis für seine Flucht. Dass er aber betrunken hier wieder zurückgekommen ist, wird von allen sehr stark kritisiert. Da der Konsum aber außerhalb des Hauses erfolgte, gibt es für Thomas noch eine Chance. Denn nur Alkohol- und Drogenkonsum im Therapiehaus wird mit sofortigem Ausschluss bestraft.

Nach Ende der Runde tagt ein fünfköpfiges Patientengremium über Thomas. Schließlich stimmen sie einstimmig für das Verbleiben von Thomas. Sie begründen das mit seiner absoluten Ausnahmesituation. Auch dass er sofort ehrlich seinen Rückfall preisgegeben und analysiert hat. Außerdem hatte ersich in den vier Monaten seiner Therapiezeit hier sehr hervorragend verhalten. Dieser Entschluss wird dann zum Therapeutenteam weitergereicht.

Auch das Therapeutenteam entscheidet sich dafür, dass Thomas die Therapie weiterführen darf. Allerdings ist er seinen Job als Dienstverantwortlichen los und hat erst einmal viele persönliche Einschränkungen wie Ausgangssperre hinzunehmen. Sehr erleichtert nimmt Thomas das positive Urteil zur Kenntnis. Sofort darf er dann über das Telefon der Therapieeinrichtung Kontakt zu seinem Anwalt aufnehmen. Der Anwalt schafft es dann zeitnah, dass der Haftbefehl gegen Thomas aufgehoben wird. Man ermittelt wegen eines Raubüberfalls gegen ihn. Da er sich aber in Therapie befindet, wird der Paragraf 35 vor das laufende Verfahren gestellt. Als Nachfolger im Job des Dienstverantwortlichen wird Peter benannt. Peter mit langjähriger Therapieerfahrung steigt schnell und gut in sein neues Aufgabenfeld ein.

In diesem bunten Haufen von sehr vielen unterschiedlichen Menschen herrscht reichlich Action. Das nutzt Harry, um als unauffälliger Mitläufer mitzuschwimmen. Sein Ziel ist es, keine Angriffspunkte zu liefern und vor allem Konfrontationen zu vermeiden. Seine sechswöchige Grundausbildung, die aus jeweils zwei Wochen Tischdienst, Putzkammer und Spülküche besteht, absolviert er ohne Murren. Als er den Dienst in der Spülküche tut, wird der Küchenchef Marco auf Harry aufmerksam. Da er rausfindet, dass er eine abgeschlossene Kochausbildung vorzuweisen hat, holt er ihn in das Arbeitsteam der Küche. Marco, der hauptberuflich ein Cateringunternehmen leitet, ist halbtags immer morgens in der Therapieküche tätig. Dort bereitet er mit fünf Patienten das Mittagessen vor. Das Abendessen und auch das Frühstück werden von Marco zwar geplant und organisiert, aber von den Patienten eigenständig umgesetzt.

Ab jetzt muss Harry um 6 Uhr morgens in der Küche sein. Aber das frühe Aufstehen kennt er bereits aus der Knastküche. Auf jeden Fall ist er sehr froh, dass er nicht mehr am lästigen Morgenspaziergang teilnehmen muss. In dieser Zeit wird das Frühstück für die Bewohner zubereitet und dabei wird das ganze Küchenteam gebraucht. Nach dem Frühstück taucht auch Marco auf und teilt seinen Mitarbeitern mit, was auf dem Mittagstisch kommt. Auch hier fängt Harry wieder klein an, mit Kartoffeln schälen, Gemüse schneiden oder auch Reinigungs- und Putzarbeiten in der Küche.

Der Küchenchef der Patienten ist Stefan, ein großer kräftiger Mann, fast 40 Jahre alt und schon fast zwei Jahrzehnte drogenabhängig. Wenn Marco und Stefan Harry dann Anweisungen geben, befolgt Harry die auch. Obwohl er natürlich merkt, dass zwar Marco ein exzellenter Koch ist, aber Stefan wenig Ahnung vom Kochen hat. Stefan, der seine vierte Therapie bestreitet, weiß, was wichtig ist, um bei den Therapeuten zu punkten. Vor einigen Jahren hat er mit sechs anderen Patienten die Therapie hier abgebrochen. Es war am Silvesterabend, als alle gemeinsam auf die Idee kamen, lieber feiern zu gehen, als hier durchzuhalten. Stefan bereut diesen Fehler heute sehr, wie er sagt.

Harry kommt sehr gut in der Küche an. Er darf schnell selbständig Salate, Obstsalate oder auch Nachspeisen anrichten. Auch beim Braten von Schnitzeln, Bratwürsten und Frikadellen lässt Marco ihn alleine am Herd. Die vier Patienten, die bereits länger in der Küche arbeiten, sind ein wenig neidisch, akzeptieren aber, dass Harry als Koch die Ausbildung und die einschlägige Erfahrung hat.

An einem Mittwoch, kurz nach 9 Uhr, wird Stefan vom Dienstverantwortlichen Peter aus der Küche geholt: »Du Stefan ich muss dich leider mitnehmen, denn du musst auf Besinnung.« Total überrascht, konsterniert und ohne Kommentar geht Stefan mit. Auch Harry und der Rest der Küchencrew schauen sich sehr erstaunt an. Stefan hatte das ganze Wochenende Ausgang und konnte dabei Freunde besuchen. Am Sonntagabend, als er zurückkehrte, gab er eine Urinprobe ab, die negativ war. Doch am Dienstag wurde er erneut getestet und das positive Ergebnis kam heute Morgen zum Vorschein.

Nach kurzer »Besinnungszeit« für Stefan wird bereits die Großgruppe ausgerufen. Alle Relax-Bewohner wirken sehr überrascht und auch ein wenig schockiert, dass gerade Stefan nun in dieser Situation steckt. Stefan ist immerhin Küchenchef und auch erster Gruppensprecher der Bewohner. Er wurde vor wenigen Wochen noch einstimmig gewählt. Denn durch sein vorbildliches und teamfähiges Verhalten gab es nie Anhaltspunkte, dass er hier Probleme bekommen würde. Niemand im Haus wäre auf die Idee gekommen, dass er rückfällig werden würde.

Frau Makuric leitet wie gewohnt ohne Vorgeplänkel die Runde ein:»Stefan, sie waren am Wochenende auf Ausgangsfahrt und haben dort Freunde besucht. Der von ihnen am Sonntagabend abgegebene Drogentest war negativ. Doch der am Mittwoch dann positiv auf Opiate. Das heißt, sie haben Heroin mit ins Haus gebracht. Dann haben sie artig den ersten Drogentest abgegeben. Da hatten sie die Meinung, dass sie ganz sicher sein können, beim Konsum des Heroins nicht erwischt zu werden. Damit lagen sie aber falsch, denn mit dem Drogentest am Dienstag haben sie nicht gerechnet. Das Ergebnis ist eindeutig. Sie haben hier im Haus Heroin konsumiert. Was sagen sie dazu Stefan?«»Frau Makuric, da irren sie sich. Ich habe auf der Ausgangsfahrt und auch hier im Haus kein Heroin oder eine andere Droge konsumiert. Da muss mir jemand etwas in das Essen oder ins Getränk getan haben. Da ist etwas manipuliert worden. Vielleicht sind auch die Drogentests vertauscht worden? Ich bin unschuldig.

Ich kann nur das Therapeutenteam und die Bewohnergruppe bitten, mir noch eine Chance zu geben.«»Stefan, sie sind ein großartiger Schauspieler«, kontert Frau Makuric, »ihre Rolle als motivierter geläuteter Patient und als Küchenchef haben sie wirklich hervorragend gespielt. Man hat es ihnen abgenommen. Aber da steckt nichts dahinter. Alles nur Show! Auch die Ausreden jetzt! Sie wollen ihren Rückfall auf andere schieben. Eine absolute Frechheit, wenn sie nun ihre Patientenkollegen oder das Therapeutenteam beschuldigen! Sie sind Stefan, nicht nur ein Schauspieler, sondern auch ein Lügner!« Diese eindringlichen Worte sitzen knallhart, auch in der Bewohnergruppe. Allen Patienten ist plötzlich klar, wie schnell diese drogenfreie Luftblase hier in der Einrichtung plötzlich in den gnadenlosen Rückfall umschlagen kann.

Nach der Großgruppenveranstaltung tagen wieder das Patientengremium und danach das Therapeutenteam. In beiden Runden ist das Ergebnis eindeutig. Stefan hat gegen mehrere Kardinalsregeln verstoßen. Er hat hier im Therapiehaus Drogen konsumiert und außerdem diesen Rückfall verleugnet. Am schwerwiegendsten kommen jedoch die falschen Anschuldigungen gegenüber Mitbewohnern und Therapeuten an. Nach einstimmigem Beschluss wird Stefan entlassen und muss sofort ausziehen.

Auch für Harry hat dieser Vorfall weitreichende Folgen, denn er wird von Marco zum Küchenchef der Patienten befördert. Zwar sind die anderen vier Personen der Küchencrew deutlich älter, doch Harry kann sich gut durchsetzen. Der 21jährige hat immerhin schon drei Jahre in der Küche gearbeitet und er entdeckt ungeahnte Führungsqualitäten. Seine Anweisungen sind klar und präzise. Er bleibt ruhig in Stresssituationen. Auch dann, wenn seine Küchenkollegen mal schlechte und schlampige Arbeit hinlegen, bleibt die Kritik von Harry sachlich und konstruktiv.

Außerdem läuft die Therapie von Harry sehr gut. Er zeigt eine engagierte Haltung in den Einzel- und Gruppengesprächen.

Wenn neue Patienten kommen, ist er hilfsbereit und unterstützt sie, mit den Besonderheiten und Regeln hier klarzukommen. Schließlich nach drei Monaten Therapiezeit wird ihm das erste freie Wochenende genehmigt. Das freut Harry sehr. Denn inzwischen ist er stolz darauf, keine Drogen mehr zu nehmen. Doch das ganze Wochenende in »freier Wildbahn«, wird die erste große Prüfung für ihn sein.

Am frühen Samstagmorgen fährt er mit der Bahn von Ascheberg los. In Münster muss er umsteigen und er weiß, die Drogenszene am Bremer Platz ist nur wenige Meter entfernt. Doch ohne groß nachzudenken, steigt er um in den Zug nach Coesfeld. Hier läuft er Richtung Innenstadt, denn er möchte Andre besuchen. Vor allem will er ihn zur Rede stellen, da er ihn zuletzt im Knast nicht mehr besucht hat. Nicht einmal seine Briefe hat Andre beantwortet. Als er den Hinterhof betritt, das gewohnte Bild, überall sieht er Müll und Dreck herumliegen. An der Eingangstür dann die Überraschung. Ein ganz anderer Name steht auf dem Klingel- und Briefkastenschild. Trotzdem drückt Harry auf die Klingel um Informationen über Andre zu bekommen.

Da keine Reaktion erfolgt, versucht er es beim Hausmeister. Dieser erklärt ihm dann, das Andre bestimmt schon über ein halbes Jahr nicht mehr hier wohnt: »Der Andre ist immer mehr abgerutscht. Ganz komische Typen haben ihn besucht. Die haben dann Sauf- und Drogenpartys gefeiert. Mehrmals mussten wir die Polizei wegen nächtlicher Ruhestörung anrufen, um ein Ende zu kriegen. Irgendwann hat er dann auch keine Miete mehr gezahlt und dann hat der Vermieter ihn gekündigt. Wo der sich jetzt rumtreibt, keine Ahnung… Hier in Coesfeld habe ich ihn nicht mehr gesehen.«

Nachdenklich fährt Harry weiter zu seiner Mutter nach Asbeck. Sylvia ist sehr erfreut, dass sie Harry nun endlich wiedersieht. Sie hat ihn mehrmals im Gefängnis besucht und anfangs auch in der Drogenklinik. Doch erstmals nach langer

Zeit ist Harry zurück in seinem Elternhaus. Sylvia ist total überrascht wie gut und entspannt ihr Junge aussieht. Ganz stolz berichtet Harry, dass er auch mit dem Rauchen aufgehört hat: »Du Mama, seit sechs Wochen bin ich Nichtraucher, also komplett drogenfrei. Außerdem bin ich Küchenchef in der Therapieküche. Es läuft alles perfekt. Und wenn ich wieder draußen bin, besorge ich mir eine Wohnung und einen Job in einem Restaurant.« »Junge ich bin so wahnsinnig stolz auf dich. Harry jetzt wird alles gut.« gibt Sylvia ihm mit auf den Weg, als er am nächsten Tag mit der Bahn zurück in die Klinik fährt. Die nächsten Wochenendheimfahrten zu seiner Mutter verlaufen ebenfalls gut und ohne Zwischenfälle.

Harrys Rückfall

Eine Woche später bekommt Harry dann eine Tagesfahrt nach Münster bewilligt. Hier möchte er sich neu einkleiden. Bei seiner Entlassung aus dem Gefängnis wurde ihm das noch ausstehende Geld für seine Arbeitstätigkeit mitgegeben. Dieses Geld gab er bei Therapiebeginn hier in der Verwaltung ab, denn ein Patient darf maximal 40 Mark pro Woche zur Verfügung haben. Nun bekommt er morgens 200 DM ausgezahlt, womit er sich dann neu einkleiden möchte. Vor einigen Wochen hat man Georg, einem anderen Patienten, das Geld schon am Abend vorher gegeben. Das Geld in der Tasche machte Georg so unruhig, dass er nachts heimlich verschwand. Vermutlich, um es in Drogen zu investieren. Auf jeden Fall kam Georg nicht wieder zurück. Es zeigt, wie anfällig Patienten in der Phase dieser Therapie sind. Um aus diesem Vorfall Lehren zu ziehen, überreicht man Harry erst morgens vor Fahrtbeginn das Geld.

Harry nutzt den schönen Samstagmorgen in der Innenstadt von Münster zum Shoppen. Hier kauft er eine neue Hose, T-

Shirts, Hemden und eine Jacke. Da er erst abends zurück sein muss, läuft er, mit der Plastiktüte voller Klamotten in der Hand, bei dem schönen sonnigen Wetter noch zum Aasee. Dort genießt er seine Freizeit. Er sitzt auf einer Bank und schaut sich das Treiben hier und auch die Boote auf dem See an. Plötzlich kommt ein junger Mann vorbeigelaufen und fragt ganz direkt: »Darf ich dir etwas zu rauchen anbieten?« Harry total unvorbereitet auf diese Frage, wird ganz blass und schweigt. Er fängt an, zu überlegen und viele Szenarien rauschen durch seinen Kopf. Einerseits, würde er es jetzt hier bei dem tollen Wetter genießen, einen Joint durchzujagen. Andererseits könnte er in einer einzigen Sekunde alles zunichtemachen, was er sich hart aufgebaut hat. Ein einziger Rückfall könnte mit Rauswurf aus Therapie und der Rückführung in das Gefängnis enden. Dafür mit einem einzigen Rausch alles riskieren? Harry überlegt und schweigt sekundenlang…

»Okay gib mir eine ganz kleine Ecke«, gibt Harry schließlich nach. Für 5 Mark gibt ihm der junge Haschdealer ein halbes Gramm. Da Harry nicht mehr raucht und somit keinen Tabak und auch Feuerzeug zur Verfügung hat, baut der Kleindealer ihm noch den Joint und zündet ihn auch an. Als Harry an der Haschischzigarette zieht, ist es sofort mit ihm geschehen. Er hat lange nicht geraucht und ist sofort dicht. Entspannt versucht sich Harry auf die Rasenfläche zu legen, die sich geschlossen um den Aasee spannt. Doch statt zu entspannen tauchen plötzlich sehr negative Gedanken auf. Diese Gedanken führen ihn in Angstzustände. Er hat nun fürchterliche Angst aus der Therapie zu fliegen und wieder in den Knast einzufahren. Alles um ihn herum wirkt plötzlich beängstigend. Wenn er nur kleine Geräusche wie Fußtritte von Spaziergängern oder das Rascheln von Gras hört, bekommt er plötzlich entsetzliche Panikattacken. Aus Harrys entspannten Haschischtrip ist ein widerlicher Horrortrip geworden.

Über eine Stunde liegt er verkrampft auf dem Rasen, dann hat er die vielleicht rettende Idee. Harry ruft in der Therapieeinrichtung an und erreicht am Apparat den Sporttherapeuten Sendemann: »Hallo Herr Sendemann ich habe einen Riesenfehler gemacht. Sorry, ich bin rückfällig geworden. Ich habe hier in Münster einen Joint geraucht. Ich bin total hilflos und weiß nicht weiter. Bitte helfen sie mir!« fleht Harry am Telefon. »Bleiben sie ganz ruhig Harry. Wenn sie sich einigermaßen wieder bewegen können, gehen sie langsam zum Bahnhof und fahren zurück nach Ascheberg. Wenn sie dort am Bahnhof sind, rufen sie mich wieder an. Wir holen sie dann mit dem Dienstwagen ab.« Ein wenig sicherer, doch innerlich sehr hektisch, geht Harry langsam zum Bahnhof, wobei er kaum in der Lage ist, seine heute gekaufte Kleidung überzubringen. Inzwischen versetzen ihn die vielen Menschen am Bahnhof in einen Paranoiazustand. Er hat große Angst aufzufallen, beobachtet, oder angesprochen zu werden. Schließlich ist er froh, sich im Zug zwischen den Sitzen verstecken zu können.

Nach für ihn endlos langer Fahrt erreicht er Ascheberg und er ruft die Therapieeinrichtung an. Der Sporttherapeut holt Harry vom Bahnhof ab. In der Klinik werden er und seine gekaufte Kleidung gründlich von oben bis unten gefilzt. Er muss einen Alkohol- und Drogentest abgeben. Dann bekommt er Peter als »Schatten« zugewiesen. »Du Harry, du hast alles richtig gemacht, den Rückfall sofort am Telefon zugegeben, sofort bist du zurückgekommen. Ich glaube, das geht nochmal gut. Ich, als dein Patenonkel, setze mich im Patientengremium auf jeden Fall für dich ein«, gibt Peter Harry zu verstehen. Danach bringt er Harry auf das »Besinnungszimmer«, wo er das restliche Wochenende verbringen darf.

Auch wenn Peters Worte ein wenig Optimismus verbreiten, ist Harry doch sehr enttäuscht von sich selber. Wegen einem lächerlichen Joint hat er praktisch seine ganze Therapie und auch seinen weiteren Lebensweg riskiert. Inzwischen wieder nüchtern, hat er erstmals in seinem jungen Leben fürchterliche Zukunftsängste.

Dann am Montagmorgen kommt es für Harry zum großen Showdown. Hierbleiben oder der Rauswurf sind die beiden Möglichkeiten. Als alle schon in der Großgruppe sitzen, wird zuletzt Harry von Peter in den Raum gebracht. Die Patientengesichter betrachten Harry neugierig. Jeder von ihnen ist froh, dieses Mal nicht die Hauptperson sein zu müssen. Als Therapeuten leiten Frau Makuric und Herr Weingarten, der stellvertretende Leiter der Einrichtung, die Runde. Herr Weingarten eröffnet die Runde: »Ja meine Damen und Herren, wie so oft an einem Montagmorgen sitzen wir gemeinsam in einer Runde, da mal wieder ein Patient am Wochenende rückfällig geworden ist. Harry, sie haben natürlich dementsprechend alles richtig gemacht, indem sie sofort hier angerufen haben. Allerdings frage ich mich natürlich, ob der Rückfall im Affekt aus der Situation entstanden ist. Oder, dass es alles berechnend von ihnen so geplant war. Mal eben nach Münster fahren, dort mal eben einen kiffen, hier anrufen und dann weiter hier wohnen dürfen. Da sie zu den Leuten gehören, die den Paragraf 35 haben, liegt der Verdacht natürlich näher, dass sie es nicht ganz so ernst hier meinen. Was sagen sie dazu Herr Cocker?«

Harry schweigt fast eine halbe Minute. »Bitte Herr Weingarten glauben sie mir. Da war nichts geplant. Sonst hätte ich doch nicht die ganze Kleidung gekauft. Die kaufe ich doch nicht für den Knast, denn da dürfen die Klamotten doch gar nicht von mir getragen werden. Das war wirklich eine schwache Minute, wo ich nicht aufgepasst habe. Bitte geben sie mir die zweite Chance, dann mache ich es auf jeden Fall besser.« versucht Harry sich zu verteidigen. »Ich denke«, gibt Weingarten zum Schluss zu verstehen, »in diesem Fall wird die Meinung des Patientengremiums sehr wichtig sein. Sie sind jeden Tag noch mehr mit Harry in Kontakt als wir Therapeuten. Da können sie sein Verhalten eventuell besser einschätzen als wir es können. Auf jeden Fall, da der Drogenkonsum ja nicht hier im Haus passiert ist, gibt es durchaus für sie Harry, die Chance hierzubleiben.«

Tatsächlich spricht sich das Patientengremium dafür aus, dass Harry die zweite Chance bekommt. Die Therapeuten nehmen den Beschluss positiv auf und sprechen keinen Rauswurf aus. Er darf bleiben, bekommt aber eine vierwöchige Ausgangssperre aufgebrummt und seinen Job als Küchenchef ist er ebenfalls los. Harry ist erleichtert und ihm fällt ein Stein vom Herzen. Er ist dem Therapeutenteam und dem Patientengremium sehr dankbar, hier weitermachen zu dürfen.

So bemüht sich Harry in den nächsten Wochen alles richtig zu machen. Bei der Arbeit ist er sehr fleißig, an den Therapiegruppen nimmt er teil und er ist sehr hilfsbereit, vor allem den neuen, oft unsicheren Patienten beizustehen. Und Nachschub kommt reichlich, denn bei jedem Abbruch oder Rauswurf wird auch wieder ein Patientenplatz frei. Insgesamt steht nur jeder fünfte Patient die sechs Monate Therapiezeit durch.

Sechs Wochen vor Beendigung seiner Therapie wird Harry von Frau Makuric zu einem Einzelgespräch gerufen: »Harry, der Rückfall vor einigen Wochen hat gezeigt, dass sie noch gar nicht stabil sind. Vor allem wenn sie in alte Kreise wie damals in Münster geraten. Da treffen sie zufällig jemanden in Münster oder Coesfeld und sie werden zum Konsum verleitet. Ich kann ihnen nur einen Rat geben. Wechseln sie die Umgebung. Gehen sie an einen Ort, wo sie keine Drogentreffpunkte und Drogenkonsumenten kennen. Da sie bestimmt weiterhin als Koch arbeiten möchten, habe ich hier ein Buch, das ich ihnen einige Wochen leihen möchte. Es ist der Schlemmeratlas, dort stehen die Adressen von über dreitausend deutschen Restaurants drin. Schauen sie in Ruhe, vielleicht sagt ihnen ja was zu. Bei Interesse nehmen sie bitte telefonisch oder per Post Kontakt auf. Möglicherweise ergibt sich auch eine Jobmöglichkeit. Und oft wohnt das Personal direkt im Restaurant, zumal es oft mit einem Hotel verbunden ist. Dann hätten wir drei Sachen auf einmal bewältigt. Der Abstand zur Drogenszene hier und vor allen Dingen eine Arbeit und eine Unterkunft für sie. Was halten sie von meinem Vorschlag Harry?« Harry ist begeistert über dermaßen viel Unterstützung:»Eine tolle Idee Frau Makuric, vielen Dank ich werde mich gleich heute auf die Suche machen.«

Diese außerordentlich nette Hilfestellung von Frau Makuric motiviert sehr. Mit voller Leidenschaft fängt er am gleichen Tag schon an, Kurzbewerbungen zu schreiben. Im Verwaltungsbüro besorgt er sich das Papier zum Schreiben und bekommt auch von seinem Konto das Porto für die Briefumschläge ausgezahlt. Bei seinen Initiativbewerbungen geht er bundesweit vor. Vor allem Städte wie Hamburg, Köln oder München sagen ihm zu. Tatsächlich kommt dann eine schriftliche Antwort aus Hamburg. Herr Kaiser vom Hamburger Restaurant Alsterstube meldet sich schriftlich und bittet telefonisch kontaktiert zu werden. Da sich dieses Telefongespräch sehr positiv entwickelt, wird Harry tatsächlich zu einem Bewerbungsgespräch eingeladen.

Da seine Ausgangssperre seit einigen Tagen abgelaufen ist, bekommt Harry die Tagesreise für das Bewerbungsgespräch in Hamburg bewilligt. Früh morgens im Büro lässt er sich das Geld für die Fahrkarte auszahlen und bekommt vom Verwaltungsangestellten noch folgenden Spruch reingedrückt:»Aber dieses Mal sauber bleiben Harry, denn Hamburg ist ein heißes Pflaster!«»Wird schon gutgehen«, versucht Harry sich selber Mut einzureden.

Über Münster geht die Bahnreise nach Hamburg. Dort am Hauptbahnhof fällt ihm sofort auf, dass hier die Drogenszene direkt am Bahnhof versammelt ist. Mehrere hundert Abhängige versammeln sich direkt am Haupteingangstor und machen ihre Geschäfte. Doch Harry interessiert das nicht und er sucht am Bahnhof einen Zeitschriftenladen auf. Dort kauft er sich einen Stadtplan, um schnell den Weg zum verabredeten Restaurant zu finden. Da es nur einen Kilometer bis zur Alster ist, kann er überpünktlich die Alsterstube erreichen.

Doch Stube ist scheinbar das falsche Wort für dieses noble Restaurant, das direkt an der Alster liegt. Die Tische draußen, aber auch die Innenplätze im Restaurant bieten einen herrlichen Seeblick auf die Alster. Da das Restaurant mit großen Fensterscheiben ausgestattet ist, wirkt es von innen und außen sehr hell und belebt. Heute an einem normalen Wochentag sind fast alle Tische besetzt.

Harry meldet sich bei einem Kellner an, der dann auch sofort den Chef holt. Ein schlanker, großer, gutaussehender Mann, um die 40 Jahre alt, mit schickem Anzug und langem blonden Zopf tritt ihm entgegen. »Hallo Herr Cocker, ich bin Herr Kaiser, aber nicht der von der Hamburg-Mannheimer, sondern von der Hamburger Alsterstube, aber wir können auch du sagen. Ich bin Winnie«, stellt er sich freundlich vor und reicht ihm dabei die Hand entgegen. »Ich bin Harry«, antwortet er ein wenig zögerlich, um dann doch mit einem festen Händedruck die Situation stimmig zu halten. »Ja Harry, ich habe die Meisterprüfung als Koch und Konditor. Vor sechs Jahren habe ich den Schuppen hier übernommen. Nach anfänglichen Schwierigkeiten läuft der Laden sehr gut und hat sich zur Goldgrube entwickelt. Abends und am Wochenende muss man vorbestellen, denn da sind alle meine Tische besetzt. Ich beschäftige sechs Festangestellte und zwanzig nebenberufliche Mitarbeiter. Und du Harry, was hast du in deinen jungen Jahren so getrieben?« Einige Sekunden schweigt Harry, doch dann erzählt er von seiner missratenen Jugend mit Drogenkonsum, Drogenhandel und Gefängnis. Versucht aber auch seine positive Wendung mit der Kochausbildung im Gefängnis und der anschließenden Therapie darzustellen.

Winnie Kaiser hört ruhig und besonnen zu, wirkt zeitweise ein wenig traurig, um dann einige Sekunden konsequent zu schweigen. »Du Harry« sagt er mit ruhiger aber sehr entschlossener Stimme, »jeder war mal jung und auch jeder Mensch macht Fehler. Ich bin Hamburg-Junge und als Jugendlicher war ich in Hamburg Altona in einer Clique. Wir haben uns fast jeden Abend zum Kiffen getroffen. Doch dann bin ich nach Kiel gezogen, um meine Kochausbildung zu starten. Das war mein Glück. Mein Bruder, ebenfalls in der Clique, hat weitergemacht. Dann kam Koks und schließlich Heroin. Er kam da nicht wieder raus. Vor zwei Jahren schließlich habe ich ihn tot in seiner Wohnung gefunden. Nicht weit von hier auf St. Georg, gestorben an einer Überdosis. Deshalb kenne ich das Business und genau deshalb möchte ich dir eine Chance geben. Denn du hast an dir gearbeitet, um dich zu ändern und suchst auch hier einen neuen Weg. Jeder hat die zweite Chance verdient. Natürlich nur wenn du möchtest?« »Harry ist so überrascht, dass er nur ein kurzes »Ja« über die Lippen bringt. »Dann darfst du sofort nach deinem Therapieende hier starten. Auch kann ich dir ein Zimmer anbieten, da brauchst du dir auf die Schnelle keine Bude suchen. Komm, ich zeige Dir das Zimmer und meinen kompletten Laden und dann trinken wir noch einen Kaffee zusammen«, schlägt Winnie vor, um dabei mit festem Händedruck die Entscheidung nochmals zu dokumentieren.

Total glücklich über sein erfolgreiches Bewerbungsgespräch fährt Harry zurück nach Ascheberg. Als er abends zurückgekehrt ist, erzählt er stolz von seiner neuen Arbeitsstelle. Die Mitbewohner in der Einrichtung sehen das eher skeptisch, zumal er vor wenigen Wochen mit seinem Rückfall fast geflogen wäre. Davon lässt sich Harry nicht beirren. Er fühlt sich nun sicher und selbstbewusst, denn er ist einer der wenigen Bewohner hier, der schon Wohnung und Arbeit für die Zukunft vorzuweisen hat.

Die nächsten Wochen laufen sehr gut für Harry und er hat nur noch drei Wochen bis zur Entlassung. Als er an einem Morgen in der Küche mit seinen Kollegen das Mittagessen zubereitet, stürzt plötzlich Peter in die Küche. »Du Harry, ich brauche einen Schatten!« redet er lautstark auf Harry ein. »Ich haue hier ab, ich breche die Therapie ab! Komme mit auf mein Zimmer, ich will packen.« »Was ist denn passiert?« fragt ihn Harry auf dem Zimmer. Beim Kofferpacken verrät ihm Peter den Grund seines Abbruches: »Du Harry ich wollte heute Morgen in der Verwaltung noch wichtiges über mein Therapieende besprechen. Doch der Weingarten hat mich nicht aus der Gruppentherapie rausgelassen. Der meinte, die Therapiestunde wäre wichtiger und ich könnte das heute Nachmittag noch in der Verwaltung klären. Da bin ich wütend und laut geworden. Du kennst mich doch Harry. Das eine Wort gab das andere. Dann bin ich rausgerannt und habe die Tür zugeknallt.« »Mensch Peter, schmeiß doch nicht drei Tage vor Ende die Therapie. Du hast hier alles so gut hingekriegt. Du hast sechsmal die Therapien abgebrochen. Das siebte Mal muss es klappen. Überlege es dir bitte Peter. Entschuldige dich beim Weingarten und bleibe bitte hier!« versucht Harry eindringlich auf Peter einzureden. »Du kennst mich. Ich bin ein sturer Bock. Ich kann nicht über meinen Schatten springen. Wenn ich einmal eine Entscheidung getroffen habe, dann steht die. Und jetzt ist Schluss! Du machst jetzt weiter den Schatten und damit ist gut!«

In Windeseile packt Peter seine Habseligkeiten in den Koffer. Gibt im Beisein von Harry seine Bettwäsche und die Handtücher ab. Fegt sein Zimmer und lässt es dann von einem Therapeuten abnehmen. Zum Schluss bekommt er in der Verwaltung die Papiere und das restliche Geld von seinem Konto ausgezahlt. Als die beiden sich zum Abschied umarmen, gibt Harry Peter noch mit auf den Weg: »Schade um dich Peter, du warst ein guter Pate für mich und hast mir sehr gut geholfen. Danke dafür.« »Mach es gut Harry, du bist noch jung, du kannst es packen«, sind die letzten Worte von Peter, bevor er das Therapiegelände verlässt.

Harry in Hamburg

Wenige Wochen später steht dann auch der letzte Tag von Harry an. In einer großen offiziellen Runde wird er am Abend vorher verabschiedet. Als Abschiedsgeschenk bekommt er ein Kochbuch überreicht. Als er sich dann morgens von jedem Therapiemitarbeiter und auch Patienten einzeln verabschiedet, kullern ein wenig die Tränen bei dem sonst eher coolen Harry. Sechs Monate war Relax sein geschütztes Zuhause. Hier hat er Höhen und Tiefen erlebt, aber auf jeden Fall einiges für seine weitere Entwicklung gelernt. Nun geht es nach Hamburg in die große unbekannte Stadt. Ein Mitarbeiter fährt ihn zum Bahnhof und schon sitzt er im Zug.

Als er mittags in Hamburg ankommt, wundert er sich wieder über die vielen Alkohol- und Drogenabhängigen in Bahnhofsnähe. Diese Mal weiß Harry den Weg zur Alsterstube. Es ist ein sonniger Tag und die Terrasse der Alsterstube ist wieder voll mit Gästen besetzt. Sehr freundlich wird er von Winnie und seinem Personal empfangen. Er bekommt das gemütliche Zimmer unter dem Dach zugewiesen, das ihm Winnie schon gezeigt hat. Die Zimmermiete wird von seinem Gesellenlohn abgezogen. Harry muss nun lernen mit deutlich weniger Geld auszukommen, als in seiner Drogenzeit. Doch da er sich vorgenommen hat, kein Geld mehr für Zigaretten, Drogen, teure Partys und Events auszugeben, rechnet er fest damit, finanziell gut klar zu kommen. Müde von der langen Fahrt legt er sich früh ins Bett, denn bereits morgen früh geht seine erste Schicht los.

Da die Alsterstube schon morgens ein Frühstücksbuffet anbietet und das Ende je nach Wetterlage offen ist, wird in zwei Schichten gearbeitet. Diese Woche ist Harry von 6.30 Uhr bis 15 Uhr im Dienst. Zum vierten Mal muss er sich in einer neuen

Küche einfinden. Wobei ihn wundert, dass das Arbeitsklima hier ausgesprochen positiv zu sein scheint. Er wird von allen Mitarbeitern sehr freundlich aufgenommen. Die Kollegen in der Küche und die Servicekräfte sind sehr zuvorkommend und ausgesprochen freundlich. Wie gewohnt werden Harry als Neuling am Anfang die Hilfsarbeiten zugetragen, die er ohne Aufmucken gerne bewältigt. Die Alsterstube ist in Hamburg für ihren exzellenten Ruf bekannt. Es gibt qualitativ hochwertige Gerichte, die aber vom Preis her für die breite Hamburger Gesellschaft durchaus annehmbar sind.

Harry macht seine Arbeit sehr gut, denn er ist team- und lernfähig. Da Winnie als Restaurantchef meistens im Büro, im Einkauf oder in der Organisation und im Marketing zuständig ist, leitet Chefkoch Knud den Küchenbetrieb. Knud ist ein typischer Hamburger, groß und blond, und erinnert ein wenig an Hans Albers. Er legt großen Wert darauf, dass auch Aushilfen und Beiköche durchaus mit in die Speisezubereitung integriert werden. So bekommt Harry schon nach kurzer Zeit Hamburger Spezialitäten gezeigt. Er lernt, dass Backpflaumen in die Aalsuppe gehören und die Aalstücke erst zuletzt in die Suppe gelegt werden. Oder dass beim Labskaus die Rote Beete den gestampften Kartoffeln die rötliche Farbe gibt. Er lernt neue Fischgerichte wie die Finkenwerder Maischolle oder den Hamburger Pannfisch kennen. Auch bei regionalen Nachspeisen wie der Hamburger Roten Grütze, dem Süßen Biskuit-Hamburger oder der »Appelsupp ut dat Ole Land« ist Harry von Knuds Kochfertigkeiten regelrecht fasziniert.

So schnell, gut und schon fast routiniert Harry bei der Arbeit in der Alsterstube klar kommt, so fremd und ungewohnt bewegt sich der Dorfjunge in der Weltstadt Hamburg. Die Mönckebergstraße ist die Haupteinkaufsstraße, die vom Hauptbahnhof bis zum Rathaus führt. Weitaus größer wie der Prinzipalmarkt in Münster, der für Harry schon eine große Nummer war. Weitere

Ziele für ihn sind die Landungsbrücken, der Hafen oder die Alster direkt in Restaurantnähe. Genau diese wunderschönen touristischen Attraktionen hatte ihm Winnie empfohlen. Den direkten Zugang zum Hauptbahnhof, die Reeperbahn, die Sternschanze und auch St. Georg soll er laut Winnie meiden. In Hamburg würde es über 20000 Drogensüchtige geben und besonders an diesen markanten Stellen lauern ständig Dealer. Da Harry zurzeit sehr gefestigt ist und somit kein Verlangen nach Drogen hat, fällt es ihm nicht besonders schwer, diese Drogentreffpunkte zu umgehen.

An einem sehr schönen Sonntag im Spätsommer hat Harry frei. Mit der S-Bahn fährt er nach Hamburg-Blankenese, um sich die als Ausflugsziel sehr beliebte Elbchaussee anzusehen. Entlang der Elbchaussee stehen etliche bedeutsame Villen und Herrenhäuser, eingegliedert in großzügige Parkanlagen. Die Gegend gilt als beste Adresse hier in Hamburg.

Harrys erste Liebe

Plötzlich sieht er auf der anderen Straßenseite ein blondes Mädchen, das ihm sofort sehr bekannt vorkommt. Er kann es nicht fassen, es ist doch tatsächlich Jenny, seine Kollegin aus dem »Mama Mia.« »Hallo Jenny!« ruft Harry laut auf die andere Straßenseite rüber. Sie dreht sich erschrocken um und antwortet dann mit sehr verdutztem Blick: »Ach Harry du…. Was machst du denn hier? Ich habe damals nur gehört, dass man dich ins Gefängnis gesteckt hat.« »Ach ja, eine dumme Geschichte. Bin aber schon lange wieder in Freiheit. Ich lebe seit ein paar Monaten hier in Hamburg und arbeite in der Alsterstube. Und du Jenny? Wieso bist du hier unterwegs?« »Ja Harry, ich wohne und arbeite auch hier. Siehst du dahinten das schicke Restaurant, die »Chaussee Cousine«, dort arbeite ich im Service. Ich muss aber in fünf Minuten anfangen. Wir können uns ja mal auf einen Kaffee treffen. Denn wir haben bestimmt sehr viel zu erzählen«. Schlägt sie Harry vor. »Gerne Jenny! Ich bin gerade über den S-Bahnhof Blankenese gekommen und habe da direkt nebenan ein schönes Café gesehen. Morgen Abend um 19 Uhr?« fragt Harry »Das passt Harry, bis morgen.« teilt sie ihm beim Fortgehen mit.

Am nächsten Abend im Café haben die beiden sich wie erwartet einiges zu erzählen. Jenny hatte zeitweise im Einzelhandel gearbeitet. Doch das gefiel ihr gar nicht und über eine Annonce bekam sie die Stelle im »Chaussee Cousine«. Als ihr Harry dann seine Geschichte in allen Einzelteilen erzählt, ist sie schon geschockt. Der kleine Lehrling aus der Küche, mit solch einer kriminellen Energie ausgestattet, denkt sie sich. Aber andererseits lobt sie Harry, dass er scheinbar sein Leben wieder in den Griff bekommen hat. Die beiden unterhalten sich stundenlang. Dabei stoßen sie auf eine Gemeinsamkeit. Denn hier in der großen Stadt haben sie kaum persönliche Kontakte. Schon allein deshalb möchten sie von nun an häufig gemeinsam etwas unternehmen.

Eine Woche später treffen sie sich auf dem Hamburger Dom. Dieses große Volksfest auf dem Heiligengeistfeld ist die größte Kirmes in Hamburg. Stundenlang spazieren sie über den Rummelplatz, genießen einige Karussellfahrten. Händchenhaltend, kommen sie sich dabei immer näher und küssen sich schließlich. »Ich mochte dich immer sehr, liebe Jenny, habe mich aber nie getraut, dir dass zu sagen«, gibt Harry zu. »Du Feigling! Aber jetzt haben wir uns ja hier in Hamburg wieder gefunden«, antwortet Jenny freudestrahlend. Von nun an kommt es zu regelmäßigen Rendezvous und Harry und Jenny sind als verliebtes Pärchen sehr glücklich. Da beide in der Gastronomie arbeiten, ist durchaus Verständnis für die Arbeitszeiten des anderen und für die Flexibilität der Liebestreffen gegeben.

Jenny ist in seinem Alter von 22 Jahren die erste Frau in Harrys Leben. Dabei kommt ihm bei seinen mangelnden Erfahrungen sehr entgegen, dass sie sieben Jahre älter ist. Harry hat seine Jugend zum größten Teil im Drogensumpf verbracht und ist froh, nun endlich eine Freundin gefunden zu haben. Die neue Liebe gibt ihm noch mehr Auftrieb. Seine Arbeit im Küchenbetrieb der Alsterstube läuft immer besser. Winnie und Knud, seine beiden Vorgesetzten loben ihn häufig und vertrauen ihm verantwortungsvolle Tätigkeiten an. Wenn die beiden nicht am Herd sind, übernimmt Harry oft das Kommando. Trotz seiner Jugend werden seine Ansagen durchaus von den Kollegen akzeptiert. Harry zeigt auch für ihn selber überraschend unerwartete Führungsstärke.

Das Jahr neigt sich dem Ende entgegen und da Harry über die Weihnachtstage frei hat, möchte er seine Mutter im Münsterland besuchen. Jenny muss bereits am 1. Weihnachtstag wieder arbeiten, aber sie fährt mit dem gleichen Zug wie Harry, um wenigstens Heiligabend bei ihren Eltern in Coesfeld zu sein. Dort am Bahnhof verabschiedet sich das verliebte Pärchen und Harry fährt zu seiner Mutter weiter nach Asbeck. Mutter Sylvia ist sehr stolz auf Harry, dass er immer noch clean ist und auch einen guten Job in Hamburg hat. Nach sehr schönen gemeinsamen Weihnachtstagen geht es zurück nach Hamburg. Denn die Tage danach steht ein volles Programm für Harry an. Am Wochenende zwischen den Feiertagen und natürlich Silvester und Neujahr ist das Restaurant komplett vorgebucht. Dabei wird viel Umsatz und Arbeit anfallen.

Am Bahnhof Münster hat Harry einige Minuten Umsteigezeit, bevor der IC nach Hamburg fährt. Deshalb will er sich schnell beim Bahnhofsbäcker einen Kaffee holen. Auf dem Weg dorthin sitzt ein junger Mann mit einem Becher, der um Kleingeld bettelt, an der Mauer. Harry beachtet ihn kaum. Als er dann doch rüber schaut ist er absolut schockiert und fassungslos. Es ist sein alter Freund aus der Drogenzeit. Er ist ganz blass, abgemagert und wirkt sehr ungepflegt. »Andre, ach Andre!« schreit Harry fast verzweifelt, um dann leiser zu fragen: »Was machst du denn hier mein alter Freund?« Ebenfalls erschrocken, mit leerem Gesichtsausdruck und ebensolchen Augen stellt Andre die Gegenfrage: »Was denn wohl? Ich bin voll drauf! Auf Heroin, Kokain und Speed. Auf allem! Und sitze hier und schnorre mir ein paar Mark für den nächsten Druck zusammen.« »Ach deswegen hast du mich im Knast nicht mehr besucht«, ist Harry plötzlich klar. »Alles Geld aus unseren guten Zeiten habe ich durchgebracht. Die Wohnung verloren. Ich lebe auf der Straße, und wenn ich mal ein paar Mark habe, spritze ich die in die Adern. Ich bin zum Vollzeitjunkie mutiert«, gibt Andre verzweifelt zu. »Mensch Andre, lasse dich nicht so hängen, gehe zur Drogenberatung, lasse dir dort helfen. Die vermitteln dich in eine Therapie. Nach meiner Knastzeit habe ich auch Therapie gemacht. Seit über einem Jahr bin ich clean. Nicht mal mehr Zigaretten schmecken mir noch, mein Freund. Bitte Andre, du benötigst professionelle Hilfe und dann wird alles gut.« fleht Harry Andre an. »Nichts wird gut! Ich brauche keine Hilfe und schon gar nicht schlaue Ratschläge von dir!« wehrt sich Andre entschlossen.

Harry merkt, dass es keinen Sinn zu haben scheint, auf Andre einzureden. Er nimmt 20 DM aus seinem Portemonnaie, wirft den Schein in Andre seinen Becher und verschwindet wortlos. Während der traurigen Rückfahrt kommen Harry die Tränen, denn er weiß, dass es sehr schlecht für Andre aussieht. Der nächste Druck kann schon der letzte sein. Vielleicht hat er heute Andre zum letzten Mal gesehen.

Ziemlich traurig über den Zustand von Andre steigt Harry am nächsten Tag wieder in die Arbeit ein. Doch er kann schnell abschalten, denn über die Jahreswende ist die Alsterstube wie erwartet sehr gut besucht und es wird großer Umsatz im Restaurant gemacht. Als kleines Dankeschön für seine engagierten Mitarbeiter lädt Winnie das ganze Team, wenige Wochen später, an einem freien Montagabend ein. Gemeinsam gehen sie in einem Restaurant in der Innenstadt essen. Er lobt den Zusammenhalt der Mannschaft und freut sich auf viele weitere gemeinsame Jahre. Auch Harry freut sich auf die Zukunft, denn er ist angekommen in Hamburg. Er hat einen sehr guten Job, er ist frisch verliebt in seine tolle Freundin und vor allem ist er clean.

Doch einige Wochen später, im April kommt an einem schönen sonnigen Sonntag die Hiobsbotschaft. Winnie, ein leidenschaftlicher Motorradfahrer, ist mit dem Motorrad unterwegs. Ein Autofahrer sieht durch die tief stehende Sonne beim Linksabbiegen das Motorrad von Winnie nicht. Winnie kann bei hoher Geschwindigkeit nicht mehr bremsen und knallt frontal in den Wagen. Er hat keine Chance und ist sofort tot. Der Autofahrer nur leicht verletzt, erleidet einen Schock. Als diese Nachricht in der Alsterstube ankommt, steht das ganze Personal ebenfalls unter Schock. Alle sind fassungslos und praktisch wie gelähmt. Nach kurzer Absprache entschließt sich das Team, das Restaurant erst einmal dicht zu machen. Niemand weiß, wie es weiter geht, und es steht zuerst einmal die Beerdigung von Winnie an. Winnie hat außer seiner Ex-Frau Sabine, die in Stuttgart wohnt, keine Angehörigen.

Deshalb organisiert das Küchenteam die Beerdigung, die dann im kleinen Rahmen stattfindet. Nach der Beerdigung setzt man sich zu Kaffee und Kuchen in die Alsterstube. Küchenchef Knud fragt die Runde, ob jemand wisse, wie es weiterlaufen soll. Niemand macht einen Vorschlag, auch Sabine nicht, die in Stuttgart als Ärztin ihr eigenes Leben hat. Man kommt dann immerhin zum Ergebnis, die Alsterstube in den nächsten Tagen wieder zu öffnen. In der Hoffnung, damit einen besseren Rahmen für einen neuen Pächter zu finden. Auch möchte natürlich niemand seinen Arbeitsplatz in der Alsterstube verlieren.

Harry als Geschäftsinhaber

Inzwischen läuft der Restaurantbetrieb schon einige Tage und früh morgens kommt Harry in die Küche und bittet Knud um ein Gespräch. »Was willst du Harry? Du hast doch heute frei. Willst du mir jetzt sagen, dass du kündigen wirst?« fragt Knud. »Nein Knud, ich lasse euch doch nicht im Stich. Ich habe ein ganz anderes Anliegen«, holt er erst einmal weitläufig aus. »Du Knud, ich möchte, dass Winnies Laden weiter läuft und dass wir alle hier gemeinsam weitermachen können.« »Das wollen wir alle Harry, deshalb mache es nicht so spannend. Was willst du von mir?« »Du bist am längsten hier Knud, deshalb möchte ich dir den Vorschlag machen, dass wir beide den Laden gemeinsam pachten. Wir beide dann als gleichberechtigte Teilhaber die Alsterstube weiterführen.« »Was wir beide? Du, in zwei Jahren steht bei mir Rente an! Da binde ich mir doch nicht noch einen Klotz ans Bein. Weißt du, was das heißt, selbstständig in der Gastronomie zu arbeiten? Tag und Nacht im Einsatz. Und eines Tages kommt irgendeine Wirtschaftskrise, ein Krieg oder eine Epidemie und du kannst alles verlieren. Du Harry, das habe ich vor zwanzig Jahren in Lübeck probiert. Hat nicht geklappt, die Selbstständigkeit bei mir. Ich war froh, dass ich da noch einigermaßen schuldenfrei rausgekommen bin. Also nicht mit mir Harry!« stellt Knud eindringlich klar. »Nichts für ungut, Knud. War ja nur eine Frage. Dann zieh ich es alleine durch.« Stellt Harry klar. »Mensch Harry, du bist Anfang 20. Das ist ein Riesenprojekt. Was meinst du, was für eine Miete wir hier an der Alster zahlen? Das schaffst du nicht. Da bist du viel zu jung dafür!« warnt Knud Harry lautstark. »Das finde ich gleich raus mit der Miete. Denn ich habe für heute Nachmittag ein Gespräch mit dem Vermieter geplant. Ich denke nicht, dass ich zu jung bin. Ist zwar kein gutes Beispiel«, grinst Harry frech »aber mit 18 habe ich schon Drogengeschäfte im fünfstelligen DM-Bereich durchgeführt. Die Geschäftspartner, in Anführungszeichen, waren oft viel älter und nicht immer nett. Danach viele existenzielle Erfahrungen mit der Polizei und der Justiz gesammelt. Die Zeiten im Knast und in der Therapie haben mich dann geformt und mich charakterlich fit gemacht. Du Knud ich ziehe das Ding durch und zwar verdammt erfolgreich!« gibt er Knud letztendlich zu verstehen, bevor er die Alsterstube verlässt.

Nachmittags fährt Harry zum Vermieter nach Blankenese und hat dort ein Gespräch mit einem älteren Herrn. Tatsächlich kann Harry schon mal ein erstes Erfolgserlebnis vorweisen. Mit Hinweis auf die problematische Situation kann er die Miete von 4000 auf 3500 DM herunterhandeln. Er bittet darum, nochmal eine Nacht darüber zu schlafen. Die Nacht verbringt er bei Jenny, die ganz in der Nähe wohnt. Auch Jenny versucht Harry davon abzubringen, als junger unerfahrener Koch schon so ein geschäftliches Risiko einzugehen.

Doch Harry ist nicht zu bremsen. Morgens besorgt er sich im Hamburger Rathaus einen Gewerbeschein und ist damit selbständiger Firmengründer. Danach fährt der junge Chef mit der S-Bahn nach Blankenese und unterschreibt den Mietvertrag. Am nächsten Morgen lässt er alle Mitarbeiter zu einer Versammlung in die Alsterstube rufen. Dort hält er eine kurze Rede, bittet alle Mitarbeiter um eine langfristige gute Zusammenarbeit. Außerdem erklärt er, dass er alles dafür tun werde, dass das Restaurant weiterhin gut laufen wird. Zum Abschluss bestätigt er allen nun bei ihm angestellten Ex-Kollegen, dass niemand um seinen Job Angst haben müsse. Um die Bedeutung dieser Worte hat sich Harry nicht allzu viele Gedanken gemacht.

Denn bereits am nächsten Tag, als er im Büro des verstorbenen Winnie sitzt, wird ihm erst selber wirklich klar, in welches Abenteuer er sich da reingestürzt hat. Als er die ganzen Aktenordner mit verschiedenen Rechnungen, Lieferscheinen, Auftragsangeboten sieht, verliert er immer mehr die Übersicht. Vor allem auch die trockenen Behördenbriefe des Finanzamtes, der Stadt und anderer bürokratischer Institutionen lassen ihn verzweifeln. Dann hat er plötzlich die Idee, einfach seinen Steuerberater anzurufen. Dieser bittet Harry dann mit den Unterlagen zu ihm in sein Büro zu kommen. Der Steuerberater versucht Harry in einem Crashkurs die wichtigsten Sachen zu vermitteln. »Ausgaben senken und Einnahmen steigern, das ist das wichtigste in einer erfolgreichen Betriebsführung. Anhand der Buchführungen können sie das ständig kontrollieren. Immer alles aufschreiben, dann wissen sie, wo sie sparen und wo sie mehr Gewinn machen können. Denn nur, wenn sie langfristig Gewinne machen, können sie als Unternehmer überleben Herr Cocker.« Dass sind die Worte des Steuerberaters, die sich Harry einimpfen lassen möchte.

Dieses Gespräch mit dem Steuerberater hat positiven Einfluss auf ihn. Akribisch studiert er nun die Einnahmen und Ausgaben. Auch versucht er an den Rechnungen und Lieferscheinen zu rekonstruieren, was und wieviel, wann und wo bestellt oder eingekauft werden muss. Da Harry nie dazu gekommen war, einen Führerschein zu machen, hat er ein Mobilitätsproblem. Deshalb stellt er kurzfristig einen Fahrer ein. Henri, 28 Jahre alt, gelernter Elektriker, soll als Allrounder in der Alsterstube tätig sein. Als Techniker, Hausmeister, Gärtner und natürlich als Fahrer. Mehrmals in der Woche fahren sie schon bereits um 4 Uhr mit dem Firmentransporter zum Hamburger Großmarkt. Sie kaufen Fleisch, Gemüse, Obst und alles andere, was so in der Küche täglich gebraucht wird. Auch den traditionellen Fischmarkt in Hamburg-Altona am Sonntagmorgen besuchen sie regelmäßig um frischen Fisch einzukaufen. Henri nimmt praktisch eine ähnliche Rolle ein, wie damals Andre bei den kriminellen Drogengeschäften. Allerdings hat Henri nicht die Aufgabe, ihn vor anderen Ganoven zu schützen. Er soll ihm einfach nur in Aufgaben des täglichen Bereichs den Rücken freihalten.

Den Chef lässt Harry nicht raushängen, sondern packt bei jeder Arbeit mit an. Besonders in der Küche ist er voll engagiert, um weiterhin von Chefkoch Knud zu lernen. Harry nimmt alles mit, um sich fachlich und betrieblich das nötige Knowhow zu besorgen. Er macht Weiterbildungskurse in Sachen Buchführung und Geschäftsführung. Aber auch im Bereich Mitarbeiterführung und bei der Aneignung neuer Kochrezepte bildet er sich weiter. Oft arbeitet er bis in die Nacht. Jenny macht sich oft Sorgen, weil Harry immer weniger Zeit für private Treffen hat und wenig schläft. Doch Harry ist so euphorisiert von seiner neuen Rolle als Unternehmer, dass ihm die langen Arbeitstage wenig ausmachen.

Auch in der Küche versucht Harry die Alsterstube weiter nach vorne zu bringen. Er möchte unbedingt hochwertige Menus einbauen. Chefkoch Knud ist nicht immer damit einverstanden, denn er ist eher auf die konservative Küche eingestellt. Aber schließlich gibt er sich dann doch kompromissbereit, zumal er ja das Angebot von Harry, als gleichberechtigter Partner mit einzusteigen, abgelehnt hat. Harry will die Alsterstube mit gehobener Deutscher Küche ganz groß rausbringen. Er liest Kochbücher, sieht Fernsehköchen zu und versucht sich dann selber an diesen außergewöhnlichen Menüs, wie dem Ochsenfilet mit wildem Pfeffer, grünen Bohnen und Zwiebelpüree. Auch das pochierte Kalbsfilet mit Wurzelsud im Meerrettichschaum oder Rehrücken in Gewürzjus mit Preiselbeerkrapfen und Waldpilzen werden wochenlang getestet. Als er und der Rest der Küchencrew in der Lage sind, diese delikaten Speisen hochwertig zuzubereiten, gibt Harry das Okay. Die neuen Gerichte kommen auf die Speisekarte und sollen das Restaurant nun ganz groß rausbringen.

Aber Harry will natürlich nicht seine Stammkunden, die eher auf ein Zigeuner- oder Jägerschnitzel abfahren, verprellen. Deswegen bietet er weiterhin die herkömmlichen günstigen Gerichte an. Versucht aber durch die erweiterte exquisite Speisekarte ganz andere Standards zu setzen. Denn schließlich sollen die neuen niveauvollen Kunden auch mehr Geld in die Kasse bringen. Da Harry seinen Allroundmann Henri sehr gut eingearbeitet hat, muss er morgens nicht die Einkaufsfahrten machen und kann länger schlafen. Die Zeit nutzt er, um die Arbeitsabläufe in der Küche optimaler zu gestalten. Er versucht in Sachen Qualität alles aus sich und dem Küchenteam herauszuholen. Er genießt trotz seiner Jugend ein sehr hohes Ansehen unter seinen Mitarbeitern. Das kann er sogar noch toppen, indem er dem ganzen Team eine kräftige Gehaltserhöhung anbietet. Dieses kann er sich durchaus leisten, denn das Restaurant ist jederzeit gut gefüllt. Oft müssen Kunden wochenlang vorbestellen, um einen freien Tisch zu ergattern.

Die Alsterstube mit Harry als neuem Betreiber läuft weiterhin sehr gut. Auch im Herbst und Winter werden große Umsätze gemacht, so dass Harry sein erstes Geschäftsjahr mit einem guten Gewinn abschließen kann. Als er dann Anfang März morgens gut gelaunt die Alsterstube betritt, trommelt er das ganze Team zusammen. In der Hand hält er eine rote Zeitschrift mit dem Aufdruck »Guide Michelin«. »Kann mir einer von euch sagen, was für eine Zeitschrift ich hier in der Hand habe?« schaut er fragend in die Runde.

»Ja klar«, antwortet Knud, »das ist der Guide Michelin, die Zeitschrift erscheint einmal im Jahr und das ist ein Restaurantführer, darin stehen alle Sternerestaurants weltweit drin. Aber was soll das Harry?« »Genau Knud und wir sind drin! Wir sind drin! Von nun an sind wir ein Sternerestaurant! Leute wir haben den Michelinstern!« schreit Harry jubelnd in die ebenfalls nun jodelnde Menge. Nur Knud ist skeptisch und muss erst einmal genau in den »Guide Michelin« schauen, um es wirklich zu realisieren. »Tatsächlich Harry, ich bin sprachlos, dass ich das in meinem Alter noch erleben darf«, stellt Knud staunend fest. Dann lädt Harry das ganze Team schon am frühen Morgen zu einem

Glas Sekt ein. Wobei er selber mit Wasser anstößt, denn nach seiner Therapie verzichtet er nicht nur auf Nikotin und Drogen, sondern auch weiterhin auf Alkohol.

Harry der Medienstar

Wenige Tage später bekommt Harry einen Anruf von der Hamburger Nordenpost. Der Journalist stellt ihm die Frage: »Herr Cocker, sie sind momentan der jüngste Sternekoch in Deutschland, darf ich sie zu einem Interview in die Redaktion einladen?« »Das ist nicht richtig der Guide Michelin-Stern ist keine Auszeichnung für einen Koch, sondern wird für die hervorragende Leistung der ganzen Restaurantküche vergeben. Da ist das ganze Team daran beteiligt. Aber gerne komme ich zu Ihnen in die Redaktion.«

Als Harry am nächsten Tag die Redaktion der Zeitung aufsucht, hat er eine Nacht mit wenig Schlaf hinter sich. Denn sein Auftritt in der Öffentlichkeit kann durchaus weitreichende Folgen haben. Schließlich ist er mit einer heftigen Vorgeschichte belastet. Gerne würde er seine kriminelle Vorgeschichte verschweigen, um sich und auch das Restaurant mit seinen Mitarbeitern zu schützen. Aber andererseits hat er Hamburg in den letzten Jahren als weltoffene tolerante Stadt kennengelernt. Deshalb verfolgt er eine geniale Strategie, mit dem Motto: Angriff ist die beste Verteidigung. Harry möchte schon im Vorfeld den Wind komplett aus den Segeln nehmen. So beantwortet er alle Fragen hinsichtlich seiner Vorgeschichte offen und ehrlich. Der Redakteur ist sehr erstaunt und muss einige Details erst einmal sacken lassen. Am Ende des Interviews jedoch bedankt er sich bei Harry für seine außerordentliche Offenheit und Ehrlichkeit. »Herr Cocker«, verabschiedet er sich, »sie sind ein außerordentliches Vorbild für viele junge gefallene Menschen. Machen sie bitte weiter so.«

Am nächsten Morgen erscheint dann ein Riesenartikel in der Hamburger Nordenpost mit der Überschrift: Sternekoch lernte das Kochen in der Knastküche. Auch wenn die Überschrift durchaus reißerisch zum Vorschein kommt, so wird doch im Rahmen des Berichts und des Interviews sehr positiv über den Werdegang von Harry berichtet. Wobei Harry den Ball auch gekonnt zurückspielt und in einem Satz erwähnt: »Hamburg ist die Stadt der unbegrenzten Möglichkeiten. Schließlich bin ich da ein gutes Beispiel dafür. Mein Weg hier in Hamburg war der von der Knast- in die Sterneküche.«

Harrys Presseinterview hat ungeahnte Nachwirkungen. Ständig klingelt das Telefon. Die Zahl der Anwärter für Tischreservierungen verdreifacht sich. Wobei die meisten dann abgelehnt werden müssen. Die Angebote für weitere mediale Termine kann Harry jedoch annehmen. Mehrere Hamburger Zeitungen und auch private regionale Radiosender bitten um Terminanfragen. Harry ist im Rahmen des neuen Hypes um seine Person ständig unterwegs.

Der absolute Höhepunkt in Sachen Medieninteresse ist eine Einladung in die Sendung des Talkmasters Markus Schwanz. Während Zeitung und Radio sich für ihn durchaus noch in der Realität widerspiegelten, ist Fernsehen schon eine andere Hausnummer. Millionen Menschen in ganz Deutschland sehen mehrmals wöchentlich die Sendung und er soll nun dort auftreten. Harry versucht sich abzulenken und gut vorzubereiten. Er kauft sich schicke Kleidung und Schuhe. Aber kein Jackett oder eine Krawatte, denn schließlich will er sich ja nicht verstellen. Endlich, der große Tag ist da und Harry macht sich auf den Weg. Da der Sender sein Aufnahmestudio in Hamburg hat, braucht Harry nur eine halbe Stunde mit der U-Bahn zu fahren. Harry meldet sich dort unten beim Pförtner. Dieser ruft an und schon wenige Minuten später wird er von einer jungen Frau abgeholt. Mit dem Aufzug geht es Richtung Aufnahmestudio. Dort wird Harry vom Aufnahmeleiter freundlich begrüßt: »Schönen guten Tag Herr Cocker. Es freut mich sehr, sie hier begrüßen zu dürfen. Sind sie zum ersten Mal im TV?« »Kann man sagen.« Gibt er kurz angebunden zurück. Wobei er seine Verhaftung damals im »Mama Mia«, wo sein Gesicht allerdings verhüllt war, verschweigt. »Machen sie sich keinen Kopf. Wir sind hier alle sehr nett und außerdem wird die Sendung komplett aufgezeichnet. Und wenn sie mal was Falsches sagen, schneiden wir das ganz einfach wieder raus«, grinst der Aufnahmeleiter ihn an. »Welche Gäste kommen denn sonst heute noch?« fragt Harry, denn bei der Einladung hatte man ihm schon berichtet, dass in der Regel immer fünf Talkgäste in der Runde sitzen. Heute haben wir eingeladen: den bekannten TV-Arzt Dr. Meinrad von Kirschhausen, Torwartlegende Oliver Kran, Schauspieler Phil Schweiner und Sängerin Marianne Tulpenberg.« »Ach wirklich…«, kommt Harry aus dem Staunen nicht mehr raus. »Keine Angst, alles Menschen und alle kochen mit Wasser und müssen hin und wieder auf die Toilette.«, versucht der Aufnahmeleiter Harry zu beruhigen.

Danach kommt Harry in die »Maske«, wo sein Gesicht von einer Maskenbildnerin leicht abgetupft und mit ein wenig Farbe geschminkt wird. Aber eine wirkliche Veränderung kann er selber dadurch nicht erkennen. Nun wird er zum Tontechniker weitergereicht. Dieser schließt für den Zuschauer unauffällig das Mikro unter dem Hemdkragen an. Endlich wird er ins Aufnahmestudio geführt. Hier begrüßt ihn sehr freundlich Markus Schwanz. Shake Hands gibt es auch von den anderen vier Fernsehgrößen, die sich auffällig bodenständig geben und sich nicht überheblich zeigen. Als er sitzt und sich im Studio umschaut, sieht er einige hundert Leute auf den Zuschauersitzen.

Dann beginnt die Aufnahme der Sendung. Die Zuschauer klatschen laut und heftig. Markus Schwanz begrüßt das Publikum mit einem »wunderschönen guten Abend.« Obwohl es jetzt 15 Uhr am Nachmittag ist. Die Sendung wird erst nach 22 Uhr gesendet und es soll vorgegaukelt werden, dass man live im Studio ist. Dann nimmt Schwanz sich die Gäste einzeln vor. Wobei er Harry als den besonderen Gast begrüßt, der in jungen Jahren schon zwei verschiedene Leben geführt hat. Doch zuerst wendet er sich den vier prominenten Gästen zu. So richtig folgen kann Harry den Gesprächen mit den Größen des öffentlichen Lebens nicht, wenn sie von Ihrem Leben im Show- und Sportgeschäft erzählen und ihre neuesten Projekte vorstellen. Harry hofft endlich bald dran zu sein, um es hinter sich zu haben, wird aber nicht mit in die Runde eingebunden.

Erst ganz zum Schluss wird die Lebensgeschichte von Harry thematisiert. Schwanz nutzt oft den Zettel, um Details aus dem Leben von Harry erörtern oder erfragen zu können. Tage vorher war er bereits von einem Redakteur telefonisch befragt worden, der die Informationen für Markus Schwanz zusammengestellt hat. Harry schlägt sich als Neuling im Fernsehgeschäft hervorragend und beantwortet ruhig und gefasst alle Fragen.

Schließlich kommt Markus Schwanz zum Ende: »Herr Cocker, ich schau gerade auf die Uhr, inzwischen ist es kurz nach Mitternacht, aber zwei Fragen noch. Hätten sie, als sie damals im Gefängnis einsaßen und die Kochausbildung machten, jemals damit gerechnet, dass sie eines Tages so ein erfolgreicher Koch sein würden, der sogar in meine Sendung eingeladen werden würde? Und außerdem was möchten sie den Menschen draußen, die mit Drogen Probleme haben, jetzt schnell noch mitgeben?«
»Ja Herr Schwanz, ich hatte zwar einen Fernseher im Knast auf der Zelle. Ich habe aber dort und auch später draußen nie ihre Sendung gesehen. Denn ich kannte sie und ihre Sendung bis heute gar nicht.« In dem Moment, wo Schwanz die Kinnlade runterfällt, bekommt Harry tosenden Applaus vom begeisterten Publikum. Während die vier Promis vorher viele allgemeine Dinge und hauptsächlich Eigenwerbung projiziert haben, redet Harry ganz offen und ehrlich was er denkt.

Das gefällt den Zuschauern, die sich vorher eher gelangweilt hatten. Da Schwanz immer noch schweigt, beantwortet Harry schnell die zweite Frage: »An all meinen Kumpels draußen in der Szene im Knast oder in der Therapie. Von wo immer ihr gerade zuschaut. Glaubt an Euch, gebt niemals auf, aber steht immer wieder auf. Denn es ist alles möglich in diesem Leben!« »Das ist ein hervorragendes Schlusswort«, schaltet sich Schwanz, der sich inzwischen wieder gefangen hat, ein, »vielen Dank Harry Cocker, vielen Dank auch Marianne Tulpenberg, Oliver Kran, Phil Schweiner und auch Dr. Meinrad von Kirschhausen. Natürlich danke den Zuschauern hier im Saal, den Zuschauern zuhause. Ich wünsche allen eine angenehme geruhsame Nacht.«

Der Auftritt von Harry im Fernsehen sorgt für Aufsehen. Mitarbeiter und Geschäftspartner sprechen ihn in den nächsten Wochen hinsichtlich seines gelungenen Auftritts im Fernsehen an. Auch werden die Tischanfragen und der Zulauf direkt im Restaurant immer größer. Doch vielen Gästen muss man absagen.

An einem Abend, als Harry selber in der Küche steht, kommt plötzlich die Kellnerin Silke in die Küche gerannt. Lautstark ruft sie zu Harry: »Hallo Chef, da streiten sich Gäste um einen Tisch, komme bitte mit, ich kann das alleine nicht regeln.« Als Harry in den Speiseraum tritt, sieht er zwei Männer, die sich lautstark bedrängen. »Das ist mein Tisch, den habe ich vorgestellt. Sehen sie das Reservierungsschild hier nicht!« sagt ein Mann im Rentenalter, der mit seiner Frau Platz nehmen möchte. Ein junger Mann mit buschigem blonden Vokuhilahaarschnitt, vielleicht halb so alt, mit einer zehn Jahre jüngeren, attraktiven dunkelhaarigen topgestylten Dame keift dagegen: »Du alter Sack, ich war eher gekommen und außerdem weißt du nicht, wer ich bin. Willst du dich wirklich mit mir anlegen.« Harry erkennt sofort, wen er vor sich hat. Es ist der Hamburger Popstar Dietger Dohlen »Herr Dohlen niemand möchte sich mit ihnen anlegen. Deshalb verlassen sie bitte sofort mein Lokal. Der Herr hier hat den Tisch seit

Wochen reserviert und wir sind leider total ausgebucht.« »Eh Kleiner, das kannst du nicht mit mir machen. Ich bin Deutschlands erfolgreichster Popproduzent. Weltweit wagt es niemand mich irgendwo rauszuschmeißen!« versucht Dohlen wild diskutierend seinen Willen durchzusetzen. »Herr Dohlen das interessiert mich alles nicht. Mich interessiert nur, ob sie freiwillig mein Restaurant verlassen möchten oder ob ich die Polizei rufen soll!« gibt Harry ihm eindringlich zu verstehen. »Is ja gut du kleiner mickriger Koch. Ich gehe ja schon. Aber du kriegst kein Bein mehr auf den Boden. Ich wohne schon länger hier in Hamburg. Ich habe viele Freunde in der Stadt und die werden alle demnächst deine Kaschemme boykottieren!« schreit Dohlen, und zieht seine hochhackige Begleiterin mit nach draußen.

»Ich möchte mich vielmals bei ihnen entschuldigen. Und sie speisen heute Abend selbstverständlich auf Kosten des Hauses bei uns umsonst.« versucht Harry das ältere Ehepaar zu beschwichtigen, nachdem sie Platz genommen haben.

Einige Wochen später bekommt Harry einen Anruf auf Handy und es meldet sich eine männliche Stimme: »Hallo Herr Cocker, mein Name ist Günter Kogler. Ich bin Geschäftsführer des Privatsenders SET 7. Ich habe sie in der Sendung von Markus Schwanz gesehen. Ich fand sie haben sich dort als Newcomer ganz hervorragend verkauft. Und ich möchte Ihnen gerne ein Angebot für meinen Sender SET 7 machen. Haben sie heute Abend Zeit?« »Ja gerne«, sagt Harry, der inzwischen Gefallen an Showbusiness gefunden hat. »Gut dann treffen wir uns um 19 Uhr bei Mc Donalds am Hauptbahnhof, da verfehlen wir uns nicht. Außerdem muss ich dann ja auch später mit der Bahn zurück nach München«, stellt Kogler ganz gezielt die Voraussetzungen für das Treffen.

Pünktlich um 19 Uhr treffen sich Harry und Günter Kogler am Eingang von Mc Donalds. »Wir sagen einfach mal du«, macht Kogler am Anfang sofort auf kumpelhaft, »so ein alter Sack bin ich auch nicht. Du Harry, haben die Öffentlich-Rechtlichen dir denn wenigstens ein paar Mark Gage gegeben?« »Garnichts nicht mal die Anfahrt, aber ich habe sowieso eine Fahrkarte, ein Monats-Abo der HVV«, antwortet Harry. »Du darum geht es nicht mein Freund«, macht Kogler nun auf freundschaftlich. »Die Öffentlichen haben Milliarden Einnahmen mit der GEZ-Gebühr. Und die Stars, wie Oliver Kran oder Phil Schweiner haben bestimmt ihre Kohle gekriegt. Aber mit einem Neuling wie dich, da können sie es machen. Unverschämt! Nun gut Harry, ich mache dir ein deutlich besseres Angebot. Du hast sicher selber schon gemerkt, die Zeit der großen Talkshows rund um die Uhr neigt sich dem Ende entgegen. Neuerdings schlagen die Köche und die Kochshows zu. Jeder, der halbwegs Bratkartoffeln mit Spiegeleiern kochen kann, wird ins Fernsehen gezogen. Widerlich! Aber ich bin Chef bei SET 7, und ich muss den Trend leider mitgehen.

Du bist jung, unverbraucht und unvoreingenommen, deshalb genau der Richtige für eine neue Show. Nun zum Angebot. Ich biete dir einen Vertrag über eine Showserie mit zunächst einmal zehn Folgen an. Deine Aufgabe soll es sein, acht schwer erziehbaren Jugendlichen ein wenig das Kochen beizubringen, Jugendlichen mit Problemen, die eine neue Aufgabe brauchen. Da bist du Harry genau richtig. Du kommst von unten, kannst dich mit den Jugendlichen unterhalten und verstehst besser als wir, warum die ein wenig schräg sind. Aber ich bin Kogler und wir sind SET 7, deshalb wollen wir die jungen Menschen nicht ausnutzen. Sie sollen auch was davon haben. Jeder von ihnen bekommt 1800 DM. Aber nicht sofort bar ausgezahlt. Sie müssen schon bis zu Ende mitmachen. Und das Geld gibt's erst, wenn sie 18 sind und es kommt vorher auf ein Treuhandkonto. Bevor sie es für Alkohol, Drogen oder sonst was Sinnloses, du weißt ja, schon vorher ausgeben. Dann lieber später für einen Führerschein.

Ein paar Kröten sollst du natürlich auch bekommen Harry. Ich biete dir 8000 DM pro Sendung. Also 80000! Mit der Gage kannst du dein Restaurant renovieren oder ein zweites dazu pachten. Einverstanden mein Freund?« Harry ist ziemlich geschockt, denn mit so einem Angebot hätte er niemals gerechnet. Aber positiv geschockt und willigt ohne groß nachzudenken ein: »Okay Herr Kogler, ich bin dabei.« »Harry, wir waren bereits bei du. Aber du nicht, schlimm. Hauptsache du machst mit. Eine Sache noch. Wir drehen in München-Unterföhring, da sind die ganzen Münchener Fernseh- und Radiostudios. Und wir drehen Nonstop. Also drei bis vier Sendungen am Tag werden aufgezeichnet. Du kommst mit der Bahn nach München. Mit An- und Abfahrt bist du in einer Woche wieder zurück in Hamburg und in deinem Restaurantbetrieb. Abgemacht?« schlägt Kogler vor und hält Harry zum Shakehands die Hand hin. »Abgemacht!« Dieses Wort kommt auch aus Harrys Mund. Kurz danach ist Kogler auch schon weg, denn sein Zug nach München fährt gleich los.

Vier Wochen später sitzt Harry frühmorgens im Zug nach München. Er trifft dort am frühen Nachmittag im Hauptbahnhof ein. Auf Kosten des Senders darf er sich ein Taxi zum Aufnahmestudio nehmen. Hier wird er vom Redaktionsleiter Müller empfangen. Der erklärt, dass drei vierköpfige Gruppen jeweils getrennt mit- und gegeneinander kochen sollen. Der Sieger jeder Gruppe kommt dann ins Finale, wo es um den Hauptpreis, einen Ausbildungsplatz in einem Restaurant gehen soll. Ein Moderator wird Harry zur Seite gestellt. Es ist Frank Fuchs, der früher schon verschiedene Rate- und Spielshows, aber auch schon mal eine eigene Talkshow moderieren durfte. Im Gegensatz zu Markus Schwanz, ist Harry der Frank Fuchs durchaus ein Begriff. Denn in langweiligen Knastzeiten hat er sich vor- und nachmittags schon einmal solche Sendungen angesehen. Die neue Sendung hat den Titel: »Die zweite Chance«. Sie ist an Harrys Leben angelehnt, der nun Schirmherr und Begleiter für die zweite Chance der Jugendlichen sein soll.

Ganz in der Nähe hat man Harry ein Hotel gebucht. Nach ausreichendem Schlaf wird bereits um 8 Uhr eine kleine Vorbesprechung angesetzt und dann soll direkt danach die erste Sendung aufgenommen werden. Freundlich wird Harry von Frank Fuchs begrüßt. Der Redaktionsleiter Müller bespricht mit Harry und Frank Fuchs das genaue Vorgehen an den drei bis vier Drehtagen. Da man natürlich Bedenken hat, ob die Problemjugendlichen auch wirklich alle pünktlich sind, ist ein Jugendlicher aus der zweiten Gruppe als Ersatz für die Gruppe 1 bestellt. Tatsächlich fehlt dann auch jemand, so kann der Junge eine Gruppe vorrücken. Jede Gruppe kocht drei Sendungen zusammen. Bei diesem Ausscheidungskochen wird der Finalist ermittelt.

Gekocht werden alle möglichen Gerichte. Von Eisbein mit Sauerkraut, Semmelknödel mit Pilzen, Schweinebraten mit Kartoffeln und Gemüse, Zwiebelschnitzel mit Pommes bis hin zu Spagetti Bolognese oder auch einfach eine vielfältige Pizza. Der Sternekoch und auch die Jugendlichen bekommen vorher schon Infos, was und wie sie kochen sollen. Auch die hundert, vorwiegend jungen Zuschauer werden darauf hingewiesen, dass sie ständig und laut applaudieren sollen. Das Durchschneiden einer Tomate oder das Drehen eines Schnitzels in der Pfanne soll mit tosendem Applaus bedacht werden. Ein wenig blöd kommt sich der Qualitätskoch Harry in dieser »Realitykochshow« vor. Aber was tut man nicht alles fürs Geld, denkt er sich.

Zwischenzeitlich werden die Jugendlichen von Fritz Fuchs hinsichtlich ihrer Probleme interviewt. Dann wird Harry mit ins Spiel gebracht, der Ratschläge und entscheidende Hinweise an die Jugendlichen liefern soll. Harry gibt sich Mühe. Aber er weiß selber, dass er kein Psychologe oder Therapeut ist. Er hat in etlichen Situationen oft intuitiv das richtige gemacht. Deshalb rät er auch den Jugendlichen, die wichtigen Entscheidungen im Leben aus dem Bauch und aus dem Gefühl heraus zu treffen.

Diesen Ball spielt Fritz Fuchs gekonnt zurück. Er spricht beim Kochen auch von einer Bauchsache. Und Harry darf dann mit einer gut durchdachten Bauchentscheidung die Finalteilnehmer auswählen. Insgesamt entscheidet er über acht männliche und vier weibliche Jugendliche. Wobei die Regie sich ein Mitspracherecht erbittet. Schließlich sind die Originalität und Authentizität der jugendlichen Teilnehmer wichtig für die Quote der Sendung. Letztendlich kommen ein Junge, der früh mit dem Trinken begann, und ein mit Drogenproblemen kämpfendes Mädchen ins Finale. Die Vorgeschichten der Jugendlichen waren vorher schon in Kurzfilmen aufgenommen worden. Orginaltöne von Harry zu diesen einzelnen Problemfällen werden nach Beendigung des Kochdrehs aufgenommen.

Sieger wird schließlich mit Kai ein siebzehnjähriger Junge, der von seinen Eltern ins Heim geschickt worden war. Dort kam er auf die schiefe Bahn. Der Sender SET 7 gibt nun die Prophezeiung, dass dank des Gewinns der Kochsendung der Weg in ein neues Leben geebnet ist.

Tatsächlich, am Freitagmittag sind alle Aufnahmen im Kasten. Gerade sitzt er im Zug zurück nach Hamburg, da klingelt das Handy. Günter Kogler ist dran:»Du Harry, das hast du ganz ausgezeichnet gemacht. Ich konnte aus Termingründen leider nicht dabei sein. Aber der Müller und Fuchs... Ich sage immer der Müller redaktiert wie ein Luchs und der Fuchs moderiert wie ein Fuchs.« Laut, sehr gut durch das Handy zu hören, lacht Kogler. »Ja wenn die beiden Vollprofis schon sehr angetan von dir sind, dann hast du ganz tapfer mitgewirkt. Jetzt müssen wir noch die Einschaltquoten abwarten. Die Kritiken interessieren mich nicht, denn nichts für ungut Harry. Für mich ist Kochen reiner Quatsch, das gehört nicht ins TV. Aber wenn die Quoten stimmen, dann habe ich noch ein zweites Projekt für dich mein Freund. Aber da warten wir dann mal ab und ich melde mich, mach es gut Harry. Gute Fahrt und Servus.« Ohne überhaupt richtig ins Gespräch eingebunden zu werden, fährt Harry trotzdem sehr zufrieden heim.

Plötzlich meldet sich der ältere Herr, direkt gegenüber auf dem Vierersitz, zu Wort: »Junger Mann, es geht mich ja gar nichts an, aber ihr Gesprächspartner, ich habe nur eine paar Fetzen gehört. Er war halt laut, aber spricht mir aus der Seele. Kochen ist Quatsch! Wissen sie, ich arbeite seit dreißig Jahren für das Fernsehen. Aber noch nie hatten wir solch einen Wahnsinn an Kochshows. An Köchen und nochmal Kochshows im Fernsehen und das tagtäglich zu jeder Tageszeit. Kochen! Kochen! Kochen! Erbärmlich, einfach nur erbärmlich!« Harry hatte ihn erst gar nicht erkannt, doch an der markanten Stimme wird ihm sofort klar. Es ist Marvin Scheich-Franitzki, der berühmte Literaturkritiker. Doch Harry kontert elegant »Da haben sie absolut recht Herr Scheich-Franitzki. Diese billigen Kochshows gehen mir auch auf den Senkel! Es läuft viel zu wenig Literatur, Kunst und Kultur im Fernsehen.« »Junger Mann sie sind ein ausgesprochen intelligenter niveauvoller Gesprächspartner. Es freut mich sehr, auch in ihrer Altersklasse kulturinteressierte Personen zu entdecken.« spielt Scheich-Franitzki den Ball zurück, ohne zu ahnen, dass möglicherweise der Fernsehkoch der Zukunft ihm gegenübersitzt.

Nach der spannenden Unterhaltung mit Scheich-Franitzki, der zwischenzeitlich aussteigen muss, fährt Harry zurück nach Hamburg. Er freut sich sehr, morgen wieder in der Küche seines Restaurants stehen zu dürfen. Das Alltagsgeschäft wird mir helfen, auf dem Boden zu bleiben, denkt er sich.

In Harrys Restaurant arbeitet ein perfektes Team. Deshalb braucht er sich überhaupt keine Sorgen zu machen, wenn er medial mal eine Woche außer Haus ist. Er will sogar komplett ausziehen. Er wohnt immer noch in der kleinen Dachstube, die er als unerfahrener Kochgeselle in der Alsterstube bezogen hatte. Doch inzwischen, als erfolgreicher Restaurantchef, möchte er sich eine etwas größere Wohnung gönnen. Und zwar mit seiner Freundin Jenny zusammen. Da beide in der Gastronomie arbeiten, ist die gemeinsame freie Zeit begrenzt. Außerdem ist es für Jenny, die im Service nicht viel verdient, auch ein finanzieller Aspekt, wenn sie eine Wohnung nicht mehr komplett alleine zahlen muss.

Schnell einigen sich die beiden, irgendwo in der Mitte zwischen der Alster und Blankenese eine passende Wohnung zu suchen. Da kommt dann ein Wohnungsangebot in Hamburg-Altona gerade passend. Für 600 DM bekommen sie eine günstige Wohnung, die gut 50 Quadratmeter groß ist. Die Küche können sie vom Vormieter erwerben und da er auch etliches anderes Mobiliar dalässt, haben sie sich nicht viel einzurichten. Auch sonst lassen sich die Renovierungsarbeiten zeitlich begrenzen. Nach einem Jahr Beziehung ist Harry wahnsinnig froh, mit seiner Traumpartnerin zusammenziehen zu können. Im Alter von 23 Jahren ist er außerdem erfolgreicher Restaurantbesitzer, angehender Fernsehstar und immer noch clean. Sein Leben könnte nicht glücklicher verlaufen und Harry ist rundum zufrieden.

Die gemeinsame Wohnung lässt nun auch zu, dass das verliebte Paar die freien Tage flexibler nutzen kann. Häufig spazieren sie über den Rummelplatz am Hamburger Dom, wo ihre Liebe begann. Auch die Nähe zu St. Pauli nutzen sie, um mehrmals den FC Sankt Pauli bei Zweitligaspielen der Bundesliga zu unterstützen. Im Stadion, in dem jedes Spiel mit der Hells Bells-Hymne von ACDC eingeleitet wird, herrscht immer fantastische Stimmung. Diese Fans, die auch bei katastrophaler Leistung niemals ihre Mannschaft auspfeifen, sind schon sehr speziell und originell. Ob Alternative, Anhänger der linken Bewegung, Punker oder auch Hausbesetzer, hier im Stadion ist das Publikum ganz anders als zum Beispiel beim eher konservativen Hamburger SV. Auch wenn die Totenkopfflagge für das Sinnbild dieser Fankultur steht, sind Jenny und Harry von den jederzeit friedlichen Fans sehr beeindruckt. Für die beiden Dorfkinder sind die Sankt Pauly-Fußballspiele immer ein Ereignis.

Ein besonderes Highlight sind auch die nächtlichen Spaziergänge über die Reeperbahn, die nur eine Viertelstunde Fußweg von ihrer Wohnung entfernt liegt. Beide sind beeindruckt über die Vielzahl der kulturellen Möglichkeiten hier auf der sündigen Meile. Zehntausende Besucher kommen an Wochenenden, um die Kneipen, Klubs, Bars, Varietés, Restaurants, Theater, Spielhallen aber auch Bordelle zu besuchen. Oder auch nur, wie Jenny und Harry, Hand in Hand über die Meile zu schlendern und zu staunen.

Erstaunt ist Harry auch darüber, wie seine eigentlich banale Kochshow: »Die zweite Chance«, beim Zuschauer ankommt. Die Kritiken, vor allem der Hamburger Medien, sind wohlwollend, auch die Einschaltquoten stimmen. Deshalb ist er nicht verwundert, dass sich Günter Kogler wieder telefonisch meldet: »Du Harry unser Erfolg ist gigantisch. Du hast die Kochszene geritten mein Junge. Da bleibt uns gar nichts anderes übrig als weiterzumachen. Und ich habe auch schon einen außerordentlich spannenden Vorschlag für ein tolles Format. Harry, kennst du die Sendung das »Literarische Quartett?« »Jawohl Günter, die Sendung kenne ich«, ruft Harry grinsend in den Hörer, ohne auf die Begegnung mit dem Literaturkritiker hinzuweisen. »Du Harry ich habe die fantastische Idee«, fährt Kogler, von sich überzeugt, fort, »so etwas ähnliches im Bereich Kochen aufzubauen. Und zwar möchte ich die Sendung das »Kulinarische Quintett« kreieren. Fünf auserkorene Meisterköche reden einmal pro Woche über verschiedene Gerichte und geben den Laien in der Küche sachdienliche Hinweise!« Dabei laut lachend über die in seinen Augen geniale Idee ergänzt Kogler: »Du Harry ich habe auch schon genau im Sinne, welche fünf Köche in die Runde kommen. Den weiblichen Part übernimmt Sandra Schlawiener. Dann die Küchen-Allstars Franz Kusin und Tristan Krach. Der fesche Sven Hetzner und natürlich du als Newcomer, der neue Stern am Kochhimmel.« Kogler, der immer lauter redet, kann sich nun vor

Lachen nicht mehr halten und legt noch einen drauf:»Alle vier Köche haben bei meinem Köder angebissen, fehlst nur noch du als Sahnestück. Bist du dabei Harry?«»Natürlich Günter«, antwortet Harry in seinem neuen berauschenden Selbstbewusstsein, »danke für das Angebot, das ich sehr gerne annehme. Ich weiß, die anderen Köche kochen doch auch alle nur mit Wasser.«

Wenige Wochen später steht Harry am Hauptbahnhof, um zu den Dreharbeiten nach München zu reisen. Plötzlich sieht er einen torkelnden, schwarzhaarigen Mann in der Bahnhofshalle. Seine Haare hat er zu einem Zopf zusammengebunden und das Gesicht kommt Harry sehr bekannt vor. Es ist der Kellner Hermann, den er in der Vergangenheit mehrmals Drogen verkauft hat.»Du Hermann, erkennst du mich nicht mehr?« fragt er den erstaunt wirkenden Hermann,»weißt du noch in der Skandala in Legden, unserer Heimatdisco, das waren noch Zeiten. Was machst du denn hier in Hamburg?« Hermann hat Probleme zu folgen, denn er scheint schon am frühen Morgen total berauscht zu sein und hat erhebliche Schwierigkeiten, gerade stehen zu bleiben.»Ach, ach Harry, altes Haus, jetzt erkenne ich dich. Du, ich habe heute schon gut und ergiebig gefrühstückt«, kichert er.»Ich bin hier in Hamburg auf Heroin abgerutscht. Um das zu finanzieren, habe ich zahlreiche Einbrüche begangen, auch in Schleswig-Holstein. Nachdem sie mich gepackt haben, bin ich zwei Jahre in Neumünster in den Knast gegangen. Heute Morgen bin ich entlassen worden. Da habe ich mir hier auf der Durchfahrt in Hamburg was Gutes gegönnt. Ich fahre heute Mittag mit dem Zug nach langer Zeit mal wieder für ein paar Tage zu meinen Eltern nach Legden. Und nächste Woche habe ich Antrittstermin in der Therapie Relax in Ascheberg. Mal gucken, ich versuche auf jeden Fall clean zu werden.«»Du Hermann das ist gut! Ich war auch auf Relax und bin jetzt schon fast drei Jahre clean. Aber höre auf, dir hier weiter Drogen reinzupfeifen. Steige in den Zug und fahre nach Hause und gehe dann in die Therapie. Grüß das Personal auf Relax bitte von mir. Und pass auf dich auf Hermann! Bitte! Bitte!« fordert er ihn auf, bevor zu seinem Bahnsteig geht. Doch Harry hat erhebliche Zweifel, ob Hermann später den richtigen Zug Richtung Heimatort erwischt. Auch fragt er sich, ob er jemals bei Relax in der Drogentherapie ankommen wird. Er ist sehr froh, mit dieser ganzen Drogenthematik nichts mehr am Hut zu haben. Denn mit Andre und nun auch Hermann sind zwei alte Weggefährten inzwischen voll auf Heroin abgestürzt.

Nachdenklich fährt er mit dem IC nach München und übernachtet im gleichen Hotel wie damals bei der ersten Filmproduktion. Wieder wird im gleichen Studio in Unterföhring gedreht und auch Fritz Fuchs ist erneut als Moderator dabei. Ebenfalls ist es das Ziel, wieder zehn Sendungen in drei bis vier Drehtagen einzuspielen. Harry ist der erste Koch am Filmset. Danach trifft die Österreicherin Sandra Schlawiener ein, die von Fritz Fuchs charmant mit Bussi und Umarmung begrüßt wird. Auch freut sie sich Harry kennenzulernen. Vor den beiden »Restaurantrettern« Krach und Kusin hat Harry schon mehr Respekt. Zumal die beiden ja dort in ihren eigenen Sendeformaten oft mit den finanziell bedrohten Restaurantbetreibern sehr hart ins Gericht gehen. Aber Backstage geben sie sich vor und zwischen den Drehaufnahmen mit Harry und dem Rest der Filmcrew sehr umgänglich. Nur Sven Hetzner scheint ein wenig gestresst zu sein und ist immer wieder am Handy zu sehen. Schließlich hat er neben seinen zahlreichen TV-Projekten noch insgesamt drei Restaurants am Laufen.

Als erstes wird die Folge gedreht, die direkt vor Weihnachten ausgestrahlt werden soll. Dabei wird auch ein gewisses schauspielerisches Talent verlangt. Denn die fünf Protagonisten müssen so tun, als ob Weihnachten schon vor der Tür stehen würde. Das Ganze mitten im Hochsommer bei 30 Grad Celsius. Auch die knapp hundert Studiozuschauer sind vorher von Fritz Fuchs programmiert worden, die Weihnachtsshow mitzuspielen.

In der Sendung geht es nun darum, ob die traditionelle Weihnachtsgans mit Füllung oder ohne und wenn, mit welcher Füllung versehen wird. Da bietet sich an, dass die fünf Köche aus unterschiedlichen Regionen stammen. Sven Hetzner, der gebürtige Hamburger aus dem Norden, und Tristan Krach aus dem Süden. Während Harry in Westfalen und Kusin im Ruhrpott geboren wurden, stammt Sandra Schlawiener aus Österreich. Die vier Starköche versuchen sich zu übertreffen und gehen bei ihren Rezeptvorschlägen sehr extravagant vor. Harry hingegen zeigt sich eher bodenständig. Er schlägt dem Zuschauer die klassische westfälische Gans gefüllt mit Apfel, Beifuß, Zwiebel, Orangen und Zitronenschale vor. Kartoffeln, Rotkohl, Apfelmus und dazu eine leckere Sauce vervollständigen das Weihnachtsgericht. Anschließend diskutieren die fünf bekannten Köche, ob Kartoffelsalat mit Würstchen noch immer das Standardessen für den Heiligabend sein soll.

Für jede Sendung wird ein traditionelles Menü »durchgekaut«, oder für die gerade anfallende Jahreszeit wird das dazu passende Gericht empfohlen und intensiv diskutiert. Harry ist dabei sehr gut vorbereitet und aufgestellt. Er kann den westfälischen Grünkohl mit Kasseler ins Spiel bringen. Auch mit dem westfälischen Reibekuchenrezept oder mit Kartoffelbrei, Sauerkraut und Mettwürstchen kann er mit einfachen gängigen Gerichten beim Publikum punkten. Insgesamt kann er sich in den zehn aufgezeichneten Sendungen neben den anderen populären Gästen sehr gut halten. Die vier Starköche sind ebenso wie Fritz Fuchs und das gesamte Aufnahmeteam sehr angetan von der guten Zusammenarbeit mit Harry. Zwar bekommt er mit wiederum 10000 DM pro Folge, die mit Abstand kleinste Gage der Hauptdarsteller, kann aber doch sehr zufrieden nach Hamburg zurückreisen.

Einige Wochen später meldet sich erneut Günter Kogler: »Hallo mein Freund, alles klar bei dir in Hamburg. Du, mein

Redaktionsteam hat die ersten Folgen vom »Kulinarischen Quintett« zusammengeschnitten. In wenigen Wochen geht die Sendung wöchentlich auf Programm. Die Kollegen waren mal wieder sehr zufrieden mit dir. Auch ich habe kurz reingeschaut. Du hast sehr gut und souverän mitgemacht als Neuling unter den deutschen Kochgrößen. Deshalb habe ich für nächstes Jahr ein neues Angebot für Dich. »Ronny Popshow« läuft ja schon seit einigen Jahren. Aber »Harrys Kochshow«, da wartet Deutschland noch drauf. Dieses Mal Harry ziehst du das Ding alleine durch. Ohne die Kochallstars und auch ohne Fritz Fuchs wirst du selber moderieren. Und was meinst du, hast du Lust und traust dir das zu?« »Ja Günter, das wird ja bestimmt wieder aufgezeichnet. Wenn ich mich verspreche, das schneidet ihr doch raus? Also dann bin ich dabei.« antwortet Harry. »Schön zu hören Harry. Das wusste ich doch. Dann ziehen wir das zusammen durch. Du kriegst auch eine kleine Gehaltserhöhung ich lege nochmal 5000 DM pro Sendung drauf. Und dieses Mal produzieren wir fünfzehn Sendungen, da kommen schon ein paar Kröten für dich zusammen. Wir starten aber erst Anfang nächsten Jahres. Aber ich bin vorher mal in Hamburg und da unterzeichnen wir schon mal den Vertrag.

Allerdings Harry, da habe ich noch eine Idee. Ich bin ja auch Geschäftsmann außerhalb von Set 7 und habe noch eine zusätzliche Geschäftsidee für Dich. Deine Biografie mein Junge ist exzellent und spannend. Vom Knastküchenlehrjungen zum Fernsehkoch. Von der Drogenküche in die Sterneküche«, grinst Kogler in den Hörer. »Deshalb habe ich für dich die geniale Idee dir ein Buchprojekt anzubieten. Unsere Superköche wir Schlichter, Schlafer, Schlubeck oder auch Kim Pelzer haben langweilige, spießige Biografien. Aber deine Story ist einzigartig. Deshalb setze dich die nächsten Wochen und Monate hin und schreib alles auf. Dann finden wir einen Topverlag und machen aus dem Manuskript einen Bestseller. Harry Cocker »Mein Weg vom Drogenkoch zum Sternekoch« oder »Aus der Knastküche in die Fernsehküche«, lacht er so laut, dass Harry den Hörer vom Ohr nehmen muss. »Ja okay Günter, das ist jetzt aber viel Holz auf einmal, welches ich da erst einmal verarbeiten muss. Aber ich überlege mir das in Ruhe Günter, versprochen.«

Harry startet durch

Der Anruf und das versprochene Honorar von Kogler beflügeln Harry weiter. Er befindet sich in einem Rausch, in einem Arbeits- aber auch Erfolgsrausch. Er arbeitet intensiv im Restaurant, gibt fleißig Interviews und hat dann ein entscheidendes Gespräch mit seinem Steuerberater. Dabei geht es um die hohen Einnahmen die Harry mit seinen Fernsehauftritten aber auch im Restaurant erwirtschaftet. Der Steuerberater empfiehlt Harry, Geld zu investieren, um nicht den kompletten Gewinn versteuern zu müssen. Deshalb hat Harry dann eine weitreichende Idee, um Geld wieder anzulegen.

Mit seiner Freundin Jenny verlässt er am Montagmorgen die Wohnung. Er hat ihr gesagt, dass er eine Überraschung für sie hat. Dann laufen die beiden zehn Minuten und erreichen die Reeperbahn. Im Gegensatz zum nächtlichen Treiben am Wochenende ist hier wochentags am Morgen definitiv nichts los. Ein paar An- und Verkaufsläden, Spielhallen oder Kioske haben geöffnet. Doch die komplette Gastronomie ist noch geschlossen und Fußgänger oder Touristen sind kaum anzutreffen. Dann erreichen sie eine Seitenstraße der Reeperbahn, die Kleine Freiheit. Dann bleiben die beiden vor einem Restaurant, das den Anschein macht, momentan außer Betrieb zu sein, stehen. »Du Jenny, dieses kleine schnuckelige Restaurant hier auf dem Kiez steht zum Verkauf. Gleich kommt ein Immobilienmakler, der wird mir ein Angebot machen. Natürlich ist mir deine Meinung auch sehr wichtig meine Süße. Zumal ich dir, falls wir den Schuppen kaufen, ein Angebot machen möchte. Du sollst hier arbeiten und meine Restaurantchefin werden. Du hast jetzt solange im Service mehrerer Restaurants gearbeitet. Da hast du das locker drauf. Natürlich bekommst du Toppersonal, also sehr gute Köche und Kellner in dein Team. Auch bin ich da und regele den Einkauf sowie auch den Bürokram und die Geschäftsführung. Aber den Ablauf im Gastrobetrieb möchte ich gerne dir, mein Süße, überlassen.« macht Harry ein Angebot, das Jenny aus allen Wolken fallen lässt. »Du Schatz, bist du jetzt total übergeschnappt?« sieht Jenny ihn fragend an. »Du hast doch ein Toprestaurant. Drehst du jetzt ganz durch Harry? Woher hast du denn das Geld. Das Restaurant wird doch einige Hunderttausend kosten. Woher nimmst du das Geld?« »Also, die Alsterstube wirft sehr guten Gewinn ab. Dazu habe ich 200000 DM für meine Fernsehauftritte bekommen. Außerdem unterschreibe ich in den nächsten Tagen einen neuen Fernsehvertrag für nächstes Jahr. Der ist mit 225000 Euro dotiert. Das Geld muss ich natürlich versteuern. Aber wenn ich dieses Restaurant hier für 360000 DM kaufe, dann habe ich mein Geld wieder sehr gut angelegt. Und natürlich etliche Steuern gespart« versucht Harry eindringlich zu erklären und ergänzt: »Und außerdem, das Publikum hier auf dem Kiez ist bestimmt viel interessanter als in der Alsterstube. Klar, wir haben sehr viele nette Leute. Aber auch einige Prolls, Schickimickis oder Neureiche, alles okay. Aber ich habe halt die Vision, hier das andere Hamburg zu bekochen. Die Hausbesetzer, die Sankt Pauli-Fans, die Alternativen. Oder einfach die Urhamburger vom Kiez. Menschen wie du und ich. Auch wenn ich inzwischen ein bekannter »Fernsehfuzzi« bin, möchte ich niemals vergessen, wo ich herkomme. Ich möchte bescheiden und bodenständig bleiben. Genau da kann mir das Gastronomieprojekt hier auf dem Kiez bestimmt bei helfen. Bist du dabei meine Süße?« »Harry mein Schatz, du hast mich überzeugt, ich bin dabei«, antwortet Jenny ohne unbedingt an die weitreichenden Folgen zu denken.

Wenige Minuten später kommt dann ein älterer Herr mit einem Mercedes angefahren. Mit seinem dunklen Anzug wirkt er sehr seriös. Es ist der Immobilienmakler und begrüßt die beiden sehr freundlich. Ohne große Vorrede zeigt er ihnen das Restaurant. Die Küche scheint in sehr gutem Zustand zu sein. Aber die Theke und der Speiseraum sind durchaus renovierungsbedürftig. Dies nutzt Harry, ganz der Geschäftsmann, nach der Begehung des Gebäudes aus. »Ja insgesamt gefällt das Restaurant und auch die Lage des Betriebes sehr gut. Leider habe ich noch etliche Mängel gesehen, so dass durchaus noch 60000 DM Renovierungskosten auf mich zukommen würden. Deshalb mache ich ihnen ein Angebot. Für 300000 DM kaufe ich das Restaurant.« »Danke für das Angebot«, antwortet der Makler, »worüber ich natürlich nicht entscheiden darf. Denn ich handle selbstverständlich im Auftrag des Verkäufers. Aber ich werde sie im Laufe des Tages anrufen Herr Cocker.« Zufrieden über den Ausgang des Besichtigungstermins schlendert das verliebte Paar zurück Richtung Wohnung. Beide haben heute frei und können den restlichen Tag genießen.

Doch beim Geschäftsmann Harry klingelt mittags wieder das Telefon. Es ist der Immobilienmakler: »Ja Herr Cocker, ich habe mit dem Besitzer des Restaurants gesprochen. Wir können uns in der Mitte treffen. Für 330000 DM kann ich ihnen die Immobilie anbieten.« »Ein gutes Angebot vom Verkäufer«, antwortet Harry, »aber leider nicht gut genug. 320000 DM ist mein letztes Angebot. Was sagen sie dazu?« »Okay junger Mann abgemacht. Dann kommen sie morgen bitte in mein Büro. Dann unterschreiben wir den Vorvertrag und machen dann gleich den Termin für einen Notar klar.« »Guter Vorschlag, aber ich muss dann noch kurz heute Nachmittag zu meinem Bankberater. Denn 320000 DM habe ich hier in meiner Wohnung nicht bar herumliegen. Einen kleinen Kredit benötige ich schon. Nach dem Gespräch heute Nachmittag rufe ich zurück und wir besprechen den Rest«, erklärt Harry zum Abschluss.

Harry weiß, dass er noch seinen Bankberater überzeugen muss. Zu dem Kaufpreis von 320000 DM kommen nach Angaben seines Steuerberaters mindestens 10 Prozent Nebenkosten. Dazu ungefähr 50000 DM Renovierungskosten, ergeben dann bestimmt 400000 DM Gesamtkosten für die Immobilie. Er hat zwar noch die 200000 DM von seinen Fernsehauftritten auf der Bank liegen. Aber Harry weiß natürlich, dass solche Honorareinnahmen im Gegensatz zu seinen früheren Drogengewinnen sehr stark besteuert werden.

Später, beim Banktermin legt Harry alles auf den Tisch, was er zu bieten hat. Die Honorarabrechnungen mit dem Fernsehsender, die positive Bilanz der Alsterstube, die seit Jahren gute Gewinne erwirtschaftet. Die Expertise des neuen Restaurants, das über eine ausgezeichnete Geschäftslage verfügt. Auch legt er dem Mitarbeiter der Bank den Vorvertrag für das neue Fernsehprojekt vor. Der Bankangestellte kennt das prallgefüllten Privat- und auch das ebenso florierende Geschäftskonto von Harry. Außerdem ist ihm der Medienhype um Harry nicht verborgen geblieben. Es gibt keinerlei Probleme beim Kreditantrag und Harry bekommt die beantragten 200000 DM.

Der Kauf des Restaurants geht reibungslos über die Bühne. Auch wenn er sein neues Geschäftsmodell eher für die einfachen Leute favorisiert, bringt er seinen inzwischen doch schon bekannten Namen ins Spiel. Das Restaurant bekommt den Namen: »Harrys zweite Chance.« Passend zu seinem eigenen Leben, aber auch bestimmt zu vielen verkorksten Biografien auf der Reeperbahn, die er damit ansprechen möchte.

Die Renovierungsarbeiten vergibt Harry an Handwerksfirmen. Denn als junger Geschäftsmann weiß er, Zeit ist Geld. Je eher »Harrys zweite Chance« aufmacht, desto früher sprudeln die Einnahmen. Da die Handwerker gut und planmäßig arbeiten, stellt

Harry rechtzeitig Personal ein. Bei den Einstellungsgesprächen ist Jenny zu gleichen Teilen entscheidungsbefugt. Als zukünftige Chefin hat sie volles Mitspracherecht. Es bewerben sich auch Mitarbeiter, die beim vorherigen Gastronom schon gearbeitet hatten. Sie berichten jeweils, dass der Laden sehr gut lief, bis der Restaurantbetreiber immer mehr dem Alkohol verfiel. Der Griff zur Flasche führte dazu, dass er keinen Überblick mehr über die Geschäfte hatte. Sein Alkoholkonsum führte in das betriebliche Chaos und schließlich in die Insolvenz. Harry und Jenny sind da völlig unvoreingenommen und stellen auch einige dieser Mitarbeiter ein. Schließlich haben sie Vorerfahrungen mit dem Haus und den Stammgästen, die positiv mit einfließen können.

Als Chefkoch stellen sie aber schließlich einen hochkarätigen Mann ein. Es ist Paul, der einzige bekannte populäre Koch mit einem bunten Punkerschnitt. Er arbeitete in Berlin in einem Szenerestaurant, dss den Michelin Guide bekam. Aus den Medien erfährt Harry, dass Paul sich verändern will und kontaktiert ihn daraufhin. Das Vorstellungsgespräch verläuft positiv und der blauhaarige Sternekoch wird als Küchenchef eingestellt.

Schließlich kommt der große Tag, die Neueröffnung von »Harrys zweite Chance«. Harry hat seine Kontakte zu den Hamburger Medien genutzt. Die Hamburger Zeitungen aber auch der lokalen Hamburger Radio- und Fernsehsender berichten ganz groß. Es herrscht ein riesiger Menschenauflauf vor dem Lokal. Da die Speisetische begrenzt sind, ist draußen vor der Tür eine Theke aufgebaut. Es gibt Freibier für alle, womit er sofort einen positiven Kontakt zu den neuen Nachbarn aufbauen kann. Ein DJ, der hier gelegentlich auf dem Kiez in Kneipen auflegt, sorgt für gute Stimmung. Die Eröffnungsparty wird zum vollen Erfolg. Alle Gäste sind sehr zufrieden und »Harrys zweite Chance« ist grandios eingeschlagen.

Doch Harry gibt sich damit nicht zufrieden. Im Rausch nach Erfolg und Anerkennung fängt er an, seine Biografie zu schreiben. Zwar fühlt er sich im Alter von 24 Jahren sehr jung dafür. Doch er denkt sich auch, nun noch alles leicht abrufen zu können, als wenn er schon im Rentenalter wäre. Jeden Abend sitzt er am Computer und versucht sich an Kindheit und Jugend zu erinnern. Wobei ihm dabei nochmal klar wird, dass das Leben ohne Vater durchaus nicht immer angenehm war. Oft sitzt er bis weit nach Mitternacht an seinem Manuskript. Bis dann die Stimme von Jenny durch die Wohnung schallt: »Bitte Schatz, mache Feierabend, bitte komme zu mir ins Bett.« Da ist Harry dann auch nicht abgeneigt, den Arbeitstag zu beenden...

Wenige Wochen später dann die traurige Nachricht, die ihm seine Mutter mitteilt. Die Oma ist im Alter von 80 Jahren gestorben. Sie bekommt eine Lungenentzündung und wird ins Krankenhaus eingeliefert. Doch der Körper ist zu schwach und sie stirbt im Alter von 80 Lebensjahren. Wenige Tage später ist die Beerdigung in Asbeck. Harry kommt mit der Bahn und verbringt die Zeit bis zur Beerdigung bei seiner Mutter. Dabei unterstützt er sie bei der Organisation der Beerdigung.

Bei der Trauerfeier selber wird er von den Verwandten und ehemaligen Nachbarn angestarrt. Schließlich haben sie ihn jahrelang nicht live gesehen und kennen ihn nur noch von den Fernsehauftritten. Beim abschließenden Kaffee in der Gaststätte merken sie allerdings sofort, dass Harry immer noch der Junge von nebenan ist. Er wirkt freundlich und bodenständig und gibt auch gerne den Interessierten Auskünfte, wie es im Showbusiness so läuft. Abends dann ist seine Mutter sehr dankbar und sehr stolz, dass sich Harry so positiv entwickelt hat. Auch Harry freut sich sehr, dass er nach den vielen Sorgen nun seiner Mutter endlich Freude vermitteln kann.

Am nächsten Morgen dann geht die Reise zurück nach Hamburg. In Münster beim Umsteigen trifft er Tina, von der Drogenhilfe Münster. Sie hatte ihn damals beim Einstieg in die Therapie geholfen. »Du Tina, ich bin dir sehr, sehr dankbar, dass du mir beim Weg aus den Drogen und rein in ein neues Leben geholfen hast. Ohne dich wäre ich vielleicht schon tot.« spricht Harry Tina dankbar an. »Das freut mich sehr Harry, dass es dir so gut geht. Doch leider kann ich nicht jedem helfen. Den Heinzi, den kennst du doch, ihr habt ja damals gerne 'Geschäfte' gemacht«. »Ja klar doch Tina, den Heinzi ein ganz Netter, einer der ganz Korrekten in der Drogenszene, was ist mit ihm?« »Du Harry, den Heinzi habe ich wie dich nach Relax in die Therapie vermittelt. Hat am Anfang auch sehr gut geklappt. Doch dann ist er so wie du auf einer Heimfahrt nach Münster rückfällig geworden. Er hat positiv abgepustet und 0,1 Promille gehabt. Wahrscheinlich Restalkohol. Hätte er bei dem geringen Wert den Rückfall zugegeben, dann hätte er bestimmt auf Relax bleiben dürfen. Doch hat er nicht. Er hat es bestritten und wurde entlassen.« erklärt Tina. »Oh man Tina, schlimm« kommentiert Harry. »Doch Harry, es kommt noch viel viel schlimmer. Der Heinzi ist danach wieder voll draufgekommen, Heroin, Kokain, Alkohol, alles mögliche. Und da hat er sich ganz banal aus seiner Wohnung ausgeschlossen. Den Schlüssel innen stecken gelassen. Und was macht der Depp. Er versucht über das Dach durch ein geöffnetes Fenster in seine Wohnung einzusteigen und das im vierten Stock. Dann das Unfassbare, Heinzi stürzt ab, bricht sich das Genick und ist sofort tot.«

...Harry wird ganz blass und steht mit offenem Mund geschockt da: »Man Tina, das ist aber verdammt traurig...« Mit Tränen in den Augen umarmen sich die beiden zum Abschied. »Nochmals danke für alles Tina. Aber eine Kleinigkeit für dich. Ich habe hier zwei Gutscheine, denn ich führe zwei Restaurants in Hamburg. Mit diesen Gutscheinen kannst du mit jeweils zwei Personen umsonst bei mir essen und trinken. Aber du brauchst dich nicht beeilen, denn die Gutscheine verfallen nicht« erklärt ihr Harry zum Abschied.

Harry fährt zurück nach Hamburg und zieht eine traurige Bilanz. Die alten Weggefährten Andre und Hermann hängen an der Nadel und der wirklich feine Kerl Heinzi liegt auf dem Friedhof. »Scheiß Drogen«, flüstert er immer wieder während der Bahnfahrt.

Der Tod von Heinzi belastet Harry hauptsächlich beim Schreiben seiner Biografie. Er denkt dann immer wieder an seine Kindheit und Jugend ohne Vater. Während andere Kinder mit ihren Vätern Fußball spielten oder Ausflüge machten, war er vaterlos. An Sport hatte er kein Interesse und nahm somit auch nicht am Fußballspielen teil. Da Harry sich auch sonst schüchtern und still gab, war er oft alleine und wurde immer mehr zum Außenseiter. Und heute als bekannter Fernsehstar ist er für die Öffentlichkeit so interessant, dass er ein Angebot für seine Autobiografie hat.

Beim Besuch von Kogler in Hamburg, wird nicht nur der »Fernsehdeal« klargemacht. Günter Kogler bringt auch einen Vertrag für ein Buchprojekt mit. Dabei handelte Kogler vorher für Harry aus, dass er bereits nach Fertigstellung des Manuskriptes, 10000 DM bekommen wird. In der Regel zahlen die Verlage erst nach einem Verkaufsjahr 10 Prozent vom Kaufpreis des Buches. Doch der clevere Geschäftsmann Kogler konnte einen guten Vorschuss aushandeln.

Erneut geht es für Harry mit der Bahn nach München. Fünfzehn Folgen für die neue Sendereihe »Harrys Kochshow« sollen produziert werden. Zwar sind ihm viele Mitarbeiter vom SET 7 Redaktionsteam bekannt. Doch dieses Mal steht Harry ganz alleine auf der Bühne. Kein Moderator oder auch andere prominente Fernsehköche werden ihn unterstützen. Das Frappierende seiner neuen Show ist, dass er jeweils drei Kandidaten am Kochtopf betreut, die nach eigenen Angaben noch nie in der Küche tätig geworden sind. Es kann das Muttersöhnchen sein, welches jahrzehntelang von Mutter verwöhnt wurde. Aber auch ein Millionär, der ein Leben lang sich von Haushaltskräften bedienen lässt.

Oder ein Rockstar, der ständig im Hotel lebt und somit keine Küche besitzt.

Genau dieser Musikstar tritt heute bei Harry auf, der Deutschrocker Bodo Blindenberg, ist einer der Gäste in der ersten Sendefolge. Ganz lässig wie immer, mit Sonnenbrille, Hut und schwarzen Klamotten taucht er am Set auf. »Eh Alter, ganz coole Sache heute hier am Set in München. Wir zwei Hamburger Originale rocken das Studio hier. Ich der Musikstar und du der neue Kochsternestar am Himmel. Ich hab da echt Bock drauf, kann keine Tomate von der Gurke unterscheiden, aber wenn du mir hilfst, dann kriegen wir die Leute am Set und im Zuschauerstudio alle satt.« Begrüßt der Wahlhamburger Blindenberg den Wahlhamburger Harry Cocker.

Blindenberg, wie Harry original Münsterländer, macht zwar auf cool und lässig, aber eigentlich ist er ein sehr netter Mensch und so läuft die Zusammenarbeit mit Harry am Herd sehr harmonisch ab. Zwar kocht Blindenberg mit Hut und Sonnenbrille, doch immerhin hat er den langen schwarzen Ledermantel gegen eine weiße Kochschürze umgetauscht. »Du Bodo du siehst echt cool aus in der Schürze, wir kochen heute Sauerbraten. Denn sauer macht lustig, um das Ganze zu toppen, haben wir auch Rotwein, den wir mit einbringen.« »Eh Alter, das glaubt mir im realen Wahnsinn kein Mensch, Rotwein bei der Arbeit beim Braten kochen. Den hast du Filou doch nur für mich mitgebracht.« »Nein Bodo, der gehört in jedem guten Rezept in die Sauerbratensauce. Nimm bitte die Flasche und fülle bitte ein paar Spritzer ein.« Das lässt sich Blindenberg nicht zweimal sagen und haut die halbe Flasche rein. »Eh Harry, mein alter Hamburger Freund, habe ich nun die Alkoholquote erfüllt?« »Viel zu viel Bodo, wir sind doch nachher alle stramm.« »Okay dann muss ich den Rest anders verwerten, wäre doch zu schade, wenn der rote Schampus verschalt« sagt es, lacht und setzt die Flasche an den Hals und trinkt sie komplett leer. »Du

Harry mein Beitrag zu Nachhaltigkeit und Umweltschutz, denn Giftstoffe dürfen nicht in der Toilette oder im Boden landen.« »Eh Alter, hätte man mir vor fünfzig Jahren erzählt, Rotwein in Sauerbraten, da hätte ich doch glatt den Kochlöffel zwischen meine Griffel genommen. Und wäre bestimmt so ein heißer Küchenfreak wie du geworden Harry« stellt Blindenberg fest. »Lieber nicht Bodo, da wären ganz viele Gäste nach deinen Mahlzeiten an Alkoholvergiftung gestorben.« Blindenberg lacht und verabschiedet sich per Shake Hands: »Harry mein alter Junge, komme mal demnächst zu mir alten Knacker auf einen Whisky hoch. Eh du weißt ja Harry, ich wohne ja nur ein paar Meter von deiner Fresskaserne entfernt. Seit Ultimourzeiten residiere ich oben im Atlantikhotel. Aber bitte nicht vor 16 Uhr auftauchen, denn bis dahin brauchen meine Nachteulenaugen Pflege.« »Mache ich Bodo, bis bald« verabschiedet ihn Harry und bekommt tosenden Applaus vom Publikum dafür.

Dem Sender gelingt es, jede Woche interessante, spannende und kuriose Menschen in Harrys Show einzuladen. Promis aus Musik, Kunst und Sport, aber auch normale einfache Menschen mit verrückten Lebensgeschichten oder außergewöhnlichen Hobbys. Harry entwickelt sich zum eleganten, charmanten Talkmaster, wenn er den Gästen zwischen Kochtopf und Herd interessante Fragen stellt. Die Sendung mit Blindenberg, die als erstes ausgestrahlt wird, schlägt ein wie eine Bombe. Blindenberg mit weißem Kittel mit Harry am Herd wird bei mehreren Boulevardblättern auf Seite 1 abgebildet. Da die Quoten der Nachmittagsshow immer höher werden, entschließt sich SET 7 den Zeitpunkt der Sendung zu verlegen. Von nun an ist »Harrys Kochshow« um 20.15 Uhr im Hauptprogramm zu sehen.

Harry ist aber froh, wenn er an ganz normalen Tagen mal in einem seiner beiden Restaurants kochen kann. Mit Paul hat er einen hervorragenden Chefkoch im neuen Kiezrestaurant in der Kleinen Freiheit auf der Reeperbahn. Der Trend geht inzwischen auch beim Essen mehr in die alternative Richtung. Da ist das Restaurant mit dem »Hobbypunker« sehr gut aufgestellt. Paul kann hervorragend vegetarisch und auch vegan kochen. Das zieht ein ganz neues Gästeklientel in »Harry zweite Chance.« Auch hier sind nach kurzer Anlaufzeit sämtliche Tische wochenlang vorher ausgebucht.

Heute Abend steht Harry in seinem Kiezrestaurant und assistiert Paul. Auch wenn er der Chef ist, ordnet er sich Paul doch gerne unter. Paul hat zwei Jahrzehnte bundesweite Kocherfahrung und er freut sich davon profitieren und auch lernen zu können. Freundin Jenny leitet den Service und kommt plötzlich in die Küche gerannt. »Du Harry, da ist gerade ein Mann gekommen, der keinen Tisch bestellt hat. Er will unbedingt mit dir reden und auf keinen Fall wieder gehen. Ich kann ihn nicht abwimmeln, komme doch bitte Schatz und regle du das mit ihm«. »Okay wenn es denn sein muss«, kommt Harry ein wenig genervt mit. »He Harry, wenn der Typ Theater macht und nicht abhauen will, dann sage mir bitte Bescheid«, ruft Paul den beiden hinterher.

»Schönen guten Abend der Herr. Leider kann ich bei uns im Restaurant nur bei vorzeitiger Tischbestellung Beköstigung anbieten. Da wirklich niemand abgesagt hat, ist leider heute nichts möglich«, versucht Harry den Gast freundlich abzuwimmeln. Der Mann ist ungefähr 50 Jahre alt, schlank, hat rote mittellange Haare und Schnauzbart. Er trägt Jeans, eine braune Lederjacke und weiße Turnschuhe. Harry hat den Eindruck, ihn vielleicht schon einmal irgendwo gesehen zu haben.

»Ich möchte nichts essen, ich möchte mich eine halbe Stunde mit ihnen unterhalten«, gibt der Mann zu verstehen. »Sehen sie nicht, was hier los ist. Ich bin heute voll mit in der Küche eingeplant. Da habe ich noch nicht einmal fünf Minuten Zeit. Hier ist meine Karte. Rufen sie mich bitte an, wenn sie einen Geschäfts- oder einen Pressetermin mit mir möchten. Dankeschön!« antwortet Harry energisch und ist schon wieder auf dem Weg in die Küche.»Warten sie! Ich bin Phil Cocker, ich bin ihr Vater, Harry ich bin dein Vater...« ruft der Mann Harry hinterher, als er den Türgriff zur Küche schon in der Hand hat. Harry, der alles genau verstanden hat, bleibt sekundenlang ohne Reaktion wie versteinert stehen. Dann dreht er sich ganz langsam um, geht einige Schritte auf den bis vor wenigen Momenten unbekannten Mann zu und sagt in ganz ruhigen beherrschten Ton:»Sie sind nicht mein Vater. Ich habe keinen Vater. Ich hatte nie einen Vater. Und bitte gehen sie jetzt und betreten nie wieder mein Restaurant!«»Du Harry, lasse mich bitte erklären. Ich war damals ein anderer Mensch und hatte Probleme, gib mir die Chance auf ein kurzes Gespräch. Bitte Harry! Bitte! Bitte! Gib mir die Chance!« versucht sein Vater ihn mit allen Mitteln umzustimmen.

»Fast Fünfundzwanzig Jahre, ein Vierteljahrhundert hast du dich nicht für uns interessiert. Du hast uns verlassen als ich ein Säugling war. Du hast dich kein einziges Mal gemeldet! Hast mich nie angerufen! Nicht einmal zum Geburtstag oder zu Weihnachten! Hast nicht einmal Alimente an Mama gezahlt! Raus! Raus! Raus! Ich will dich nie wieder sehen!« schreit der ansonsten ruhige Harry und verliert dabei total die Fassung.»Okay, mach es gut Harry!« Mit diesen Worten verlässt Phil Cocker schockiert und konsterniert das Lokal.

Jenny, die alles mitbekommen hat, nimmt den inzwischen innerlich zusammengebrochenen Harry in den Arm. Harry heult wie ein Schloßhund. Jenny versucht ihn zu trösten. Auch Paul, der das laute Gespräch mitbekommen hatte, steht im Raum und redet auf Harry ein:»Du, das ist ne harte krasse Nummer Harry. Ich gebe dir heute einfach mal frei Chef, gehe in die Natur, das ist ein schöner Tag heute. Ich kriege das wohl alleine geregelt hier.«»Gute Idee meint Jenny. Wir haben doch Topaushilfen in unserem Personalpool. Ich werde mal telefonisch eine Küchenhilfe für dich Paul und eine Bedienung für mich auf die Schnelle organisieren.« Gesagt getan. Eine halbe Stunde später ist das Restaurantteam wieder komplett.

Jenny nimmt Harry in den Arm und dann steigen die beiden in den Zug. In einer guten Stunde erreichen sie Kiel. Sie sehen sich den Hafen am Strand der Ostsee entlang. »Du Harry, ich verstehe ja wirklich, dass du so sauer auf deinen Vater bist. Aber hättest du nicht ganz kurz mit ihm reden können. Wenn er noch in England wohnt, hat er bestimmt einen langen Weg auf sich genommen.« »Du Jenny, das interessiert mich nicht wirklich. Wahrscheinlich hat er in den Medien davon erfahren, dass es momentan sehr gut bei mir läuft. Da hat er wohl gedacht, fährst du mal eben nach Hamburg und kannst ein paar Mark beim Harry abgreifen. Aber ohne mich Jenny. Von mir bekommt er gar nichts! Da habe ich spontan eine viel bessere Idee, wie ich mein Geld investieren kann.«

Diese Idee setzt Harry schon in den nächsten Tagen um. Er gründet die Spendenorganisation »Kinderfond für Alleinerziehende«. Es sollen Kinder von alleinerziehenden Elternteilen unterstützt werden. Da die Mehrzahl der Väter selten oder gar nicht Alimente zahlt, müssen die Ämter oft in Vorkasse treten. Dabei denkt er auch an seine Mutter, die gar nicht zum Amt gegangen ist, sondern mit der Arbeit in einer Fabrik und etlichen Putzstellen Harry alleine groß gezogen hat. Heute nun kann er Mutter Sylvia mit monatlichen Überweisungen das Leben ein wenig erleichtern.

Mit dieser Spendenorganisation will er Geld für benachteiligte Kinder sammeln. Damit die Mütter, aber auch Väter mit knappem Budget den Kindern zum Beispiel die Mitgliedsbeiträge in Sport- und Freizeitvereinen bezahlen können. Aber auch die Klassenfahrt oder eine private Tagefahrt finanziert werden kann. Harry weiß, es ist ein Tropfen auf den heißen Stein und er kann nur wenigen Familien helfen. Aber er nutzt stetig seine Medienpräsenz und macht in der Öffentlichkeit viel

Werbung für seinen Kinderfond. Immerhin kommen einige 100000 DM zusammen.

Die Spendenorganisation macht Harry noch beliebter und bekannter. Die Popularität wirkt sich positiv auf seine Kochshow aus, die zum wöchentlichen Dauerbrenner wird. Aber auch die Aufmerksamkeit für sein neues Buchprojekt wird erhöht. Nach anderthalb Jahren hat Harry sein Buch fertig geschrieben. Mit Absprache seines Verlages wählt man den Titel:»Mein steiniger Weg zum Sternekoch«. Zeitlich genau passend soll das Buch nun auf der Frankfurter Buchmesse präsentiert werden.

Der Buchverleger und Mentor Günter Kogler nutzen ihre Kontakte, um gezielt PR für Harry zu machen. Es wird extra eine Pressekonferenz einberufen. Am nächsten Tag darf Harry eine Buchlesung durchführen. Zwar hat er in den Wochen vorher fleißig lesen geübt. Allerdings vor so vielen fremden Menschen private Dinge aus seinem Leben vorzulesen, verursacht schon eine gewisse Nervosität in ihm. Trotzdem wird sein etwas holperiger Leseauftritt mit großem Applaus belohnt.

Anschließend werden noch etliche Bücher verkauft, die er signieren darf. Plötzlich hört er eine keifende Stimme aus dem Hintergrund. Ein älterer Herr ruft ihn zu:»Sie sind ja ein Schelm Herr Cocker. Damals im Zug haben sie mir vorgeprahlt, soviel für die Kunst übrig zu haben... Dabei sind sie doch nur ein lausiger Fernsehkoch. Schämen sie sich nicht?« Es ist Marvin Scheich-Franitzki Deutschlands Buchkritiker Nummer 1, der ihn nun freundlich anlächelt.»Sie sehen doch Herr Scheich-Franitzki mit meiner neuen Lektüre bin ich ein wahrer Poet«, grinst Harry dabei frech zurück. Dann lachen beide laut und geben sich zum Abschied kräftig die Hand.

Für die nächsten Wochen hat der Verlag ihm noch eine Lesereise organisiert. Bundesweit wird Harry in Buchhandlungen oder anderen Veranstaltungsorten sein neues Buch vorstellen. Er merkt, die Auseinandersetzung mit manch dunklen Seiten der

Vergangenheit kann durchaus eine gewisse Befreiung bewirken. Zumal diese Veranstaltungen ohne Kamera, dafür aber im kleineren Rahmen, emotional sehr intensiv auf ihn wirken. Oft hat Harry nach den Lesungen Gespräche mit Menschen, die ebenfalls in Krisen steckten oder noch stecken. Daraus ergibt sich dann ein intensiver Austausch.

Neues Highlight in Harrys Karriere soll der Auftritt im Sommergarten des öffentlich-rechtlichen Fernsehens sein. Diese Sendung, die im Sommer jeden Sonntagmorgen läuft, ist mit vielen Stars und auch außergewöhnlichen Programmpunkten gespickt. Angelika Knuvel führt jede Woche gekonnt durch das Programm und der Sender lässt sich oft neue attraktive Aktionen einfallen.

Heute wird um die Wette gekocht. Auf der einen Seite der etablierte, ältere Kochpromi Albert Klitzigmann. Auf der anderen Seite der junge, gerade in die Kochszene aufgerückte Harry Cocker. Dieses Duell ist nicht nur als Alt gegen Jung, sondern auch als Nord gegen Süd Wettkampf inszeniert. Dabei soll Klitzigmann ein spezielles Menü aus Bayern im Wettkampf mit Harry aus Hamburg kochen. In der zweiten Runde wird dann der Spieß umgedreht.

Der erfahrene, etablierte Klitzigmann hat erst einmal Heimrecht und darf sein Gericht bestimmen. Er wählt ganz klassisch das Semmelknödelgericht. In diesem Fall, um Harry ein wenig zu verwirren, die gerösteten Semmelknödel mit Eisbein-Porree-Ragout. Beide kochen nun im Wettkampf wie der Teufel das gleiche Gericht. Sie haben eine Stunde Zeit. Danach müssen drei Kampfrichter entscheiden, wer besser gekocht hat. Der Sieger bekommt einen Punkt. Obwohl Harry sehr gut kocht, entscheiden sich alle Kampfrichter für Klitzigmann und der geht damit in Führung.

Nun ist Revanche angesagt. Harry wählt als Hamburger Menü den Labskaus mit Rote Beete und Matjessalat. Er bevorzugt ein gängiges, eher einfaches Gericht, um dann mit einer sehr leckeren Zubereitung punkten zu können. Dies gelingt ihm durchaus, denn er kann einen 2:1 Sieg der Kampfrichter verbuchen. Eigentlich unentschieden das Duell der Großköche. Aber da Klitzigmann alle drei Entscheidungsbefugte mit seinen Knödeln überzeugen konnte, wird er als Sieger nach Punkten gefeiert. Sozusagen als moralischer Sieger geht er von der Kochbühne.

Harry ist darüber durchaus nicht enttäuscht, denn das Siegerurteil ist vor der Sendung bereits abgesprochen gewesen. Man wollte den Dreisternekoch Klitzigmann auf keinen Fall als Verlierer im Duell gegen den Youngster dastehen lassen. Auch sind beiden Köchen die Gerichte des Gegners schon vor Wochen mitgeteilt worden. So konnte jeder sehr gut vorbereitet in die Sendung gehen. So läuft es halt im Fernsehen denkt Harry und kann trotzdem sehr zufrieden sein, zumal die Gage dieses Mal auch wieder sehr lukrativ ausfällt.

Harry will sich Backstage ein wenig frisch machen und eine Kleinigkeit trinken. Da dieser Aufenthaltsraum für die Künstler eher öffentlich ist, tritt er ohne anzuklopfen ein. Doch dann denkt er, er sieht nicht richtig. Albert Klitzigmann lehnt sich ganz dicht über den Tisch und zieht sich mit einem Geldschein die Line eines weißen Pulvers in die Nase. Harry ist erschrocken und vor allem ist es ihm peinlich: »Entschuldigung, ich hätte klopfen sollen. Auf keinen Fall wollte ich dich stören.« »Alles gut Harry«, antwortet Klitzigmann freundlich und zieht dabei die Nase nochmal hoch, »ich muss mich auf jeden Fall entschuldigen. Dass ich mir hier heimlich einen gezogen habe, ohne dir was anzubieten. Aber das mache ich wieder gut. Ich lege dir hier eine schöne Line Koks auf.« sagt es und tut es. »Bitte, bitte Harry, die ist jetzt nur für dich«. »Ich weiß nicht«, Harry immer noch geschockt, erstarrt und ängstlich, weiß gar nicht was er sagen soll. »Ich habe doch dein Buch gelesen Harry, ich weiß doch, dass du kein Kostverächter bist, ich erzähle es auch niemanden weiter.«

Tausend verschiedene Gedanken kreisen durch Harrys verwirrten Schädel. Pro und Contra halten sich die Waage, bis er dann den Grund für die Entscheidung ausspricht: »Du Albert, einmal ist keinmal, gib mir den Schein, dann ziehe ich mir die Linie gerne rein.« Er nimmt den Hunderter von Klitzigmann und zischt sich die Kokslinie rein. »Boh, das ist gut«, flüstert er Klitzigmann leise zu, wie es halt Kokser nach dem gewissen Ritual gewöhnlich machen. Danach bedienen sich die beiden noch ausgiebig in der Backstagebar. Harry, der vorher nie bei Fernsehauftritten Alkohol getrunken hat, schlägt jetzt mit Klitzigmann radikal zu. Wodka-Lemmon, Gin Tonic, Bacardi-Cola alles was die Bar da Leckeres hergibt. Sie stoßen kräftig miteinander an und zwitschern sich so richtig einen rein. Da die Kokaindosis die Alkoholwirkung übertrumpft, fühlen sie sich keineswegs betrunken. Die beiden Kochprofis feiern und lachen zusammen. Zum Abschluss gibt Klitzigmann noch eine Line aus und beide fahren berauscht und gut gelaunt heim.

Wenige Stunden später im Zug ist die gute Laune plötzlich hin. Beim Runterkommen vom Kokain geht es Harry immer schlechter. Nach dem Hochfahren des Rausches ist er nun ganz steil in einem Tief versackt. Im ICE sucht er das Zugrestaurant auf, um dort auf die Schnelle einige Flaschen Bier zu trinken. Jedoch ohne die bezweckte Wirkung erreichen zu können. Doch nun geht es wirklich noch rapider weiter abwärts. Denn das schlechte Gewissen schlägt nun radikal zu. Nach etlichen Jahren der Abstinenz ist Harry nun auf einmal mitten drin im Rückfall. Ohne Warnung und ohne Anlass auf dem Weg in den Absturz. In seinem Buch und seinen Interviews hat er immer wieder mit der Message vom drogenfreien Leben geprahlt. Und nun, von einer auf die andere Minute ist alles anders...

Als er am nächsten Morgen aufwacht, ist er wie gelähmt. Denn dieser plötzliche Rückfall ist für Harry ein sehr großer Schock. Er weiß, dass er damit alles zerstören kann, was er sich in den letzten Jahren aufgebaut hat. In ihm steckt die nackte Angst, wieder komplett abzurutschen. Lethargisch und verschlossen läuft und wankt er praktisch neben seinem Leben her. Dabei macht er einen großen gravierenden Fehler, denn er holt sich keine professionelle oder auch private Hilfe. Nicht einmal Jenny weiht er in seine Problematik ein. So kämpft er einen tückischen einsamen Kampf, diesen Rückfall zu besiegen.

Inzwischen sind zwei Wochen seit dem Rückfall vergangen. Harry ist auf einem Samstagabend unterwegs zu seinem alternativen Restaurant auf dem Kiez. Nachdem er den S-Bahnhof verlassen hat, läuft er über die Reeperbahn, um über die Große Freiheit zu seinem Restaurant in die Kleine Freiheit zu gelangen. Der Kiez ist wie zu dieser Tageszeit immer mit Tausenden von feierwilligen Menschen gefüllt. Viele sind bereits erheblich angetrunken oder haben andere Drogen konsumiert. In der Großen Freiheit laufen viele Clubs, vor denen sich große Menschengruppen tummeln. Harry erkennt als ehemaliger Dealer sofort, dass hier in der Straße der Drogenhandel floriert. Wer einmal in dieses Business involviert gewesen ist, erkennt sofort, was da so verdeckt in der Menschenmenge abläuft. In den letzten Jahren hat Harry das hier in Hamburg oder an den Bahnhöfen ganz einfach ignoriert. Es interessierte ihn einfach nicht mehr. Doch so kurz nach dem Rückfall sind bei Harry alle Antennen ausgefahren. Es geht ihm schlecht, er befindet sich in einem Loch und ist sehr anfällig. Er weiß, dass es ein Fehler ist, jetzt genau um diese Zeit hier durchzulaufen...

Statt schnell und gezielt diese gefährliche Straße wieder zu verlassen, schlendert er gemütlich. Das Treiben und Gebaren der zahlreichen jungen Leute hier in der Partymeile zu ignorieren, wäre nun das einzig richtige. Doch er tut es nicht. Aufmerksam und suchend schaut er sich die Körperhaltung und die Ausstrahlung der Gesichter der Menschen an.

Er schaut in die Augen eines jungen Mannes, der irgendwie in das Bild eines Menschen passt, der zur Technoszene gehören könnte. Kurze blondierte Haare, extravagante bunte Kleidung und mit Ohrringen und Piercings ausgestattet. Der junge Mann schaut zurück und die suchenden Augen haben sich gefunden. Harry geht auf ihn zu und fragt: »Hast du was 'Schnelles' für mich?«»Ja wenn du Speed meinst, habe ich das für dich Digger. Wieviel brauchst du?«»Gib mal fünf Gramm«, macht Harry sofort Nägel mit Köpfen. »Das kostet hier bei mir einen Hunderter Digger.« Harry weiß, dass dieser Preis hier auf der Straße ein wenig zu teuer ist, aber er hat Geld und will auf offener Straße nicht großartig verhandeln. »Okay her damit.« leitet er das Geschäft ein. »Digger ich übergebe dir jetzt eine Zigarettenschachtel. Du ziehst eine Zigarette raus und tust dafür den Hunderter rein. Dann Digger gibst du mir die Schachtel zurück und bekommst gleichzeitig diese Feuerzeughülle, da ist ein Feuerzeug und natürlich der Stoff drin. Den nimmst du dir, steckst dich aber auch die Kippe an und keiner hat was gesehen Digger.« Da Harry jahrelang in der Drogenszene aktiv war, ist es für ihn kein Problem das Geschäft schnell und unauffällig über die Bühne zu bringen.

Viel größere Probleme bereitet ihm das Rauchen der gerade angesteckten Zigarette. Vier Jahre hatte er nicht geraucht und in wenigen Momenten ist ihm nun schlecht. Trotzdem bewegt er sich nun sehr schnell, um sein Restaurant zu erreichen. Ohne seine Leute zu begrüßen verschwindet er schnell zur Toilette. Auf der Kloschüssel verfeinert er ungefähr ein knappes drittel Gramm der Amphetamine mit seiner Kontokarte. Dann zieht er sich hastig mit einem Geldschein das weiße Pulver rein. In wenigen Sekunden erreicht ihn dann ein kräftiger Schub. Die Ängste und das schlechte Gewissen der letzten Wochen sind plötzlich wie weggeblasen. Das weiße Zeug gibt ihm Power und Adrenalin und die Probleme sind erst einmal verschwunden.

Niemand im Restaurant bemerkt Harrys Drogenkonsum. Auf Speed gibt er Vollgas. Er arbeitet in der Küche und heute sogar im Service mit. Er ist hilfsbereit und hat für jeden seiner Mitarbeiter ein offenes Ohr und auch freundliche Worte übrig.

Nach Feierabend hat er dann noch ein Angebot für Jenny: »Du meine Süße wir waren schon ewig nicht mehr tanzen. Lasse uns doch nebenan in der Großen Freiheit in den Tunnel gehen. Ich war da zwar noch nie drin, aber einige unserer Gäste haben erzählt, dass die da immer sehr gute Techno- und Trancemusik am Laufen haben.« »Du Harry ich habe doch gar keine guten Klamotten zum Ausgehen hier dabei«, sieht Jenny das eher kritisch. »Brauchst du nicht mein Schatz, denn du bist für mich in jedem Outfit eine tolle fantastische Frau. Schürze und Kittel aus und dann gehen wir gleich aus« überzeugt Harry sie. Sie schließen den Laden, laufen nur wenige hundert Meter weiter zur Diskothek Tunnel. Gut 10 Minuten müssen sie in der Warteschlange stehen, dann werden sie eingelassen.

Hier in dem vollen Club geht es heiß her. Ekstatische Technoanhänger tanzen bis zur Erschöpfung. Auch Harry und Jenny suchen die Tanzfläche auf. Der Gang in die Disco hat für Harry einige zusätzliche Aspekte. So voll auf Aufputschdrogen wird er nicht schlafen können, sondern der Körper hat Verlangen nach Action und Bewegung. Auch hat er die Hoffnung, den Dealer vom Abend wieder zu treffen, um neue Geschäfte einzufädeln. Tatsächlich trifft er den jungen Mann, der sich Marco nennt, wieder. Harry kauft reichlich bei ihm Nachschub für die nächsten Tage und deckt sich mit Speed und Ecstasy ein. Dieses Mal findet das Geschäft auf der Herrentoilette statt. Jenny ist heute Abend sehr überrascht, dass Harry so aus sich rauskommt. Eigentlich ein Tanzmuffel, klebt er bei dem harten Technosound stundenlang auf der Tanzfläche. Schließlich um 5 Uhr verlassen die beiden den Tunnel und laufen im Sonnenaufgang zu ihrer Wohnung in Altona.

Während Jenny nach der langen Schicht und der Zusatzeinlage in der Disco vollkommen übermüdet sofort einschläft, ist Harry hellwach. Da er jahrelang keine Aufputschdrogen zu sich genommen hat, ist die Wirkung sehr extrem. Er nutzt diesen

Schub, um die Wohnung gründlich und blitzblank zu putzen. Er fühlt sich topfit und praktisch wie gedopt. Später nimmt er sich noch die Aktenordner der Buchführung vor. Er möchte noch Details finden, um die Erträge und Gewinne der beiden Restaurants weiter auszubauen. Harry sieht sich voll gepuscht wie in seiner Startzeit als Dealer. Er hat den Eindruck, dass ihm nun die Welt zu Füßen liegt.

Harry, der nun weiterhin Drogen nehmen will, muss sich umstellen. Im Gegensatz zu seiner Dealerkarriere muss er seinen Drogenkonsum intensiver verheimlichen. Er ist hier in Hamburg und auch in der Fernsehwelt ein öffentlicher Mann. Da kann er sich keinen Ausrutscher mit Drogen leisten. Die Medien, die ihn bis heute umgarnen, würden ihn dann gnadenlos zerfleischen. Auch der gute Ruf seiner beiden Speiserestaurants steht außerdem auf dem Spiel. Auch hat sich schon oft gezeigt, dass Polizei, Staatsanwälte und Richter bei prominenten Drogenkonsumenten gerne eine harte Verfolgung und Bestrafung ansetzen, um in der Öffentlichkeit ein Exempel zu statuieren. Alles Gründe um sehr vorsichtig zu sein. Doch der Hauptgrund für Harry nicht aufzufliegen ist die Angst, seine geliebte Jenny zu verlieren. Auf keinen Fall darf sie erfahren, dass er wieder drauf ist.

Harry schafft es, Marco als »Dealer des Vertrauens« zu gewinnen. Denn nach mehreren reibungslosen Kaufabläufen gewinnt er dessen Vertrauen und darf zu ihm in die Wohnung. Die Drogengeschäfte werden nicht mehr in der Öffentlichkeit abgewickelt. Da die Geschäfte ohne Telefongespräche laufen, können diese auch nicht abgehört werden. Wenn Harry siebenmal kurz auf die Klingel drückt, weiß Marco Bescheid, wer als Kunde unten steht. Vorteilhaft ist es, dass Marco sehr schnell zu erreichen ist. Er wohnt in dem großen Hochhaus mitten auf der Reeperbahn, in dem unten die populäre Kieztanke integriert ist. Diese Tankstelle am Spielbudenplatz verkauft vor allem am Wochenende mehr Alkohol als Benzin. Ein weiterer Vorteil für

Harry: Marco besitzt keinen Fernseher und liest niemals Zeitungen. Deshalb ahnt er nichts von Harrys Prominenz. Marco lebt in einer illusorischen Welt zwischen Elektromusik, Clubs, Partydrogen und zwischenzeitlichem Abhängen in seiner Einzimmerwohnung. Das Ganze finanziert er mit dem Dealen von Drogen.

Harry gelingt es ganz gut, seinen Drogenkonsum zu verstecken. Da kann er die Erfahrungen, die er als Lehrling im Restaurant und im Gefängnis gesammelt hat, nutzen. Zudem ist er der Chef und bestimmt, wann er kommt oder geht. Auch kann er jederzeit den Arbeitsvorgang verlassen, um sich schnell eine Nase Speed oder eine Ecstasytablette rein zu pfeifen. Es dauert einige Wochen bis sich der Körper auf die Aufputschdrogen eingestellt hat. Am Anfang war das schnelle heftige Schwitzen vor allem bei der Arbeit lästig. Auch das Hunger- und Schlafbedürfnis ist in dieser Zeit kaum vorhanden. Doch nach einigen Wochen hat der Körper sich umgestellt und Harry kann wieder schlafen und essen. Allerdings verändern die Drogen auch die Geschmacksnerven ein wenig. Harry steht nicht mehr so oft an vorderster Stelle in der Küche. Geschickter weise lässt er dann oft die Mitarbeiter abschmecken, ob die Gerichte optimal zubereitet und gewürzt sind.

Eines Abends hilft er kurz vor Feierabend in der Alsterstube mit. Es ist kurz vor Mitternacht und nur noch ein paar Gäste sitzen an diesem herrlichen Spätsommerabend vor dem Restaurant. Harry holt persönlich Geschirr von draußen rein. Ein Mann mit einem schicken Anzug sitzt am Tisch. Harry kennt ihn aus der Presse. Es ist Robert Schrill, der Innensenator und zweite Mann hinter dem Bürgermeister. Schrill gilt als politischer Hardliner und als extravaganter Playboy. Es wird ganz offen gemunkelt, dass der Senator gerne Damen abschleppt und diese dann anschließend nachts in seinem Dienstbüro im Rathaus flach legt.

Schrill ruft nach Harry: »He Cocker, du Kochkünstler, lasse doch die Dreckarbeit von deinem Personal machen, setze dich zu mir an den Tisch und rauche mit mir eine Zigarette.« Harry nimmt die Zigarette an, setzt sich und entgegnet ihm: »Also Herr Schrill bitte, auf mein Personal lasse ich schon mal garnichts kommen. Weder ich oder meine Leute machen irgendeine Drecksarbeit. Weder für sie Herr Schrill noch für sonst jemanden hier in Hamburg!« »Cocker geh doch nicht gleich hoch wie ein HB-Männchen, ziehe doch einen mit und stelle dich nicht so an«, sagt es und tackert mit seiner American Express-Karte zwei fette Lines Kokain auf den Tisch. Prompt folgt die Einladung: »Bitteschön Herr Cocker.« »Erst sie Herr Schrill. Sie sind der Gast, danach gerne ich«, erklärt Harry großzügig und lässt ihm beim Koksen den Vortritt.

Ein kluger Schachzug von Harry, denn da Schrill mitgekokst, hat er Harry später nicht in der Hand. Schrill als ehemaliger Richter, der seit Jahren knallhart gegen die Drogenszene in der Stadt vorgeht, kann sich einen Kokainskandal noch weit weniger leisten wie Harry. Auch wenn die beiden sich nicht besonders mögen, kann sich niemand erlauben, den anderen ans Messer zu liefern.

Kurz danach kommt dann auch seine weibliche Begleitung von der Toilette. Eine junge, blonde, hübsche Frau, bestimmt 20 Jahre jünger als Schrill. »So Cocker, ich bedanke mich für das tolle Ambiente hier, aber es wird nun Zeit. Mareike und ich möchten gehen.« Während Schrill 100 Mark auf den Tisch legt, sagt er noch: »Stimmt so, denn auch ich denke an das Personal.« »Stimmt nicht so«, schimpft die Blondine beim Weggehen, »denn mein Name ist Manuela und nicht Mareike!« »Ja Schrill, bei ihrer hohen politischen Verantwortung in dieser Stadt, ist es nicht immer einfach den kompletten Überblick zu haben!« ruft Harry dem Paar lächelnd hinterher.

Das gelegentliche Rauchen von Zigaretten mit Gästen wie Schrill oder auch seinem Dealer hat Folgen. Nach wenigen Wochen hat er sich auch diese Sucht wieder angeeignet. Seine

Mitarbeiter wundern sich über Harrys neuen Nikotinkonsum, denn sie kannten ihn vorher nur als Nichtraucher. Vor Jenny hingegen versucht er die Sucht geheim zu halten. Doch während man den Konsum synthetischer Drogen nicht riechen kann, ist das beim Nikotinkonsum ganz anders. »Harry du rauchst doch wieder?«, stellt Jenny, selber schon immer Nichtraucherin, ihn zu Rede. »Ja meine Süße ich rauche wieder. Die vielen Termine mit Lesungen, Fernsehen und unseren Restaurants sind oft mit Stress verbunden. Aber ich verspreche es dir. Es ist nur eine Phase. Ich werde beruflich und terminlich kürzer treten und dann bestimmt schnell mit dem Qualmen wieder aufhören«, verspricht er Jenny mit treuen unschuldigen Augen.

Nun versucht er mit einer Klappe zwei Fliegen zu erschlagen. Er ruft Günter Kogler an: »Du Günter ich befinde mich zurzeit in einer arbeitsreichen kritischen Phase. Das Fernsehen, die Buchlesungen und auch meine beiden Restaurants setzen mir ziemlich zu. Wenig private Zeit und dafür ganz viel Stress. Du Günter ich benötige einfach mal eine mehrmonatige Pause. Für unsere Kochsendungen haben wir doch schon für ein halbes Jahr vorproduziert. Und das Buch ist auch schon ein Bestseller geworden und die es wollten, haben es schon gekauft. Deshalb mein Vorschlag, keine Termine in den nächsten Wochen. Also die Fernsehtermine bitte verschieben und die Buchlesungen bitte absagen. Du Günter mein guter Freund und guter geschäftlicher Berater, das ist eine harte Entscheidung. Aber es geht nicht anders. Ich muss auf mich aufpassen und möchte keinen Rückfall riskieren.« »Harry mein junger Freund, ich dachte du wärst zu 1000 Prozent gefestigt. Aber jeder Mensch hat mal eine schwächere Phase. Ich akzeptiere das auf jeden Fall zu 1000 Prozent. Mache deine kreative Pause, entspanne dich und kümmere dich um deine hübsche Freundin. Ich will dich auf keinen Fall verheizen und in Zukunft noch viel mit dir erreichen. Nimm dir die Pause, die du brauchst. Melde dich wieder, wenn deine einzigartige Power zurück ist. Pass auf dich auf Harry!« zeigt sich Kogler sehr verständnisvoll.

Der wirkliche Grund, alle Termine abzusagen und Günter Kogler zu belügen, ist sein Drogenkonsum. Er hat große Angst benebelt oder auch auf Entzug bei einem seiner Auftritte zu versagen. Auf keinen Fall möchte er es riskieren, in diesem oberflächlichen Medienzirkus enttarnt zu werden. Auch plagt ihm das schlechte Gewissen. Denn wenn er bei seinen Auftritten von seiner Wende vom Drogendealer zum erfolgreichen Geschäftsmann spricht, schämt er sich. Er möchte den Leuten nicht groß vorposaunen, was er gar nicht mehr ist...

Finanziell braucht er sich momentan keine Sorgen zu machen. Die beiden Restaurants laufen so gut, dass trotz Miete und Kreditabzahlung immer noch monatlich gute Gewinne übrig bleiben. Buchverkäufe und Fernsehaufnahmen haben sein Konto mit über einer halben Million DM gefüllt. Durch den Rückzug aus der Öffentlichkeit stehen die Chancen besser, dass sein Rückfall nicht auffliegt. Doch wird ihm das auch bei Jenny gelingen?

Wenige Tage später will sich Harry bei Marco seinen Drogenvorrat wieder auffüllen. Doch direkt vor dem Hochhaus sieht er drei Polizeiwagen stehen. Die leeren Wagen parken wild mit leuchtendem Warnblinklicht. Für jedermann eindeutig, dass da gerade ein Polizeieinsatz stattfindet. Harry möchte kein Risiko eingehen. Deshalb geht er unauffällig in die Tankstelle und besorgt sich Süßigkeiten.

Doch als er dann rausgeht, sieht er einen für ihn folgenschweren Polizeieinsatz. Die Ordnungshüter führen Marco mit Handschellen auf dem Rücken aus dem Haus. Drücken ihn in einen Polizeiwagen und fahren davon. Während die anderen Polizisten vor Ort bleiben, um dann wohl auf die Spurensicherung zu warten. Aus eigenen Erfahrungen weiß Harry, dass die Wohnung von Marco nun auf den Kopf gestellt wird. Einerseits hat Harry keine Fingerabdrücke in der Wohnung gelassen, denn er trug cleverer weise immer Handschuhe beim Drogenkauf. Doch er weiß natürlich nicht, wie redefreudig Marco sein wird, wenn die Polizei ihm vermeintlich gute Angebote macht. Doch Marco kennt nur Harrys Vornamen und weiß nichts von dessen Prominenz, was ihn dann doch beruhigt. Beunruhigt ist er nur, dass ihm in den nächsten Tagen die Drogen ausgehen. Und sein Promistatus den unauffälligen Drogenkauf schwierig macht.

Bis zum Wochenende, wo er auf dem Kiez in gewissen Straßen und Klubs synthetische Drogen kaufen könnte, sind es noch einige Tage. Deshalb entschließt er sich, mitten in der Drogenszene am Hamburger Hauptbahnhof Drogen zu besorgen. Er bereitet sich aber akribisch vor, um sein Aussehen zu verschleiern. Beim Augenoptiker besorgt er sich Kontaktlinsen. Um dann mit einer dunklen Brille zur Tarnung die Augen zu verdecken. Über den Kopf streift er sich eine Sturmhaube, die er in einem Sportgeschäft gekauft hat. Die Haube ist bunt und sportlich, denn Harry möchte nicht wie ein Bankräuber wirken. Doch die Verkleidung sitzt, denn als er sich zwischen die Süchtigen am Hauptbahnhof begibt, ahnt niemand das Harry Cocker unter ihnen ist.

Viele laufen wie Marktschreier über die »Platte« und rufen Schore, Haschisch, Valium, Rivrotril oder Methadon. Aber niemand der Speed oder Ecstasy anbietet. Harry fragt einige der Betroffenen, von denen er vermutet, dass sie schon jahrelang hier abhängen würden. Alle bestätigen, das Schore(Heroin), Kokain und Hasch die gängigen Drogen hier sind. Die sogenannten »Chemiedrogen« will hier keiner, ist die gängige Meinung. Um nicht ganz leer auszugehen, entschließt er sich für 100 DM ein dutzend Schorebriefchen zu kaufen. In diesen kleinen zusammengefalteten Papierbriefchen soll sich jeweils 0,1 Gramm Heroin befinden. Ganz in der Nähe in einer Telefonzelle kostet er schnell von dem für ihn neuartigen Stoff. Er zieht sich eine Nase rein, vermisst aber die kräftige aggressive Wirkung wie beim

Speed. Während die Amphetamine sofort kommen, lässt die Wirkung beim Heroin auf sich warten. Doch plötzlich, als er durch die Wandelhalle des Hauptbahnhofes schreitet, ist sie plötzlich da. Diese außerordentliche Wärme. Obwohl er zwischen Hunderten von fremden Leuten schreitet, hat er einerseits ein beruhigendes entspanntes Gefühl, als wenn eine unsichtbare sichere Schutzhülle um ihn angelegt wäre. Andererseits aber auch eine außerordentlich extreme Euphorie, in der keinerlei Platz für irgendwelche Sorgen und Ängste wären. Harry genießt dieses einzigartige Feeling, das er von nun an immer öfter haben möchte.

Heroin ist die neue Droge, die Harry Wärme, Zuversicht und Sicherheit geben soll. Auch hier braucht der Körper einige Tage, bis er sich daran gewöhnt hat. Doch zu dem Zeitpunkt wo der Körper sich zu sehr an den Stoff gewöhnt hat und dieser dann dem Körper nicht verabreicht wird, kommt es zum Entzug. Harry merkt nach mehreren Wochen Konsum, dass er immer rechtzeitig nachlegen muss, um nicht entzügig zu werden. Besonders morgens ist es wichtig, diesen »Turkey« zu betäuben. Für Harry wird es nun noch wichtiger, immer genug Heroin in Reserve zu haben. Aber auch entscheidend, dabei nicht entdeckt zu werden. Den Stoff nimmt er in der Regel heimlich auf der Toilette. Wichtig ist, die Toilettentür auch zuhause immer abzuschließen, damit nicht Jenny überraschend reinkommt. Dieses Doppelleben zerrt in gewisser Weise. Auch in der Beschaffung muss er vorsichtig sein. Sich vermummen, um nicht erkannt zu werden. Auch bei seinem Namen geht er auf die Nummer Sicherheit und nennt sich nun Mike in der Szene. Vorsicht ist bei der Drogenübergabe geboten, um nicht hochzugehen und dann verhaftet zu werden.

Harry ist ganz froh, dass er das Vertrauen eines Dealers gewinnen kann, bei dem er schon mehrmals gekauft hat. Der Dealer, mit dem Vornamen Mehmet, gibt ihm eine Telefonnummer. Auf diese Prepaidnummer, wie Harry vermutet, soll er ihn anrufen, wenn er Stoff braucht. Aber auf keinen Fall per Handy, sondern immer aus einer Telefonzelle heraus. Von dort aus soll Harry die Anweisung bekommen, in welche S-Bahn oder U-Bahn er einzusteigen hat. Heute ruft Harry Mehmet zum ersten Mal an. »Du steigst gleich um 11.16 in die S 3 nach Pinneberg ein. Und setzt dich ganz nach vorne rechts auf einen Vierersitz. Dann wartest du einfach ab und irgendwann steige ich dazu. Alles klar Mike?« »Okay alles Roger« antwortet Harry.

Über 10 Minuten passiert gar nichts, bis plötzlich nach der Haltestelle Stellingen, Mehmet von hinten kommt und sich zu Harry in den Vierer setzt. Er zeigt Harry den Heroinbeutel, den er in der Innenfläche der Hand versteckt hat. Nachdem Harry ihm 150 DM gegeben hat, bekommt er die vereinbarten 5 Gramm Heroin. Alles geschieht bis dahin wortlos. »Bleib sitzen Mike«, sagt Mehmet und steigt an der nächsten S-Bahn-Station auch schon wieder aus. Harry geht danach sofort an der Elbgaustraße raus, um dann die fünf Stationen bis Altona zurückzufahren.

Da Jenny bereits am Arbeiten ist, kann er dort in seiner Wohnung den Stoff in Ruhe testen. Harry versucht sich den Stoff in kleinen Portionen einzuteilen, um länger damit auszukommen. Auch möchte er die Schore dosiert nehmen, um nicht auf einem Schlag total breit und müde aufzufallen. Trotzdem ist Harry oft nicht so richtig bei der Sache. Dies wird aber von seinen Mitarbeitern und Jenny nicht so tragisch gesehen. Denn sie denken, dass Harry als Jungunternehmer mit seinen beiden florierenden Restaurants einfach sehr viel zu tun hat.

Harry benötigt immer mehr Heroin und so werden seine Bestellungen auch größer. Um auch mal einen größeren Vorrat von dem Stoff zu besitzen, geht Harry aufs Ganze: »Du, ich benötige dieses Mal 100 CDs für meinen Plattenladen, kannst du heute noch liefern Mehmet? Aber bei der Menge muss der Kurs auch stimmen.« Stellt Harry klar. »Okay Mike, da kann ich dir die Tonträger für 2000 anbieten. Für die Lieferung benötigen wir dann ein wenig länger. Rufe mich biete heute Abend so gegen 20 Uhr an.« »Okay«, gibt Harry kurz zu verstehen, um dann abends folgende Anweisung zu bekommen: »Steige um 21.03 Uhr ab Hauptbahnhof in die U 1. Haltestelle Borgweg-Stadtpark aussteigen. Den Ausgang Borgweg nehmen, dann sofort rechts in den Südring. Wenige hundert Meter weiter am Stadtparksee wirst du erwartet.«

Zwar ist Harry ein wenig überrascht, heute in den dunklen Stadtpark gehen zu müssen. Aber er denkt sich, dass Mehmet bei diesem hochkarätigen Geschäft noch mehr auf Sicherheit gehen will. Es herrscht typisches Herbstwetter, als Harry an diesem Novemberabend durch den Stadtpark schleicht. Er hat in seiner Dealerzeit schon größere Geschäfte über die Bühne gebracht und hat keinerlei Bedenken, dass heute irgendetwas schief gehen wird.

Doch als nur noch wenige Meter zum Stadtparksee zu laufen sind, springen plötzlich drei maskierte Gestalten aus dem Gebüsch. Ohne Vorwarnung mit lautem Geschrei schlagen sie mit Gummiknüppeln auf ihn ein. Harry hat keine Chance sich zu wehren und wird zu Boden gerissen. Als er am Boden liegt, bekommt er noch Tritte ins Gesicht. Dann rollen sie ihn auf den Bauch und ziehen seine Arme ganz brutal auf den Rücken. Dabei hat Harry wahnsinnige Schmerzen und das Gefühl, man würde ihn beide Arme brechen. Die Verbrecher nehmen ihm das Portemonnaie mit über 2000 DM und das Handy ab. Zum Abschluss durchsuchen sie ihn noch mal vollständig und lassen ihn dann schwer verletzt auf dem Feldweg liegen.

Dieser Raubüberfall kam so überraschend und blitzschnell, dass Harry gar nicht realisieren kann, was da gerade passiert ist. Zunächst kann er sich gar nicht erheben. Bis schließlich ein Spaziergänger mit einem Hund an den Tatort kommt. Er sieht Harry da liegen und will ihm aufhelfen. Merkt aber sofort, dass er da nicht viel ausrichten kann. Der Spaziergänger, ein älterer Herr, sagt zu Harry: »Ich rufe Rettungswagen und Polizei.« »Keine Polizei« stöhnt Harry. Auf diese Aussage reagiert der Spaziergänger gar nicht, zumal er merkt, dass Harry wirklich schwer verletzt ist. Er ruft an und es dauert keine zehn Minuten bis Rettungs- und Polizeiwagen am Tatort sind. Die Notfallsanitäter stellen sofort den Ernst der Lage fest. Legen Harry auf eine Bahre und fahren ihn mit Blaulicht in die Notfallambulanz der Zentralklinik Hamburg. Dort stellt man etliche Prellungen und Blutergüsse im Schulter- und Brustbereich fest. Auch heftige blutige Platzwunden am Kopf und im Gesicht sowie eine schwere Gehirnerschütterung. Da Harrys Zustand nicht lebensbedrohlich ist, wird er auf ein normales Krankenzimmer gebracht.

Als Harry am nächsten Morgen wach wird, sind die Schmerzen aushaltbar. Doch sein Problem ist der Drogenentzug, der am frühen Morgen sehr stark einsetzt. Er ruft dann eine Krankenschwester und bittet diese wegen einer akuten Erkrankung den Abteilungsarzt zu rufen. Als der Arzt kurz danach das Zimmer betritt und fragt: »Herr Cocker, sie haben eine akute Erkrankung?« »Ja Herr Doktor«, flüstert Harry schwerfällig, »aber zunächst einmal... Sie haben doch die Schweigepflicht?«

»Gewiss Herr Cocker, jeder Patient, egal in welcher Stellung oder auch welcher Herkunft, steht unter dem Schutz der Schweigepflicht. Also wo drückt der Schuh?« »Herr Doktor ich bin drogenabhängig und schon länger auf Heroin und der Entzug hat bei mir heute Morgen eingesetzt.« »Ich verstehe Herr Cocker, es ist nicht selten, dass Menschen hier eingeliefert werden, die auf Entzug sind. Doch das müssen wir natürlich überprüfen. Sie geben bitte gleich eine Urinprobe ab. Wenn sich der Schnelltest dann auf Opiate positiv zeigt, haben wir die Sicherheit. Dann bekommen sie täglich einmal Methadon gegen den Entzug. Zwei Fragen noch, einmal hinsichtlich der Dosis des Methadons. Wie viel Heroin konsumieren Sie täglich? Und darf ich ihnen Kontakt zu einer Drogenberatungsstelle anbahnen, die ihnen in Ihrer Problematik Hilfe anbieten kann?« »Ich habe täglich drei bis vier Gramm Heroin geschnupft. Kontakt zur Drogenberatung möchte ich lieber selbständig aufnehmen, wenn ich wieder draußen bin, aber vielen Dank für ihre Hilfe und ihre Empfehlung Herr Doktor« erklärt Harry am Ende des Gespräches.

Da sein Test positiv verlaufen ist, bekommt er Methadon, das Ersatzmedikament gegen Heroin verabreicht. Eine knappe Stunde später geht es ihm deutlich besser. So ist er auch in der Lage ein erstes Zeugengespräch mit der Polizei zu führen. Der Kriminalbeamte fragt: »Herr Cocker, schildern sie bitte kurz die Tat. Es war zwar stockdunkel, aber vielleicht haben sie irgendjemanden erkannt? Oder Auffälliges bemerkt?« »Da ich im Gastronomiebereich viel um die Ohren habe, gehe ich gerne mal abends ein wenig spazieren, um den Kopf frei zu bekommen. Das dann plötzlich drei dunkle Gestalten aus dem Nichts kommen und mich wegen ein paar Mark krankenhausreif schlagen, da rechnet ja niemand mit. Wegen 150 Mark und einem alten Handy hauen die mich zusammen. Aber keine Ahnung, habe niemanden erkannt, waren ja alle komplett vermummt.« »Ja 150 Mark durch drei Täter, da bleibt nicht viel für jeden übrig. Also kann man da andere Motive vermuten? Sie sind ja wirklich sehr bekannt, nicht nur hier in Hamburg Herr Cocker. Auch kennen wir natürlich ihre Polizeiakte. Kann es sein, dass es eine Abrechnung aus ihrem alten Leben ist. Oder haben sie Feinde, Stalker oder einfach nur Neider?« fragt der Kripomann, der in viele Richtungen ermitteln möchte. »Also ich habe keine Feinde, absolut keine, ich weiß wirklich nicht, wer dahintersteckt. Keine Ahnung.« erklärt Harry zum Abschluss der Befragung.

Da die Krankenhausleitung auch Jenny verständigt hat, sitzt sie kurz danach sehr besorgt und traurig am Bett. »Was sind das nur für Schweine, dann noch zu dritt. Wie kann man einem tollen Menschen wie dir mein Schatz, nur so etwas antun«, sagt sie leise mit Tränen in den Augen. Harry guckt traurig und schüttelt nur mit dem Kopf.

Ebenfalls ratlos wirkt Harry, als seine Mitarbeiter ihn am nächsten Tag in der Klinik besuchen. Sie haben Boulevardblätter, auf denen er groß auf der Titelseite platziert ist. Fotos zeigen, wie Harry blutig und schwer verletzt auf einer Bahre weggetragen wird. Mit reißerischen Schlagzeigen wie »Fernsehkoch brutal zusammengeschlagen« oder »Harry Cocker brutal ausgeraubt«. Harry ist total sauer, vor allem wegen der Fotos. Irgendeine undichte Stelle im Rettungs- oder Krankenhausdienst muss heimliche Fotos gemacht haben. Harry fühlt sich doppelt verraten und verkauft. Einmal von Mehmet, den er als möglichen Auftraggeber des Überfalls sieht, und irgendwelchen Unbeteiligten, die auf seine Kosten wohl ein paar Mark gemacht haben werden.

Nach nur einer Woche wird er aus dem Krankenhaus entlassen. Er lehnt alle Interviews mit Presse und Medien ab und beruft sich darauf, dass es sich um ein schwebendes Verfahren handelt. Aus dem Krankenhaus raus, läuft auch seine Substitution gegen seinen Heroinentzug aus. Oft hat er schon gehört, ein Urlaub in der Sonne würde den Heroinentzug erleichtern. Noch am gleichen Tag geht er in ein Reisebüro und bucht ganz spontan einen Urlaub über zehn Tag nach Tunesien. »Du Jenny mein Schatz«, hält er ihr zwei Flugtickets und die Unterlagen der Reise entgegen, »wir verschwinden für zehn Tag nach Tunis in die Sonne. Einfach mal raus hier.« »Du bist verrückt Harry!« ruft sie zurück. »Komme mit mein Schatz. Wir sind nun zwei Jahre zusammen und haben noch nie gemeinsam Urlaub gemacht.« bekräftigt Harry zum Ende des Gesprächs.

Am nächsten Morgen steigen sie gemeinsam am Hamburger Flughafen in den Flieger. Beide sind noch nie geflogen und deswegen ein wenig nervös, bevor es losgeht. Allerdings hat Harry erhebliche Probleme mit dem Drogenentzug und ist froh, nachher im Hotelbett zu liegen. Sie sind in einem Allinklusive-Hotel und genießen den Luxus, sich bedienen zu lassen. Tatsächlich nach drei Tagen in der milden Herbstsonne von Tunis verschwindet der Drogenentzug aus seinem Körper. Die Entzugserscheinungen waren Jenny nicht verborgen geblieben. Aber sehr geschickt konnte er diese Symptome auf Nachwirkungen aus dem Raubüberfall schieben.

Nach einem am Ende doch schönen und entspannten Urlaub fliegt das Paar gut erholt zurück nach Deutschland. Jenny kann mit neuer Energie in »Harrys zweiter Chance« den Servicebereich organisieren und Harry geht mit Elan in die Geschäftsführung beider Restaurants. Die Arbeit und die Beziehung zu Jenny lenken ihn ab und im Laufe der Wochen vergisst er immer mehr die Drogen.

Bis nach einigen Wochen sich dann mal wieder Günter Kogler meldet: »Du Harry, ich hoffe du hast meine Genesungskarte ins Krankenhaus bekommen. Und ich hoffe, die brutalen Täter werden bald gefasst. Aber jetzt sind ja schon ein paar Monate vergangen. Du Harry, der Grund meines Anrufs: Ich brauche dich unbedingt wieder für das Fernsehen. Dein Nachfolger für das »Kulinarische Quintett«, der Kim Pelzer, fällt momentan aus, er fühlt sich schlicht ausgebrannt. Dann habe ich noch Schlichter und Schlafer und Alfred Schlubeck gefragt, alle haben abgesagt. Auch wenn ich schlecht in Mathe bin, aber fürs Quintett brauche ich fünf Personen. Deshalb du mein Freund, kannst du wenigstens nochmal für sechs Sendungen einspringen. Wir wollen nächste Woche an zwei Tagen die Sendungen einspielen. Bitte Harry lasse mich nicht hängen.« Harry überlegt kurz, um zu antworten: »Okay Günter, du bist ja auch nicht der Schlechteste. Ich bin dabei.«

Nach knapp einem Jahr reist Harry erstmals wieder nach München. Er freut sich, denn er ist clean und fühlt sich wieder topfit für das Fernsehbusiness. Im gewohnten Fünferteam mit vier erfahrenen Fernsehköchen läuft Harry, als wäre er nie weg gewesen, zu gewohnter Form auf. Das Comeback, so scheint es, ist Harry einmal mehr hervorragend gelungen.

Als er dann am späten Freitagabend die Tür zur gemeinsamen Wohnung in Altona aufschließt, freut er sich auf ein schönes entspanntes Wochenende mit Jenny. Beide haben laut Dienstplan das ganze Wochenende frei. Als er die Wohnung betritt, sieht er Licht brennen und ruft: »Hallo meine Süße, da bin ich wieder. Wie geht es Dir?« Als er keine Antwort und keine Reaktion hört, fragt er nach: »Wo steckst du denn? Was ist denn los mein Schatz?« Im gleichen Moment kommt Jenny aus dem Schlafzimmer gestürmt. Mit kurzen, heftigen Schritten und einem todernsten Blick, den Harry noch nie bei ihr gesehen hat. Sie schaut ihm dabei ganz tief, fest und immer noch sehr ernst in die Augen. Um dann einen halben Meter vor ihm abzustoppen und zu schreien: »Sieh mal hier! Genau das hier ist los!« Im gleichen Moment wirft sie einen kleinen, durchsichtigen Plastikbeutel auf den Tisch. In diesem Beutel befinden sich knapp zehn Gramm Heroin. Ein Beutel, den Harry einige Wochen vor dem Überfall von Mehmet bezogen hatte. Harry begreift sofort, dass er die Drogen im Rausch irgendwo im Wohnzimmer versteckte und sie später schlicht nicht wiederfand.

Harry, plötzlich ganz bleich und blass mit zittrigen Händen und schwacher, unsicherer Stimme versucht zu retten, was zu retten ist: »Du Jenny mache dir bitte keine Gedanken. Der Heroinbeutel ist von mir. Die Drogen habe ich vor dem Überfall hier in der Wohnung versteckt. Ich habe sie nicht wieder gefunden. Aber mache dir keine Sorgen, ich war damals ein paar Monate drauf. Aber seit dem Überfall bin ich schon über ein halbes Jahr wieder clean.« Jenny stockt der Atem. Sie ringt nach Luft, um dann wütend auszuholen: »Du spinnst wohl, du versteckst einen Packen harte Drogen in unserer Wohnung und tust so als wenn das das Normalste der Welt wäre. Du belügst mich monatelang! Jetzt wird mir einiges klar, denn auch dieser Überfall war doch bestimmt kein Zufall! Du bist hinter meinem Rücken voll drauf und machst nun auf Friede, Freude, Eierkuchen! Mensch Harry, hast du überhaupt keinen Schimmer Vertrauen zu mir? Warum hast du zu keiner Zeit mit mir geredet?«

»Ich hatte sehr große Angst, dich zu verlieren. Deshalb habe ich es dir verschwiegen. Aber heute ist alles anders, das Ganze ist vorbei!« versucht er sich zu rechtfertigen. Da hast du nun Recht Harry, es ist vorbei… Denn nun hast du mich verloren. Ich packe jetzt und ziehe aus!« ruft sie ihm im Weggehen zu und knallt dabei die Schlafzimmertür zu. »Bitte, bitte Jenny bleibe hier. Bitte, bitte verlasse mich nicht!« fleht Harry immer wieder und rennt dabei ziellos durch die Wohnung. Doch Jenny packt in wenigen Minuten die wichtigsten Sachen zusammen und verlässt fluchtartig die Wohnung.

Jenny zieht nicht nur aus, sondern kündigt auch ihren Job im Restaurant von Harry. Auch das hinterlässt eine große Lücke. Denn Jenny hat nicht nur den Service geleitet, sondern auch viel im Bereich Einkaufsplanung, Tischreservierung und Buchführung zum Erfolg von Harrys zweiten Lokal beigetragen. Diese Lücke versucht er nun mit Henri vorerst zu überbrücken. Henri, seine »Allzweckwaffe« in der Alsterstube, soll nun auch im Restaurant auf der Reeperbahn vermehrt eingesetzt werden. Zwar war er schon als Fahrer und Lieferant für Lebensmittel zuständig, doch nun soll er auch regelmäßig für die organisatorischen Sachen in diesem Restaurant zuständig sein. Harry bittet Henri um Überstunden und bietet ihm eine Gehaltserhöhung an. Dieses Angebot nimmt Henri, der zurzeit Single ist, sehr gerne an.

Arbeitstechnisch kann Harry die Lücke irgendwie schließen, aber emotional führt ihn die Trennung in ein sehr großes Loch. Traurig wacht er morgens auf und geht ebenso traurig ins Bett. Seine Mitarbeiter spüren seine Lethargie und Lustlosigkeit. Sie haben Verständnis dafür, dass er wegen der Trennung in ein Loch gefallen ist. Doch da er sich in den letzten Jahren ein auch menschlich zuverlässiges Team aufgebaut hat, entsteht durch seinen mangelnden Einsatz kein wirtschaftlicher Schaden. Doch Harry hat ganz andere Sorgen, denn seine Rückfallgefahr ist nun stetig gestiegen. Seit gut einem halben Jahr erst wieder clean, ist er keineswegs gefestigt. Bei jedem Ausgang, bei jeder Fahrt im öffentlichen Nahverkehr lauert die Droge. Als jahrelanger Konsument weiß er genau, wie schnell er an den Stoff rankommen kann. Hauptbahnhof, Sankt Georg, Sternschanze und Reeperbahn sind die Drogenschwerpunkte in Hamburg. Zusätzlich werden in vielen Parks und etlichen U- und S-Bahn-Stationen gezielt Drogen angeboten. Und Harry erkennt sofort an den Blicken der Dealer, dass sie verkaufsbereit sind.

Aber Harry verhält sich in diesen harten Wochen sehr tapfer. Auch hat er nun seinen eigenen Stolz entwickelt. Er ruft Jenny nicht mehr an, läuft ihr nicht nach und möchte auf keinen Fall wegen ihr rückfällig werden. Dennoch er ist sehr traurig, denn diese Lücke in seinem Leben lässt sich zunächst nicht schließen.

Mit gemischten Gefühlen fährt Harry bereits kurz nach 3 Uhr Richtung München. Eine Woche lang sollen neue Folgen für »Harrys Kochshow« gedreht werden. Harry zweifelt sehr, ob er momentan überhaupt die Lockerheit und Spritzigkeit für die Sendeaufnahmen des Formats besitzt. Nach der langen Zugfahrt, kommt er kurz vor 10 Uhr in München an. Er legt sein Gepäck im Hotel ab, duscht kurz, um frisch zu wirken. Wenig entspannt fährt er weiter mit dem Taxi zum Aufnahmestudio nach Unterföhring. »Sind sie nicht der berühmte Koch Harry Cocker«, fragt ihn der Taxifahrer am Ende der Fahrt. »Ja der bin ich und vielen Dank für Ihre Bemühungen«, antwortet Harry ihm und überreicht ihm zusätzlich zum Fahrbetrag noch 9 DM Trinkgeld. Dieses Gefühl überall und immer erkannt zu werden, verunsichert ihn zusätzlich. Denn er weiß, er darf sich keinen Ausrutscher leisten. Ein erneuter Rückfall könnte seine Karriere und sogar seine Existenz vernichten.

Bei der Begrüßung mit dem Redaktions- und Aufnahmeteam gibt sich Harry noch ruhig und entspannt. Doch innerlich ist er total aufgedreht. Liebeskummer und Entzugsqualen zermürben ihn innerlich. Bei der Aufnahme der ersten Sendung ist er total nervös und zerfahren. Er verwechselt die Namen der drei Gäste mit denen er kochen soll. Er blickt dauernd in die falsche Kamera. Verspricht sich bei jedem zweiten Satz. Das heutige Gericht, das zubereitet werden soll, kündigt er nicht als Kochroulade in Wirsing, sondern als Kohlroulade in Pfirsich an. Für die Zuschauer im Studio wirkt das anfangs noch lustig und stimmungsfördernd. Denn sie denken, der Fernsehprofi Harry schiebt diese Gags als Lacher für das Publikum ein. Doch spätestens nach zehn Minuten merken die Zuschauer im Raum und auch das Fernsehteam, dass mit Harry irgendwas nicht stimmt. Plötzlich zieht Harry selber die Reißleine: »Ja liebe Kandidaten, liebe Zuschauer und auch liebes SET 7-Fernsehteam« setzt er an, »ich habe seit Tagen entsetzliche Kopfschmerzen, möglicherweise eine Migräne. Habe schon einige Tabletten genommen. Doch die haben keineswegs gewirkt. Da ich tagelang nicht schlafen konnte, habe ich keine Kraft. Ich bin absolut fix und fertig. Ich bitte, dass wir die Aufnahmen heute stoppen. Ich werde gleich einen Arzt aufsuchen, und dann hoffe ich, dass wir morgen weitermachen können.«

Diese gekonnte Schauspieleinlage haben wirklich alle Harry abgenommen und sie zeigt Wirkung. Das Fernsehteam ist bereit, für heute Schluss zu machen. Auch die Zuschauer und die drei Kandidaten sind nicht enttäuscht, denn sie können ohne Einbußen am nächsten Samstag mit Harry die Sendung nachholen. Das Redaktions-Team hat ganz flexibel diesen an sich drehfreien Tag als Ersatztermin eingebaut.

Fluchtartig verlässt Harry das Studio, um mit dem Taxi zu seinem Hotel zu fahren. Er bekleidet sich mit Schal und Pudelmütze und setzt eine dunkle Brille auf. Dann sucht er aber keinen Arzt auf, sondern hat ganz andere Pläne. Vermummt läuft er zum Hauptbahnhof, um sich Drogen zu kaufen. Er will sich auf die Schnelle einen Drogenvorrat für die nächsten Tage erwerben. Er hofft, wenn er den Stoff drin hat, dass er so gedopt ist, um wieder problemlos fürs Fernsehen moderieren zu können.

Da im Gegensatz zu Hamburg hier in München keine offene Drogenszene am Hauptbahnhof zu sehen ist, muss sich Harry was einfallen lassen. Er sieht einen jungen Mann, der schon eindeutig von der Sucht gezeichnet ist. Ungepflegt, unrasiert und nur noch wenig Zähne im Mund deuten auf eine Junkiekarriere hin. »Grüß Gott, ich bin hier neu. Aber du kennst dich doch bestimmt hier aus.« spricht Harry ihn an. »Ich suche jemanden, der mir gutes Koks verkauft. Kannst du mir dabei vielleicht helfen?« Dabei wedelt Harry schon mit einem 20 DM-Schein in der Hand. »Grüß Gott Kollege. Da fährst du hier mit der U-Bahn eine Station zum Sendlinger Tor. Dahinter sind ein Platz und ein Park. Dort stehen immer viele Typen rum. Am besten fragst du nach Carlo, der hat den besten Stoff hier« antwortet er und hält die Hand auf. »Danke Kollege«, entgegnet Harry und drückt ihm den Geldschein in die Hand.

Als er das Sendlinger Tor erreicht hat, sieht er sofort den Platz, den der Mann ihm empfohlen hat. Bestimmt zwanzig Menschen die mit dem Makel der Drogenabhängigkeit ausgestattet zu sein scheinen, sieht er hier rumstehen oder sitzen. Harry fragt ganz offen eine junge, circa 25 Jahre alte Frau mit ungepflegten ungewaschenen Haaren und schwarzen abgebrochenen Zähnen im Mund: »Kennst du den Carlo, der soll gutes Weißes haben?« »Wieso?« fragt die Frau, die nach Harrys Empfinden von Natur aus wohl ein bildhübsches Mädchen gewesen war. »Ich brauche unbedingt was. Ich gebe dir einen Zwani, wenn du mir einen Deal mit ihm vermitteltest«, schlägt ihr Harry vor und hält auch ihr den Schein entgegen. »Der kommt immer um 14 Uhr, aber gebe mir bitte einen Zehner Vorschuss, dann kann ich meinen Affen töten«, antwortet sie mit zittrigen Fingern. »Okay«, sagt Harry großzügig, »Hier hast Du den Zwani und du kannst deinen Turkey betäuben, aber komme bitte wieder. Ich lege noch einen Zehner drauf, wenn der Deal dann später klappt.« »Danke das ist sehr großzügig von dir. Aber du bist nicht von hier? Die Typen hier sind alle sehr abgefahren. Keiner gönnt dir das Schwarze unter dem Fingernagel. Und wenn du nicht aufpasst, hast du ein Messer im Rücken.« »Da hast du Recht Mädchen! Ich bin zwar nur auf der Durchreise, aber solche Typen, wie du sie beschrieben hast, gibt es leider in jeder Stadt reichlich.«

Harry sieht noch, wie die junge Frau jemanden anspricht, um ein Geschäft zu machen. Die 20 DM, denkt Harry, wird sie sehr gut gebrauchen können, um sich wenigstens für einige Stunden vom Heroinentzug befreien zu können. In der Zwischenzeit wird Harry von einem Mann mittleren Alters mit gebrochenem Deutsch angesprochen: »He du, brauchst du Schore?« Das lässt sich Harry nicht zweimal sagen: »Wenn du eine gute Menge und gute Qualität hast, kaufe ich dir für einen Hunderter was ab.« Die beiden werden sich einig und Harry bekommt für den Preis knapp zwei Gramm Heroin.

Knapp eine Stunde später kommt die junge Frau dieses Mal deutlich entspannter auf Harry zu und ruft: »Carlo ist gekommen, Ich führe dich zu ihm.« Harry wird sich dann sehr schnell mit dem Dealer einig und erwirbt für 200 DM zwei Gramm Koks. Die Frau bekommt den von Harry versprochenen Zehner und zusätzlich von Carlo noch eine kleine Menge Koks als Honorar für die Vermittlung des Geschäfts. Zufrieden verlassen alle drei Beteiligten rasch den Handelsplatz am Sendlinger Tor.

Schnell rast Harry Richtung Hotel und freut sich auf den Drogenkonsum. Er schnieft vom Heroin, das von guter Qualität zu sein scheint. Auf einmal wirkt er ruhig und entspannt. Die Welt wirkt nicht mehr bedrohlich und einsam auf ihn. Er sieht den nächsten Drehtagen am Set sehr zuversichtlich entgegen. Alle Zukunftsängste, ja sogar der Liebeskummer sind wie weggeblasen.

Harry will den Fernsehdreh heute sehr strategisch angehen. Mit Heroin, das auch schnell bei hoher Dosierung müde machen kann, will er nicht im Studio erscheinen. Kokain soll es richten. Vor und zwischen den Fernsehaufnahmen will er sich immer wieder mit einem Näschen aufputschen. Die Kokainwirkung macht euphorisch, selbstsicher und selbstbewusst. Das Rede- und Mitteilungsbedürfnis, welches beim Konsum entsteht, wird er nun bei seinen Auftritten nutzen. Da die Wirkung spätestens nach einer Stunde rapide nachlässt, will er in den Pausen schnell auf der Toilette nachlegen.

Das SET 7-Team ist total erstaunt, denn Harry tritt heute wie ausgewechselt auf. Er wirkt souverän, ist charmant zum Publikum und zu den Kandidaten. Schlagfertig und flexibel ist er in jeder Sekunde Herr seiner Sinne und seiner Sendung. Am Ende wird er vom Publikum mit Standing Ovation verabschiedet. Doch die Nebenwirkungen vom Kokain bleiben ihm nicht verborgen. Beim Runterkommen tauchen Ängste wieder auf und er fühlt sich depressiv. Als Waffe dagegen hat er dann abends im Hotel das Heroin, dass ihm Entspannung und einen tiefen Schlaf spendet. Mit dieser selbst verordneten »Drogentherapie« kann er sich über die Woche retten. Doch als er Samstagnacht im Zug nach Hamburg sitzt, tauchen tiefe Zweifel in ihm auf: Wie soll es weitergehen? Wie kann er seinen Drogenkonsum verheimlichen?

Am Sonntagmorgen sieht Harry in seinen beiden Restaurants nach, ob in der Woche alles geklappt hat. Alles läuft perfekt und er kann sich ganz ruhig wieder zurückziehen. Denn er möchte sich heute wieder in die Hamburger Drogenszene begeben, um seine Vorräte an illegalen Drogen aufzufüllen. Dass es ziemlich kalt ist, kommt Harry sehr gelegen, denn er hat sich wieder ziemlich vermummt. Harry möchte sein Glück in Sankt-Georg suchen, wenige hundert Meter vom Hauptbahnhof entfernt.

Denn auf dem Hansaplatz hatte er gehört, herrscht auch ein florierender Drogenhandel.

Als er Richtung Hansaplatz unterwegs ist, wird er von einem jungen Mädchen angesprochen:»Hallo junger Mann, wie wäre es mit uns beiden? Du hast doch sicher ein wenig Zeit für mich?« Harry sieht in ein junges hübsches Gesicht. Das Mädchen ist keine zwanzig Jahre alt. Hat lange blonde Locken und sehr viel Schminke im Gesicht. Harry sieht sofort, dass der Style und die Schminke etwas verbergen sollen. Denn Harry sieht es sofort, dass sie ihren Gesichtsteint, der durch heftigen Drogenkonsum entstanden ist, verbergen möchte.

In dem Moment denkt Harry an seine negativen Erfahrungen mit Mehmet und den positiven Verlauf des Drogengeschäftes mit der jungen Abhängigen in München. Und plötzlich hat er eine Idee:»Du Mädchen, ich kenne deine Preise nicht. Aber ich weiß was Besseres. Ich gebe dir 100 Mark und du besorgst mir dafür Schore. Die Hälfte darfst du behalten. Ist das ein gutes Angebot?«»Okay Digger, das Angebot nehme ich an. Gib mir den Blauen und in zehn Minuten bin ich mit der Schore zurück.«

Das Mädchen hält das Versprechen und ist schnell zurück. »Hey Digger, komme mit mir hoch, dann teilen wir. Ich habe hier ein Stundenhotel gemietet.« Harry ist nicht gerade begeistert von diesem Angebot, denn er will eigentlich nur den Stoff und schnell weg. Da das Mädchen aber schon Richtung Hoteleingang unterwegs ist, bleibt ihm nichts anderes übrig, als mitzugehen.

»So Junge jetzt machen wir uns schön einen, ich bin übrigens Mandy und du?«»Mike so nennt man mich in der Szene, aber was willst du mit mir machen?« fragt Harry ein wenig erschrocken.»Wir kochen uns einen auf und machen uns dann einen schönen geilen Druck«, erklärt ihm Mandy. Ein wenig erleichtert legt Harry seine Vermummung ab und antwortet:»Okay dann brauche ich aber deine Dienstleistung, denn ich habe mir noch nie einen Druck gemacht.« Inzwischen hat Mandy Wasser,

Ascorbinsäure und Heroin auf einen Teelöffel gefüllt und kocht dann mit einem Feuerzeug die Mischung auf. »Eigentlich müsstest du hier aufkochen, denn du siehst aus wie der Fernsehkoch Cocker«, flachst und grinst Mandy. »Also wenn du die Klappe hältst Mandy. Dann verrate ich dir, dass ich der Cocker bin. Aber Heroin habe ich noch nie gekocht.« »Wow solch einen prominenten Kunden wie dich habe ich noch nie hier auf dem Zimmer gehabt. Aber ich halte die Schnauze. Das ist doch das oberste Gebot von uns Nutten… Wir verraten doch nicht unsere Freier. Was meinst du? Wie viele Ehemänner ich hier täglich auf der Pritsche habe?« fragt Mandy lächelnd. »Jede Menge«, ahnt Harry, »aber ich bin ja nicht dein Freier, doch wenn die Boulevardpresse rausfindet, dass ich wieder Junkie bin, dann machen die mich fertig. Deshalb bitte zu niemanden ein Wort.«

Inzwischen hat Mandy die braune Flüssigkeit mit der Spritze vom Löffel aufgezogen. »Okay Harry abgemacht, aber jetzt benötige ich ihren Arm, Herr Meisterkoch, denn ich möchte ihnen eine kulinarische Injektion verabreichen,« fordert Mandy Harry auf. Ein wenig ängstlich und zurückhaltend macht Harry seinen linken Arm frei. In seiner Drogenkarriere hat sich Harry schon alles Mögliche reingezogen. Doch eine Heroinspritze ist eine ganz andere Nummer, denkt er ein wenig ängstlich an mögliche schlimme Folgen. Allerdings hat er mitbekommen, dass Mandy zwei saubere noch originalverpackte Spritzen genommen hat. Was ihm dann doch die nötige Zuversicht gibt, die ganze Aktion dann überleben zu können.

»Okay mache es Baby«, gibt er schließlich seine Einwilligung. Jetzt bindet Mandy Harry den linken Unterarm leicht ab. Um dann mit der Nadel die dickste Vene in der Innenseite des Ellenbogens zu suchen. Ganz leicht zieht Mandy die Spritze an, um auch wirklich zu testen, ob sie die Blutbahn gefunden hat. Als ganz minimal Blut in die Spritze eindringt, erklärt Mandy: »Alles gut Harry. Und nun Abfahrt!« Nachdem Mandy den Schuss gesetzt hat, dringt der Stoff in Sekundenbruchteilen aus dem Handgelenk ins Gehirn. Und das Gehirn gibt dann die Anweisung Abflug! Wie ein Katapult, so fühlt sich Harry in diesen einzigartigen Sekunden. Er denkt, er steigt wie eine Rakete in den Weltraum. Ein einzigartiges Gefühl, wobei es ihm vorkommt, er könne fliegen wohin und soweit er nur möchte...

»Einfach nur geil, einfach nur geil«, stöhnt Harry, »so bin ich noch nie abgeflogen, einfach nur geil!« Doch Mandy ist zu sehr mit sich beschäftigt, um sich jetzt selber den Druck zu machen. Voller Euphorie und total berauscht legen sich die beiden getrennt voneinander mit dem Rücken auf das Bett.

Mandy erzählt Harry ihre traurige Kindheitsgeschichte. Der Vater war Alkoholiker, der sie als kleines Kind schon regelmäßig schlug. Als die Eltern sich trennten, wurde ihre Situation auch nicht viel besser. Denn die tablettensüchtige und depressive Mutter war schlichtweg mit der Erziehung von Mandy überfordert. Im Alter von 12 Jahren kam Mandy in ein Heim. Dort fing sie mit 13 mit dem Kiffen an. Immer wieder machte sie Probleme und riss aus. Eine Schulausbildung schaffte sie nicht, dafür testete sie mit 16 Lebensjahren Heroin. Seit inzwischen drei Jahren treibt sie sich hier in der Hamburger Drogenszene herum. Sie hat keinen festen Wohnsitz und finanziert ihre Sucht mit Prostitution.

»Du Mandy, der Abflug mit dir war richtig geil. Das sollten wir regelmäßig machen. Ich bringe Geld mit und du besorgst den Stoff. Ich muss mich nicht in der Öffentlichkeit zeigen und du nicht so viele Freier machen. Dass ist doch ein guter Deal Mandy? Ist denn deine Drogenconnection hier gut und zuverlässig? Ich meine, wenn ich mal größere Summen mitbringe, wirst du dann nicht abgezogen?« »Ja Harry, das war doch richtig schön mit uns beiden... Wenn du regelmäßig Kohle mitbringst, dann will ich dich gerne mit der Nadel verwöhnen. Meine Connection hier auf Sankt Georg ist absolut zuverlässig. Nicht auf der Straße, sondern hier in der Nähe in einem Haus. Das wissen hier nicht viele, denn der Typ lässt nur ganz wenige zuverlässige Kunden rein.«»Das hört sich gut an Mandy. Wenn du übermorgen um die gleiche Uhrzeit hier am Start bist, dann möchte ich gerne wieder als Kunde von dir empfangen werden.« erklärt ihr Harry bei der Verabschiedung.

In den nächsten Wochen geht Harry regelmäßig hoch zu Mandy ins Stundenhotel. Er lässt dann immer Geld da und Mandy kann damit Heroin, Kokain und Amphetamine einkaufen. Da der Restaurantbetrieb nach wie vor gut läuft und auch die Fernseheinnahmen sprudeln, ist das für ihn finanziell sehr leicht zu stemmen. Er kann sogar Mandy dabei so gut unterstützen, dass sie kaum Freier mehr machen muss. Sie nimmt nur noch wenige Stammfreier mit hoch, die sie sympathisch findet.

Da Mandy immer häufiger Crack in einer kleinen Metallpfeife raucht, wird dadurch auch die Neugier von Harry geweckt. Indem Moment, wo sie das Zeug inhaliert, riecht es ätzend-süß nach verbranntem Plastik und Ammoniak. »Mandy, was ist eigentlich Crack. Ich habe mal gehört da wird Kokain mit Backpulver aufgekocht. Ist das richtig?«»Ja in den USA machen die das schon mal. Aber da enthält Backpulver auch Natriumhydrogencarbonat. Unser Backpulver ist sauber und taugt nicht dafür. Hier wird das Koks mit diesem Natronzeug vermischt und aufgekocht und so entstehen Kokssteine. Diese Steine knallen besser wir Koks, das durch die Nase gezogen wird.« Gibt ihm Mandy wie eine Fachfrau zu verstehen.

»Lasse mich doch mal bitte probieren«, fleht Harry Mandy an. »Lass das sein Harry, denn das Zeug macht gierig und schizophren«, warnt sie Harry. »Gib her, bei mir ist sowieso Hopfen und Malz verloren«, lässt Harry sich nicht beeindrucken. Mandy drückt einen kleinen Stein in die Pfeife und überreicht sie ihm. Dann zündet er die Crackpfeife an und saugt die Kokaindämpfe ganz intensiv ein. Nach wenigen Sekunden verspürt er einen ganz intensiven Kick. Er füllt sich voller Euphorie und Energie. »Einfach supergeil das Zeug. Bringe mir bitte für nächstes Mal reichlich Steine mit Mandy«, fleht er sie erneut an. »Das geht nicht Harry. Der Stein macht hochgradig süchtig und gierig. Wenn du nach einer Viertelstunde runterkommst, fällst du in ein Tief. Und du musst sofort den nächsten Stein rauchen. Wenn ich die Steine hier habe, rauche ich sie alle weg. Auch wenn es deine sind Harry« versucht ihm Mandy verständlich zu machen. »Okay dann lassen wir das erst einmal,« gibt Harry ein wenig enttäuscht zu verstehen.

Harry und Mandy verstehen sich immer besser. Harry, der in privaten Dingen sehr verschlossen und introvertiert ist, findet in Mandy einen Menschen, mit dem er über alles reden kann. Ihre unterschiedlichen Lebensbereiche, er der Fernsehstar und sie die Prostituierte, spielen keine Rolle. Sondern machen ihren Gesprächsaustausch erst wirklich interessant. Innerhalb kurzer Zeit entsteht eine intensive platonische Freundschaft.

Mit den von Mandy reichlich besorgten Drogen ist Harry auch weiterhin sehr gut ausgestattet. Inzwischen setzt er sich selber die Heroinspritze. Als Neuling hat er oft Probleme, mit der Spritze richtig zu treffen. Oft braucht er minutenlang, bis er das Heroin im Blut untergebracht hat. Auch fühlt er sich bei schlechtem Gewissen total unwohl, wenn er sich heimlich auf öffentlichen oder seinen eigenen Restauranttoiletten den Schuss setzt. Meistens bekommt er seine Arbeits- und Fernsehtermine gut hin. Doch hin und wider, wenn er zu viel Heroin vor seinen Arbeitseinsätzen in der Küche oder auch bei Geschäftsterminen nimmt, kommt er regelmäßig aus dem Konzept.

Bis er an einem Abend von seinem Koch Paul angesprochen wird. »Du Harry, sorry wenn ich dich nun anspreche. Aber ich kann einfach nicht mehr weggucken. Ich war als Jugendlicher jahrelang in der Punkerszene. Da war ich bestimmt kein Kostverächter und habe dabei sehr viel gekifft. Doch niemals die ganz harten Sachen ausprobiert. Koks und Heroin war für mich tabu.

Leider sind da einige aus unserer Clique zu weit gegangen. Und haben sich in dem Zeug verloren. Du Harry, ich als Zeuge kann es deshalb beurteilen. Wenn du diese unruhigen Kaubewegungen machst, sehr viel redest und die weit aufgerissenen Augen hast, dann bist du auf Speed. Wenn du dann zusätzlich überhebliches und arrogantes Zeug laberst. Dazu immer die Nase hochziehst, dann ist das Koks. Aber wenn du ganz langsam redest und mittendrin im Satz fast einschläfst und ich ganz kleine Pupillen bei dir sehe ja dann? Dann bist du auf Heroin. Und da du momentan immer, sogar jetzt im Hochsommer mit langen Ärmeln arbeitest und rumläufst ja dann? Dann hängst du an der Nadel und versteckst mit den langen Klamotten deine Einstichstellen an den Armen!« erklärt Paul sehr konkret und am Ende auch sehr lautstark in seinen Ausführungen. Total überrascht und geschockt gibt Harry kleinlaut zu: »Du hast in allen Punkten vollkommen recht.«

Minutenlang schweigen die beiden und schauen sich unsicher an. »Du Harry, so kann es nicht weiter gehen. Du gefährdest dich und deine Gesundheit. Die Jenny ist dir schon weggelaufen und irgendwann laufen dir deine Leute auch weg. Vor allen Dingen so benebelt wie du bist, kannst du doch als Geschäftsinhaber deine beiden Gastronomiebetriebe nicht mehr führen. Wenn du so weiter machst, dann bin ich als nächstes weg, denn ich will nicht mit dir hier untergehen! Entweder du gehst in die Klinik und machst Therapie oder suchst dir einen neuen Koch.«

Das hat bei Harry zwar knallhart gesessen, aber seine Vorbehalte überwiegen. »Du Paul ich kann doch nicht hier in Hamburg in den Entzug gehen. Die kennen mich alle und wenn das rauskommt, ja dann bin ich absolut erledigt.« »Da habe ich eine Lösung für dich. Als ich noch in Berlin gearbeitet habe, war da auch ein Bekannter von mir, den Namen nenne ich nicht. Der wollte lieber ruhig entgiften. Da gibt es in Berlin eine Privatklinik, die machen das ganz diskret. Auch sind alle Mitarbeiter und Mitpatienten per strengen Vertrag verpflichtet, keine Auskünfte über andere Patienten rauszutragen. Das Ding läuft aber privat und du musst selber zahlen« versucht Paul ihn zu überzeugen. »Okay Paul, ich habe noch Rücklagen. Gib mir die Adresse, dann zieh ich das durch«, erklärt Harry sich damit einverstanden und umarmt Paul zum Abschluss des Gespräches. So ganz sicher ist er sich aber nicht, ob er überhaupt aufhören will. Tagelang überlegt er und kommt nicht wirklich weiter.

Tatsächlich nimmt Harry einige Tage später Kontakt zu der empfohlenen Klinik auf. »Return« ist der Name und Berlin Charlottenburg der Standort. Einen Tag später fährt er nach Berlin und will sich dort vorzustellen. Er hat weniger Drogen genommen wie sonst, um dem Gespräch mit der Klinikchefin folgen zu können. Frau Professor Dr. Irene Schlabuse ist eine bekannte deutsche Suchtmedizinerin, die schon einige Bücher über Suchtkrankheiten geschrieben hat.

Sehr freundlich empfängt sie Harry: »Hallo Herr Cocker, vielen Dank, dass sie heute zu unserem Gespräch den Weg nach Berlin gefunden haben. Einsicht ist immer der erste Weg, um aus der Sucht rauszukommen. Eine Suchtkrankheit ist bei Menschen mit einem Bekanntheitsgrad wie bei Ihnen häufiger verbreitet als im allgemeinen Teil der Bevölkerung. Das ist sogar sehr logisch. Denn Geltungssucht, Arbeitssucht, Sucht nach Erfolg, Geld und Ruhm können ja Menschen populär und reich machen. Aber wo ist die Grenze? Denn viele verlieren sich nebenbei noch in Alkohol, Tabletten, Drogen, Spielsucht, Sexsucht und schließlich ist Nikotin auch eine Sucht, die in den Tod führen kann. Ich denke, sie sind mit ihrer Biografie hier sehr gut aufgehoben.«

Nach diesem ausführlichen Statement weiß Harry nicht mehr viel zu erzählen. Da er unter Drogen steht, will er sich auch nicht zu weit aus dem Fenster lehnen. Er hat nur einige gezielte Fragen hinsichtlich Kosten und Organisation. Die sechs Wochen Therapie, die ihm 12000 DM kosten, kann er gut aufbringen. So muss nur noch der Vertrag unterzeichnet werden und schon in der nächsten Woche kann es losgehen.

Mandy ist ein wenig traurig, als Harry erzählt, dass er morgen in die Therapie geht und Mandy kein Geld mehr für Drogen bringen wird. Einerseits wird ihr das Geld fehlen und sie muss wieder jede Menge Freier befriedigen, um ihre Sucht weiter finanzieren zu können. Andererseits hatte sie mit Harry einen treuen Gesprächspartner gefunden, mit dem sie inzwischen über alles reden konnte. »Du Harry du wirst mir bestimmt sehr fehlen. Denn du bist einer der ganz wenigen Guten hier in der Szene. Jeder denkt an sich und der nächste Schuss oder die nächste Pfeife ist wichtiger wie Freundschaft oder Liebe. Aber wenn ich ganz ehrlich bin, habe ich mich ein wenig in dich verliebt Harry. Aber du musst gehen Harry. Du bist zu schade für Sankt Georg. Mache deine Therapie, mache dein Kochbusiness und nimm bitte nie wieder Drogen.« gibt sie ihm sehr emotional mit auf den Weg.

Als Harry diese Worte hört, weint er zum ersten Mal in seinem Leben. Auch er hat einige Gefühle für Mandy aufgebaut. Er gibt ihr einen zarten Kuss auf den Mund und umarmt sie dann ganz fest. Bis Mandy die Umarmung löst und Harry auffordert: »Bitte Harry geh. Bitte geh deinen Weg!« »Okay Mandy ich geh. Aber ich komme eines Tages wieder und dann hole ich dich hier raus« sind Harrys letzte Worte, bevor er geht.

Auch die Verabschiedung von seinen beiden Teams in den Restaurants verläuft emotional. Zwar erzählt er nicht die Wahrheit, doch die längere Abwesenheit machen ihn und seine Mitarbeiter ein wenig traurig. Er redet, dass er eine Geschäftsreise mit einer Urlaubsreise koppelt und mindestens sechs Wochen unterwegs ist. Dass seine Mitarbeiter ihn vermissen werden, macht ihn aber auch ein wenig stolz. Zumindest weiß er, dass er im Umgang mit seinen Mitarbeitern erfolgreicher war als mit sich selber. Denn der jahrelange Raubbau an seinem Körper hat gewiss auch seelische Spuren hinterlassen.

Harry unter Mordverdacht

Der Einzug am nächsten Tag in die Klinik »Return« hat schon eine gewisse Routine für ihn als suchtkranken Menschen. In der ersten Woche wird er substituiert und bekommt täglich Methadon gegen den Heroinentzug. Danach geht es körperlich richtig zur Sache, um gänzlich von den Opiaten zu entgiften. Während sich der Kokain- und Amphetamineentzug hauptsächlich im Kopf abspielt, ist der vom Heroin schon sehr körperbezogen. In der zweiten Woche hat Harry ähnliche Beschwerden wie bei einem Magen- und Darmvirus. Außerdem leidet er an Schlaflosigkeit und auch die Körpertemperatur spielt verrückt. Mal schwitzt er, um dann kurze Zeit später wieder zu frieren. Aber in der Klinik versucht man ihn mit sportlichen Angeboten zu beschäftigen. Ein nobles Fitnessstudio ist vorhanden, ein Swimmingpool aber auch Whirlpool und Sauna sind im Haus integriert. Da ist diese Privatklinik deutlich gehobener ausgestattet als es herkömmliche Suchtkliniken sind.

Nach knapp zwei Wochen ist Harry dann endlich durch mit seinem Entzug. Jetzt kann er sich mit den Themen die ihn bedrücken, beschäftigen. Ein Hauptpunkt in dieser Therapie ist das Aufwachsen ohne Vater. Auf dem Dorf besonders schwer, da alleinerziehende Frauen dort oft einen sehr schweren Stand haben. Als kleiner Junge fehlt ihm die Bezugsperson und auch das Ausgrenzen aus einigen sozialen Bereichen haben ihn bewusst und unbewusst große Probleme bereitet. Auf jeden Fall findet es Frau Professor Dr. Schlabuse nicht besonders ungewöhnlich, dass er dann bei der ersten sich anbietenden Gelegenheit als junger Mensch zu Drogen gegriffen hat.

Die Gespräche mit der Suchtmedizinerin empfindet Harry als sehr emotional und intensiv. Wie bei der Verabschiedung von Mandy rollen ihm nun regelmäßig Tränen über die Wangen. »Herr Cocker, das muss ihnen nicht peinlich sein. Lassen sie es laufen. Früher haben sie nie geweint. Als einziger Mann im Haushalt wollten sie immer Stärke zeigen. Doch das ist nicht gut. Zeigen sie Schwäche, zeigen sie Gefühle. Auch als Mann ist es wichtig sich mal fallen zu lassen.«

Die Gespräche mit der Klinikleiterin empfindet Harry als sehr intensiv und angenehm. Überhaupt fühlt sich Harry sehr wohl in der Klinik. Zum ersten Mal in seinem Leben macht er Sport. Er genießt es, morgens im Pool zu schwimmen. Abends sich auf dem Laufband auszugeben, um sich danach in der Sauna zu entspannen. Harry fühlt sich jeden Tag besser. Der Suchtdruck verschwindet langsam aus seinem Kopf. Er freut sich auf ein cleanes Leben in Hamburg. Und gelegentlich träumt er sogar von einer gemeinsamen Zukunft mit Mandy, natürlich nur, wenn sie ein drogenfreies Leben mit ihm führen möche.

An einem Nachmittag, als Harry wieder ein Einzelgespräch mit Frau Professor Dr. Schlabuse hat, wird es plötzlich sehr laut auf dem Flur. Plötzlich wird die Tür sehr heftig und lautstark aufgerissen. Vier maskierte SEK-Beamte stürmen herein, reißen Harry vom Stuhl auf den Boden. Als er dann auf dem Bauch liegt, werden ihn hinten Handschellen angelegt. Während dieser Aktion schreit Frau Schlabuse lautstark: »Hilfe! Hilfe! Was machen sie hier! Verschwinden sie! Lassen sie meinen Patienten in Ruhe!« Jetzt tritt ein Mann in Zivil vor, der sich bis jetzt im Hintergrund gehalten hat. Er hält Harry die Polizeimarke hin und sagt: »Kriminalpolizei! Herr Cocker, hiermit verhaften wir sie vorläufig, denn sie stehen unter Mordverdacht. Sie haben das Recht die Aussage zu verweigern. Aber alles, was sie sagen, kann auch gegen sie verwendet werden!« Während Harry keine Worte findet, versucht seine Ärztin ihn zu verteidigen: »Herr Cocker ist seit drei Wochen mein Patient. Hier herrscht Ausgangsverbot. Er kann unmöglich einen Mord begangen haben!« Die Polizisten lassen sich keineswegs beeinflussen und führen Harry ab. Er ruft seiner Therapeutin noch zu: »Ich bin unschuldig und vielen Dank für alles Frau Doktor!«

Harry wird in das Polizeipräsidium Berlin gefahren und dann auch direkt in das Vernehmungszimmer geführt. Zwei Beamte, ein jüngerer und ein deutlich älterer Herr, wollen ihn vernehmen. Dieses Mal beginnt Harry selber mit dem Verhör: »Was läuft hier eigentlich ab? Ich habe hier in Berlin und auch sonst wo auf dieser Welt niemanden ermordet. Okay, ich bin in einer Drogenklinik. Drogenabhängigkeit ist eine anerkannte Krankheit, die auch dazu führen kann, dass man illegale Drogen kauft und konsumiert. Aber was wollen sie mir hier anhängen?« »Kennen sie Mandy Meier«, fragt ihn der jüngere Beamte. »Nee nie gehört«, antwortet Harry ohne groß zu überlegen. »Nee wirklich nicht?« stellt der ältere Polizeibeamte die Frage, um ihn dabei ein Foto hinzuhalten. Als Harry das Foto sieht, erbleicht sein Gesicht und der ganze Körper erstarrt. Auf dem Foto ist die Leiche einer jungen Frau zu sehen und Harry erkennt sofort, dass es Mandy ist. »Mandy ist tot? Mandy ist tot?« flüstert Harry leise, um danach mit einem Weinkrampf zusammenzubrechen.

Die Kripobeamten lassen ihn erst einmal in Ruhe, um dann ganz sachlich durch den älteren Beamten fortzufahren: »Mandy Meier wurde am Montag den 28. August umgebracht. Einen Tag bevor sie die Therapie hier in Berlin angetreten haben. Unsere Hamburger Kollegen waren sehr fleißig. Trotz ihrer Vermummung bei ihren Hotelbesuchen konnten genug Zeugenaussagen aufgenommen werden. Diese Zeugen können eindeutig bestätigen, dass sie, Herr Cocker, regelmäßig bei Frau Meier im Hotel waren, so auch am Tattag. Warum haben sie sie umgebracht? Waren sie mit ihren Dienstleistungen nicht zufrieden? Oder wollte sie vielleicht ausplaudern, dass einer der berühmtesten Köche Deutschlands zu ihr in den Puff geht?«

Harry, immer noch geschockt, versucht sich nicht provozieren zu lassen: »Okay ich war fast jeden zweiten Tag bei Mandy. Aber nicht wie sie glauben. Ich bin rückfällig geworden und brauchte täglich Drogen. Zufällig habe ich sie in der Szene kennengelernt. Da haben wir uns zusammengetan. Ich habe Mandy Geld gegeben, damit sie für uns beide Drogen besorgt. Ich musste so mit meiner bekannten Fresse nicht auf die Drogenplatte. Und Mandy brauchte kaum noch Freier zu bedienen. An ihrem Todestag habe ich mich wegen der Therapie von ihr verabschiedet. Ich war es nicht. Aber bitte finden sie das Schwein!«
Der jüngere Beamte setzt dem entgegen: »Herr Cocker, die Kollegen haben bereits ihre Fingerabdrücke in der Wohnung gefunden. Mandy Meier wurde erwürgt und hat sich sehr tapfer im Todeskampf ziemlich gewehrt. Unter ihren Fingernägeln und am Hals hat die Obduktion ganz eindeutig DNA-Spuren vom Täter entdeckt. Da wir ihre DNA noch nicht haben, können wir noch nicht vergleichen. Doch wir werden ihnen gleich eine Probe abnehmen, die dann ganz eindeutig beweisen wird, ob sie der Täter sind. Aber wir können es natürlich mit einem Geständnis abkürzen Herr Cocker?« »Ich war es nicht, aber bitte nehmen sie mir die DNA ab« erklärt Harry verzweifelt.

Später auf der Zelle bricht Harry noch mehr zusammen. Er ist so fertig, dass er nicht einmal daran denkt, dass er eigentlich Anspruch auf einen Anwalt hat. Warum nur Mandy? Warum nur Mandy? Sind seine traurigen Gedanken, die ihn eine schlaflose Nacht bescheren.

Am nächsten Tag kurz vor Mittag steht der jüngere Kripobeamte in der Zellentür und spricht: »Ja Herr Cocker, der DNA-Test hat ganz eindeutig ergeben, dass sie nicht der Täter sind.« Wir und auch die Hamburger Kollegen sind davon überzeugt, dass sie nicht der Täter sind. Wir entschuldigen uns ausdrücklich, sie da aus der Klinik geholt zu haben. Doch durch die Fingerabdrücke und die Zeugenaussagen mussten wir leider so handeln.«»Okay ihr macht auch nur euern Job. Aber Mandy bringt mir niemand zurück...« flüstert Harry beim Verlassen der Zelle.

Harry schleicht zur nächsten U-Bahnstation und fragt, wie er am besten zum Bahnhof Zoo kommt. Andere Fahrgäste erklären ihm, mit welcher Fahrverbindung er da schnell hinkommt. Im Buch »Christiane F. Wir Kinder vom Bahnhof Zoo« hatte Harry gelesen, dass sich hier ein großer Drogenumschlagsplatz befindet. Die Trauer um den Tod von Mandy will Harry mit Drogen betäuben. Er kauft reichlich Heroin und dazu Beruhigungstabletten wie Valium ein.

Ziemlich zugedröhnt trifft er im »Return« ein, um seine Klamotten und Utensilien abzuholen. Frau Professor Dr. Schlabuse sieht sofort an der Tür, dass Harry vollkommen breit ist:»Herr Cocker, ich wusste, dass sie unschuldig sind. Aber dass sie sich sofort wieder total dicht machen. Ja darüber bin ich ziemlich enttäuscht.«»Tut mir leid, dass ich sie so enttäusche, aber der Mord an Mandy, von der ich ihnen erzählt habe, macht mich total fertig« rechtfertigt sich Harry.»Jeder Süchtige findet immer einen Grund, um wieder rückfällig zu werden. Wie lange wollen sie dieses Spiel noch fortführen Herr Botter. Wenn sie jetzt die Karten auf den Tisch legen. Das heißt dass sie jetzt alle gerade erworbenen Drogen bei mir abgeben, dann kann ich ihnen noch eine Chance geben. Theoretisch ist ein Rückfall bei uns möglich, bevor sie ganz rausfliegen. Was sagen sie dazu? Wollen wir es nochmal versuchen?« baut die Klinikleiterin ihrem Schützling die letzte Brücke.

Doch Harry lehnt ab:»Vielen Dank Frau Doktor! Danke für alles! Aber ich bin ein Verlierer. Habe meinen Vater verloren, dann Jenny und jetzt Mandy. Ich finde mich damit ab und weiß nun auch, dass ich mich selber verloren habe.«»Machen sie es gut Herr Cocker, und ich wünsche ihnen von ganzem Herzen, dass sie nicht der nächste Drogentote in Hamburg sind!« ruft Frau Professor Dr. Schlabuse Harry beim Verlassen der Einrichtung hinterher.

Harrys bitteres Ende

Zurück in Hamburg reißen bei Harry alle Dämme. Er ist tagelang unterwegs und kauft Heroin und Kokain am Bahnhof ohne sich dabei zu tarnen. Das Wochenende verbringt er mit Ecstasy und Speed in den Klubs auf der Reeperbahn. Da er angekündigt hatte, erst wieder Mitte Oktober in seinen Restaurants anwesend zu sein, versucht er die Zeit bis dahin im exzessiven Drogenrausch zu verbringen.

Dann versucht er den Friedhof und das Grab von Mandy zu finden. Er geht in mehrere Kirchen, um schließlich in der Ohlsdorfer Kirche die entscheidende Information bekommen. Der Pfarrer der Kirche hat die Beerdigung von Mandy am Ohlsdorfer Friedhof durchgeführt. Er erklärt Harry, wo er das Grab von Mandy finden kann. Dann erzählt er ihm noch, dass keine Verwandten oder Angehörige bei der Beisetzung waren. Diese Information macht Harry sehr traurig. Am Grab verliert er dann völlig die Fassung und muss minutenlang weinen.

Aus Trauer wird Wut auf den Mörder. Plötzlich hat er eine Idee. Er möchte den Mörder von Mandy ermitteln, da die Polizei wohl nicht dazu in der Lage ist. Mandy hatte ihm mal ein Foto geschenkt. Mit einem Scanner überträgt er das Foto auf ein DIN A4-Blatt. Darunter bringt er einen Text an: »Biete 10000 DM Belohnung für die Ergreifung des Täters, der diese junge Frau ermordete.« Darunter steht seine Handynummer. Etliche Kopien lässt er sich drucken. Danach hängt Harry an jedem Baum und auch jeder Bushaltestelle der Innenstadt diese Zettel auf. In der Hoffnung, dass Leute aus der Szene, die etwas wissen und knapp bei Kasse sind, sich bei ihm melden. Die Jagd nach dem Mörder, glaubt Harry, ist momentan die einzige sinnvolle Tätigkeit, die seinem Leben einen Sinn gibt. Seine Karrieren als Geschäftsmann und Fernsehmoderator interessieren ihn momentan nicht im Geringsten. Als letzte Konsequenz seines Absturzes erfolgt das Eintauchen in die Crackszene. Er hängt Tag und Nacht am Bahnhof ab und raucht Steine. Einen Stein für 20 Mark rauchen, dann eine halbe Stunde euphorisiert durch die Stadt und über den Bahnhof laufen. Wenn die Rauschkurve nach fünfzehn bis zwanzig Minuten nachlässt, raucht er den nächsten Crackstein. Wenn er dann abends mal zuhause nichts zum Nachlegen hat, fällt er in eine tiefe Depression, die sogar mit einem Paranoiazustand gekoppelt sein kann. Dann hilft ihm nur eine Pulle Wodka, gemischt mit etlichen Schlaftabletten. Morgens, wenn er wach wird, benötigt er erst einmal einen Aufsteher. Das heißt, er muss sich die Heroinspritze in den Arm jagen.

Heute zieht es Harry wieder Richtung Sankt Georg, um Crack zu kaufen. Von einem Schwarzafrikaner kauft er für 100 Mark Cracksteine. »Du bist doch Harry Cocker, der Koch? Als ich im Knast war, habe ich Fernsehen geguckt und dich in deiner Kochshow gesehen.« fragt er Harry. »Da irrst du dich Digger. Harry Cockerer ist mein Doppelgänger, der sieht genauso aus wie ich. Nur dass er kein Crack raucht«, antwortet Harry und verschwindet.

Schnell will er sich auf einer der Bänke am Hansaplatz eine Crackpfeife anzünden. In dem Moment, wo er mit dem Feuerzeug das Koks anzündet und an der Pfeife zieht, kommt ihm Blitzlichtgewitter entgegengeschossen. Ein Mann, keine zehn Meter von ihm entfernt, zündet mit seinem großen Fotoapparat ein Fotofeuerwerk. Bestimmt ein dutzend Mal hört Harry das Klicken des Apparates. Der Paparazzi geht auf absolute Sicherheit und will möglichst viele gute Fotos machen. Er weiß, ein Foto von Harry Cocker mit Crackpfeife im Mund bringt ein gutes Honorar. Harry steht auf und ruft ihm zu: »Rück die Fotos raus!« Doch der Fotograf reagiert nicht und rennt dann rasend schnell Richtung Innenstadt.

Am nächsten Tag, als Harry mit der S-Bahn Richtung Innenstadt fahren will, geht er am Bahnhof Altona an einem Kiosk vorbei. Als er mit den Augen den Zeitungsständer überfliegt, erstarrt er für einen Moment. Denn auf mehreren Boulevardzeitungen sieht er sich auf der Titelseite. Der Paparazzi hat gute Arbeit geleistet und sein Foto gleich an mehrere Zeitungen verkauft. »Harry auf Crack« oder »Starkoch im Drogensumpf« sind die Schlagzeilen, die nun alles offenbaren, was er fast zwei Jahre verheimlichen konnte.

Ganz unvorbereitet auf dieses Szenario ist Harry nicht, denn er ist seit Jahren Medienprofi. Er weiß genau, so wie die Medien ihn jahrelang hofiert und hochgehievt haben, so werden sie ihn jetzt jagen und zerfetzen. Deshalb zieht er für seine Restaurantbetriebe die Notbremse. In seinem Restaurant in der Kleinen Freiheit sucht er das Gespräch mit Chefkoch Paul: »Du Paul, du hast es sicher in den Zeitungen verfolgt. Ich habe die Therapie abgebrochen und bin wieder voll drauf.« »Mensch Harry, du machst Sachen. Sogar das Frühstücksfernsehen berichtet über deinen Rückfall! Ich kann die nur raten, nochmal in die Entgiftung zu gehen. Gib nicht auf Junge, du bist doch ein Kämpfer!« »Danke Paul, für deine Ratschläge, aber ich habe einfach keinen Bock mehr« gibt Harry zu verstehen: »Natürlich möchte ich euch, die Mitarbeiter schützen. Die Presse wird demnächst hier und auch woanders auf mich lauern. Deshalb will ich raus aus der Geschäftsführung und zwar in beiden Betrieben. Ich mache dir jetzt das Angebot und frage dich, ob du »Harry zweite Chance« übernehmen möchtest. Der Kredit für das Haus ist abbezahlt. Ich kann dir das Restaurant günstig verkaufen, oder du kannst es auch pachten, wie du möchtest Paul? Mensch Paul, der Laden läuft gut, was natürlich in erster Linie an deinen Kochkünsten liegt. Und wenn ich weg bin, wird es genauso weitergehen.«

»Aber Harry, ich will dich als Chef und auch als Mensch nicht verlieren. Mache eine Therapie, werde clean und alles wird gut!« fordert er Harry erneut eindringlich auf. »Danke Paul, aber ich will nicht mehr. Du kennst die Mietpreise hier auf dem Kiez. Nun mein Freundschaftsangebot. Für 600 DM verpachte ich dir das Restaurant. Du und der Rest von unserem Team haben dann weiterhin eine sichere Existenz«, schlägt ihm Harry vor. »Man Harry, das kann ich so nicht annehmen?« sieht Paul ihn fragend an. »Doch Paul, denke an unser und jetzt an dein Team. Hier habe ich den Mietvertrag schon vorbereitet« fällt Harry nun praktisch mit der Tür ins Haus. Da dieses Angebot so gut ist und Paul auch nicht bei einem möglichen Verkauf mit neuen unbekannten Arbeitsverhältnissen konfrontiert werden möchte, unterschreibt er den Pachtvertrag.

Schwieriger gestaltet sich die Planung für die Geschäftsführung in der Alsterstube. Chefkoch Knud hatte er damals schon gefragt hinsichtlich des Pachtvertrages. Harry weiß, wenige Monate vor seiner Rente wird Knud da gewiss nicht mehr einsteigen. Es bleibt dann nur noch Henri, der momentan sehr viele wichtige Aufgaben in beiden Restaurants durchzuführen hat. Und in den Wochen, wo Harry gefehlt hat, praktisch schon als Statthalter eingesetzt war. »Du Henri, ich weiß du liest Zeitung und kennst meine momentanen Probleme. Ich möchte mich weitgehend aus dem Geschäftsbereich zurückziehen, um das Restaurant mit den Mitarbeitern zu schützen. Hast du Lust, die Alsterstube als Pächter oder Geschäftsführer zu übernehmen. Du machst seit Jahren einen hervorragenden Job und hast auf jeden Fall beides sehr gut drauf. Mit Paul habe ich gerade den Pachtvertrag für »Harrys zweite Chance« unterschrieben. Der macht das dort alleine und du kannst dich komplett auf die Alsterstube konzentrieren. »Schade Harry, dass du aufhörst. Aber ich weiß nicht. Ich bin auch erst Anfang 30 und habe nie eine BWL-Ausbildung gemacht. Du, gebe mir Zeit, ich muss erst einmal eine Nacht darüber schlafen«, versucht Henri ein wenig Bedenkzeit zu bekommen. »Alles gut, wir reden morgen früh darüber. Sage auch bitte allen unseren Mitarbeitern, dass wir uns um 11 Uhr hier treffen.« Doch Henri meldet sich noch spätabends, dass er als Geschäftsführer die Alsterstube leiten möchte.

Am nächsten Morgen hat sich Harry mit Speed und Koks aufgeputscht, um seine Abschlussrede vor allen Mitarbeitern in der Alsterstube gut hinzubekommen. Trotzdem wirkt er sehr nervös und auch traurig: »Liebe Mitarbeiter, seit Tagen berichten die Medien von meiner persönlichen Situation. Es tut mir sehr leid, dass ich mit meiner Problematik uns jetzt allen geschadet habe. Deshalb ziehe ich vorerst die Reißleine. Ich setze Henri als Geschäftsführer ein und ziehe mich ganz aus dem Restaurant zurück. Also ihr werdet mich vorerst hier nicht mehr sehen. Ich will hier kein Klotz am Bein sein. Auch möchte ich den Betrieb und euch und mich vor den Medien schützen. Ich bedanke mich erst einmal für die tolle jahrelange Zusammenarbeit. Alles Gute bis bald.« Mit Tränen in den Augen nimmt Harry jeden Mitarbeiter in den Arm und verabschiedet sich ganz herzlich.

Auch für die Presse hat Harry ein schriftliches Statement verfasst, das zeitgleich in den Hamburger Zeitungen erscheint: »Wegen meiner aktuellen Problemsituation habe ich die Geschäftsführung meiner beiden Restaurants in gute Hände weitergegeben. Der Betrieb wird auch ohne mich gut und zuverlässig weiterlaufen. Meine Spendenorganisation, den »Kinderfond für Alleinerziehende«, habe ich aufgelöst. Sämtliche angesammelten Spendengelder habe ich zu gleichen Anteilen dem Verband der Alleinerziehenden und der Deutschen Kindernothilfe gespendet. Ich möchte mich komplett aus der Fernseh- und Medienbranche zurückziehen und werde auch keinerlei Interviewanfragen mehr annehmen. Bitte respektieren sie meine Privatsphäre und die meiner Restaurantmitarbeiter.«

Die Nachricht schlägt wie eine Bombe in der deutschen Medienlandschaft ein. Denn einer der bekanntesten deutschen Fernsehköche gibt sein komplettes öffentliches Leben auf. Das weckt natürlich auch die Neugier, wie tief Harry Cocker wirklich in der Drogenfalle sitzt. Journalisten machen sich in der Hamburger Drogenszene auf der Suche nach ihm. Es ist wie ein Versteckspiel. Harry ist nun wieder mit fast vermummtem Gesicht in der Szene unterwegs. Er kauft blitzschnell bei ihm bekannten Dealern ein und verschwindet genauso schnell. Es ist schwierig für Paparazzis, neue Fotos zu machen. Zumal Harry an verschiedenen Stellen bei unterschiedlichen Dealern kauft. Konsumieren tut er nur noch in seiner Wohnung, die immer mehr zur ungepflegten Drogenhöhle verkommt. Sein Handy hat er in die Alster geworfen, denn er schottet sich auch privat immer mehr vom normalen Leben ab.

Heute hat er sich besonders fett mit Drogen eingedeckt. Denn es ist sein 27. Geburtstag. Um 10 Uhr ist er zurück in seiner Wohnung, da geht das Haustelefon. Im Display leuchtet der Name Paul:»Du Harry erst mal das Geschäftliche, das Restaurant läuft hervorragend. Viele Kunden und auch Mitarbeiter fragen nach dir und vermissen dich sehr. Doch sie haben für deinen momentanen Rückzug großes Verständnis. Dann wünsche ich dir alles Liebe und Gute zum Geburtstag!« »Danke Paul sehr, sehr nett von dir und grüße bitte alle zurück«, antwortet Harry gerührt. Doch eine Sache will Paul noch loswerden:»Du Harry, du bist heute 27 Jahre alt geworden. Noch verdammt jung. Aber du kennst doch den Klub 27 mit Brian Jones, Jimi Hendrix, Janis Joplin, Jim Morrison und Kurt Cobain. Die sind alle mit 27 Jahren an einer Überdosis gestorben. Bitte, bitte Harry, passe auf dich auf!« »Danke Paul wird schon schief gehen!« Sind die letzten Worte von Harry.

Wieder geht das Telefon, jetzt mit dem Namen Günter Kogler im Display. Doch dieses Mal geht Harry nicht ran. Als es nicht mehr klingelt, nimmt er den Hörer ab und legt ihn neben die Gabel. Harry möchte nun ungestört bleiben. Denn zu seinem Geburtstag möchte er sich was Besonderes gönnen. Er will sich auf dem Löffel einen »Frankfurter« aufkochen. Eine exklusive Mischung aus Heroin, Kokain und Benzodiazepine, einer starken Beruhigungstablette. Harry mischt die Drogen auf einem extra großen Esslöffel, denn er möchte reichlich auflegen. Zwar hatte ihn der Dealer morgens noch gesagt, dass er heute absolut geile Schore am Start hat, die ihn in eine andere Welt beamen wird. Deshalb solle er vorsichtig sein, um sich keine Überdosis zu setzen. Aber Harry denkt sich, dass jeder Dealer immer wieder erzählt, die besten Drogen zu haben. Er beruhigt sich mit dem Gedanken: »Was habe ich denn noch zu verlieren… Wenn es vorbei sein sollte dann ist es eben vorbei…«

Zeitgleich, als Harry die Spritze ansetzt, um sich den Geburtstagsschuss zu geben, klingelt es. Es klingelt mehrmals, doch Harry zeigt keine Reaktion. Er will heute seine Ruhe haben.

Draußen vor der Tür steht Jenny. Nach Beziehungsende hatte sie den Kontakt komplett abgebrochen. In den letzten Tagen hat sie die Schlagzeilen in der Presse verfolgt. Sie macht sich inzwischen große Sorgen um ihn und möchte ihm Hilfe anbieten. Mehrmals hat sie seit Tagen versucht, ihn über Handy oder Festnetz anzurufen. Keine Reaktion. Jetzt, wo Harry nicht aufmacht, vergrößert sich ihre Angst um ihn. Da Jenny noch einen Zweitschlüssel der ehemals gemeinsamen Wohnung besitzt, schließt sie die Tür auf und geht hoch. Dann klopft sie mehrmals laut gegen die Haustür der Wohnung, keine Reaktion.

Panisch schließt sie nun auch diese Tür auf. Das Befürchtete ist eingetreten. Harry liegt bewusstlos auf dem Teppich. Der Körper wirkt absolut leblos. Seine Gesichtshaut ist grau bis bläulich. Jenny hat noch nie einen Toten gesehen. Aber so wie Harry nun da liegt, hat sie sich immer vorgestellt, wie eine Leiche aussehen könnte. Am blutverschmierten Unterarm hängt noch die Spritze. Intuitiv greift Jenny den Telefonhörer und wählt die 110:

»Bitte kommen sie ganz schnell in die Marktstraße 777. Mein Ex-Freund liegt hier mit einer Überdosis Drogen. Er stirbt! Bitte kommen sie sofort!« Ohne das Gespräch korrekt zu beenden, stürzt sich Jenny nun auf Harry. Erleichtert stellt sie fest, dass er noch Körpertemperatur hat. »Harry komme zurück! Harry komme zurück!« schreit sie ganz laut. Jenny hatte mal gehört, dass eine Überdosis zum Atemstillstand führt. Deshalb versucht sie nun mit Mund-zu-Mund-Beatmung Harry sein Leben zu retten. Minutenlang kämpft sie um sein Leben. Wie verzweifelt bläst sie immer wieder Sauerstoff in Harrys Lunge.

Endlich klingelt es an der Tür. Jenny hofft, dass es der Rettungsdienst ist. Sie betätigt den Drücker und ruft: »Kommen sie hoch in den zweiten Stock! Bitte kommen sie schnell!« Zwei Rettungssanitäter der Feuerwehr stürmen in die Wohnung. Einer fühlt den Puls von Harry und spricht mit hechelnder Stimme: »Null Pulsschlag, absolut leblos, der ist weg...«